LES COUSINS

DU MÊME AUTEUR
chez le même éditeur

La grande trilogie romanesque :

Tome I
Les cousins - Les Savoyards de la Pampa
*
Tome II
Les cousins - Notre village aux Amériques
**
Tome III
Les cousins - Le Temps des Retrouvailles
***

et aussi :

Les Carnets d'un Curé de Montagne

CLAUDE CHATELAIN

LES COUSINS

Tome 1

Les Savoyards de la Pampa

Roman

Savoie poche

La Fontaine de Siloé

La Fontaine de Siloé est soutenue par la région Auvergne-Rhône-Alpes.

ISBN : 978-2-84206-818-9

14, rue Jean-Pierre Veyrat
73000 Chambéry
Tél. : 04 79 68 22 15
www.fontainesiloe.com - contact@fontainesiloe.com

Imprimé en juin 2023 par CPI Bussière (Cher)
N° d'impression : 2072093

Pour Bernard et Sylvie,
à la mémoire de Jeanne Maxit †

Dans la même collection :
Les Chants de la Terre

Tchao Pampa *(Yves Bourron)*
Les soleils de Zarbula *(Michel Floro et Alain Rota)*
L'or perdu de la Séveraisse *(Michel Floro et Alain Rota)*
Les braconniers du temps *(Michel Floro et Alain Rota)*
Le grand moutardier du pape *(Patrick Dalmaz)*
Ave Maria *(Éric Taberlet)*
J'aime pas la polenta *(Patrick Dalmaz)*
Goupil d'Ardèche *(Suzanne de Arriba)*
Le corset d'argent *(Rosemonde Pujol)*
La montagne promise *(Arnaud Florand)*
Quand on écoutait le soleil *(Alexis Vibert-Guigue)*
Deux âmes sœurs *(Didier Lachavanne)*
Amélia ou la misère dorée *(Régine Boisier)*
Maria ou la misère noire *(Régine Boisier)*
Laura ou le plein été *(Régine Boisier)*
Adrien, fils de paysan *(Régine Boisier)*
Que la volonté du père *(Didier Lachavanne)*
Angélique 1900 *la destinée d'une femme du terroir dans la Savoie traditionnelle (Renée Martin-Pillet)*
Joseph 2000 *(Renée Martin-Pillet)*
Jérome 1800 *(Renée Martin-Pillet)*
La maison morte *(Henry Bordeaux)*
La montagne apprivoisée *le train arrive à Vallorcine (Paul Gaillardot)*
Au pays de la Margot *(Lucienne Zinant)*
La veillée chez Menthine *(Lucienne Zinant)*
Graine de paysan *(Lucienne Zinant)*
Saint-Boniface et ses juifs... *(Nathalie et Ladislas Gara)*
Les contes de la Lombarde *(Damien Tracqui)*
J'ai plus de souvenirs que si j'avais mille ans *(José Reymond)*
Élise au pays des alpages *(Régine Boisier)*
Le fléau de Dieu « au temps des sarrasins » en Maurienne
Le papillon d'argile *(Jean G. Adam)*

Le lac de l'aube *(Marc Dannenmuller)*
Musette, ou la fille de la vipère *(Venance Gacon)*
L'inconnu d'Uccello *(André Gilbertas)*
Apolline, les valses du destin *(Colette Gérome)*
Le jugement de Combefroide*: la nuit de l'innocence (Colette Gérome)*
Emma au fil de l'Ervance *(Colette Gérome)*
En mon pays de Haute enfance *(Etty Durand)*
La lune est à couvert des loups «contes ruraux de Savoie» *(Paul Vincent)*
Les cahiers de Sophie *(Hélène Gimond)*
Les Chemins d'Anaïs *(Hélène Gimond)*
Un mariage arrangé *(Hélène Gimond)*
Le neveu de Gaspard le roman d'un colporteur *(Jean-Paul Gay)*
La ligne bleue *- Printempsn1919, retour d'Ulysse et d'Édouard en terre de Savoie (Jean-Paul Gay)*
Le dernier tour du vieux Joseph, *guide traditionnel à Chamonix (Jean-Paul Gay)*
Notre-Dame de la Gorge *- un sanctuaire au pays du Mont-Blanc (Jean-Paul Gay)*
Les cousins *- la fabuleuse odyssée de l'exil des savoyards en Argentine (Claude Chatelain)*
Les cousins *- les savoyards de la Pampa (Claude Chatelain)*
Les cousins *- le temps des retrouvailles (Claude Chatelain)*
La cocadrille *(John Berger)*
Joue-moi quelque chose *(John Berger)*
Flamme et lilas *(John Berger)*
Grande ourse dans la nuit d'hiver *(John Berger)*
Mariannon et ses deux amours *- un roman d'amour en montagne (Michel Riou)*

SOMMAIRE

PREMIÈRE PARTIE : LE VILLAGE DE LA CHAPELLE DES FRASSES

DEUXIÈME PARTIE : EN ROUTE VERS L'ARGENTINE

TROISIÈME PARTIE :
LA FONDATION DE LA COLONIE SAN JOSÉ

« Ici le monde vient vieux, nous n'avons pas la neige à fouler tout l'hiver… Ce que je regrette, c'est de n'être pas venu plus tôt en Amérique… Nous ne nous cassons pas les dents avec le pain d'orge, nous en mangeons de celui qui fait de l'ombre sur la table et nous ne regardons pas s'il diminue. »

Pierre-Michel Command,
originaire de La Chapelle
d'Abondance dans une lettre
écrite de San José,
le 2 novembre 1873.

PREMIÈRE PARTIE

LE VILLAGE DE LA CHAPELLE-DES-FRASSES

Le baptême de François-Joseph

Le mois d'octobre touchait à sa fin. L'automne avait semé ses couleurs rouge et or sur les arbres feuillus de la forêt, et déjà les mélèzes commençaient à vouloir les imiter. La montagne se préparait pour le grand hivernage. Dans ces régions alpestres, la Toussaint marque le changement de saison.

Jean-François Mariaz venait de franchir le seuil de sa maison. Il s'arrêta un instant, après avoir tiré la porte derrière lui, et huma l'air frais du matin. Là-haut, sur le sommet des Cornettes, la neige fraîche recouvrait la cime et tranchait avec le ciel bleu foncé. Sur le versant ensoleillé de la vallée, quelques troupeaux broutaient l'herbe que le gel n'avait pas encore roussie. Le long de la rivière, une petite brume s'effilochait à travers les vernes, indiquant ainsi le mouvement de l'eau et l'arrivée du froid. Instinctivement, Jean-François resserra le foulard de soie noire qu'il avait noué autour du cou, remonta le col de sa veste et, après avoir ajusté son chapeau sur la tête, il descendit les quelques marches de pierre de sa maison pour rejoindre le chemin. Il se rendait au village.

Celui qui l'aurait vu ce matin-là aurait été perplexe pour déchiffrer les traits de son visage. La bouche et les pommettes exprimaient un sourire, une joie, un contentement même, tandis que sur le haut de la figure, les yeux et le front étaient barrés d'un trait exprimant le souci et l'anxiété.

C'est que Jean-François venait d'être père d'un petit garçon, la nuit même...

Il se rendait au village pour déclarer cette naissance au Secrétaire de la commune, et rencontrer M. le Curé en vue du baptême. Ce n'est pas qu'il eût des contrariétés à propos de cette naissance, non, l'accouchement, grâce à Dieu, s'était passé normalement. La mère et l'enfant se portaient bien. La veille au soir, vers les neuf heures, Claudia avait ressenti les premières douleurs.

Il était alors parti chercher la mère-sage au village. Celle-ci, qui s'attendait à la naissance chez les Mariaz, eut tôt fait de ramasser son nécessaire et de suivre Jean-François dans la nuit. L'enfant était né vers une heure du matin. Pensez donc, un garçon, normalement constitué ! Il y avait de quoi réjouir le cœur d'un jeune père. Comme cadeau d'anniversaire, on ne pouvait pas faire mieux. En effet, Jean-François Mariaz et Claudia Vernaz s'étaient mariés au mois d'octobre de l'année précédente. Le ciel n'avait pas tardé à exaucer le désir de ces jeunes mariés.

Et pourtant, malgré cette joie, le souci ne lâchait pas notre homme. Il avait pris sa femme à la maison où vivaient déjà ses parents, deux sœurs et deux frères encore jeunes, sa grand-mère paternelle, ainsi qu'un oncle et une tante restés célibataires. Cela faisait beaucoup de monde pour vivre sur une petite propriété de treize journaux avec quatre vaches à l'étable.

Il n'y avait pas assez de travail pour trop de bouches à nourrir. Cet enfant, qui inaugurait la vie conjugale du jeune ménage, serait certainement suivi d'autres ; l'honneur d'une famille était d'avoir de nombreux enfants. Mais que faire de bras inemployés ? La famille allait encore s'agrandir, et le pain manquerait sur la table familiale ! Ces pensées trottaient dans la tête du jeune papa, et affleuraient au niveau du visage.

En prenant la descente, il essaya de se dérider et d'apprécier le bonheur qui venait d'entrer dans sa maison. Il contempla la forêt d'en face, les alpages sur la hauteur, et les rochers qui dominaient l'ensemble, éclairés par le soleil d'automne. Ce cadre lui avait toujours paru magnifique. Mais ce matin-là, ce décor alpestre lui paraissait encore plus beau, comme si l'ange de Dieu l'avait frôlé de son aile au moment ou une nouvelle vie venait d'éclore.

À l'abord du village, il croisa des femmes qui charriaient de l'eau pour abreuver les bêtes. À leur regard, il comprit qu'elles connaissaient déjà la nouvelle. La sage-femme, la mère-sage comme on l'appelait dans la vallée, avait fait part à ses voisines de la naissance d'un garçon chez les Mariaz de l'Essert. La nouvelle s'était vite répandue... On prenait part à la joie, on s'inquiétait de l'état de santé de la jeune mère. On craignait toujours les suites de couches; combien de jeunes accouchées ne s'étaient pas relevées ! Non, tout allait bien, grâce à Dieu ! Les femmes se signaient dévotement, à la dérobée, comme si elles voulaient chasser quelque esprit mauvais.

L'homme se tenait sur le pas de la porte.

Il fit un grand geste du bras en signe d'amitié, et invita Jean-François à entrer. Tous ceux de la maison se pressèrent autour de lui pour avoir des nouvelles. Il se sentait là en famille, car Joseph Maxit, le maître des lieux, était son propre oncle. L'homme était ouvert et accueillant, il aimait la discussion. La famille Maxit avait connu autrefois des notaires, il y a de cela bien longtemps, à l'époque des ducs de Savoie et des rois qui les avaient remplacés. Joseph tenait de son ascendance une certaine autorité morale ; on venait volontiers le consulter pour des affaires de famille. Sa femme sortit la fiole de « goutte », l'eau-de-vie fabriquée au pays, et les hommes trinquèrent en chœur à la santé de la parenté, du nouveau-né ainsi que des heureux parents.

Finalement, Jean-François arriva sur la place du village et se dirigea du côté du presbytère. Il cogna à la porte, et la Françoise, la vieille servante de cure, vint lui ouvrir. Elle eut vite compris le motif de sa visite et rapidement, en aparté, lui demanda des nouvelles. Elle voulait toujours savoir les choses avant son curé : « des fois que celui-ci ne lui dirait rien ! », car il n'était pas bavard. Elle le fit entrer dans la cuisine et alla prévenir son maître.

M. Chevallier était curé de La Chapelle-des-Frasses depuis une douzaine d'années.

Il ne dissimulait pas la joie qui était la sienne d'être le curé de cette paroisse d'altitude. Mais il ne cachait pas non plus l'emprise qu'il avait sur ses paroissiens, et la forte poigne dont il se servait pour les maintenir dans le bon chemin. De caractère bien trempé, M. Chevallier était un maître-homme. Il fallait l'entendre le dimanche au prône, au cours de la grand-messe, quand il donnait ses avis et ses recommandations. Sa voix n'aurait admis aucun murmure, pas plus d'ailleurs d'approbation que de critique. Et les paroissiens se le tenaient pour dit.

Alors âgé de cinquante ans, il faisait partie de cette cohorte de prêtres élevés dans la sainte horreur de la Révolution française et de ses excès.

Il lui incombait de relever l'Église et de défendre la Religion. Et il ne manquait pas à son devoir. Il tempérait sa sévérité pastorale par les soins et les attentions qu'il témoignait aux plus pauvres et aux familles démunies ; une bonne partie de son traitement y passait.

En dehors de cela, il entendait être obéi. Il faut bien dire qu'on lui témoignait respect et obéissance. Il pouvait être fier de sa paroisse, et il ne manquait pas de le souligner auprès de ses confrères comme auprès de l'évêque du diocèse.

On disait volontiers de lui que « sous une écorce un peu rude, il cachait un cœur d'or ».

Ce n'est pas sans une certaine appréhension que Jean-François fut introduit dans le bureau de M. le Curé. Il tenait son chapeau à la main et osait à peine poser sur le plancher ses galoches de bois cloutées. Un peu comme s'il pénétrait dans le saint des saints ! De nombreux livres ornaient les rayons d'une bibliothèque ; la table était encombrée de papiers de toute sorte (journaux, cahiers, registres). Quelques fauteuils de velours rouge donnaient à cette pièce un aspect de salon bourgeois. Il y régnait une forte odeur de tabac à priser, car telle était l'habitude du maître de céans. Cela se lisait d'ailleurs sur le devant de sa soutane où chaque pincée de ce tabac avait laissé quelques traces.

M. le Curé invita Jean-François à s'asseoir et s'enquit de l'objet de sa visite. Il ne put retenir sa joie à l'annonce de la naissance de ce garçon et félicita l'heureux papa. Il demanda des nouvelles de la famille. Il avait en haute estime le père du jeune homme, Joseph Mariaz. Il le comptait parmi ses fidèles paroissiens, et il avait fait de lui un membre du Conseil de Fabrique,

« un fabricien » ; tout un honneur pour un paysan de la montagne jugé digne de s'asseoir à côté de son curé pour discuter des affaires de la paroisse ! Mais on n'était pas là pour discourir. Jean-François était venu pour le baptême du petit... Il fallait que ce nouvel être fut baptisé le plus vite possible pour être arraché au pouvoir du démon et devenir enfant de Dieu. Le baptême était au moins aussi important que la naissance puisqu'il ouvrait la porte du ciel. Il n'y avait donc pas à différer. On convint que la cérémonie aurait lieu le lendemain.

Alors M. le Curé prit sa plume, la trempa dans l'encrier et écrivit sur un papier brouillon :

L'an 1852 et le 25 octobre, a été baptisé François-Joseph, fils de Jean-François Mariaz et de Claudia Vernaz, habitant La Chapelle-des-Frasses au hameau de l'Essert. Cet enfant est né le 24 octobre, à une heure du matin. Le parrain et la marraine ont été François Vernaz et Marie-Anne Maxit, tous deux de La Chapelle-des-Frasses, grand-oncle et grand-tante de l'enfant.

Et le lendemain, qui devait être un mercredi, Jean-François mit le berceau avec l'enfant sur son épaule et, en compagnie de ses parents, se dirigea vers l'église paroissiale. En cours de route, on passa prendre le parrain et la marraine.

La cérémonie du baptême une fois terminée, on fit, selon la coutume, une visite au cimetière, tout à côté de l'église, pour une halte et une prière sur la tombe des ancêtres. On ne séparait pas les morts des vivants, car la mort faisait partie de la vie. Elle n'était, dans le fond, qu'un passage obligé vers l'éternité où chacun se sentait appelé. Là seulement serait la vraie vie qu'il fallait mériter durant le passage d'ici-bas. La leçon valait pour ce petit être ; en le présentant aux défunts de la famille qui reposaient au cimetière, on voulait par là orienter cette nouvelle vie dans le bon sens. Un joyeux carillon annonça à tous les habitants qu'un nouveau chrétien venait d'être engendré à la foi.

À la sortie de l'église, on ne s'attarda pas au village ; que voulez-vous que l'on y fit ? Dès le retour à la maison, la marraine mit le nouveau baptisé entre les bras de sa mère pour qu'elle lui donne un baiser. En effet, les mamans n'embrassent pas leur enfant tant qu'il n'a pas reçu le baptême. Les festivités s'arrêtèrent là, car on n'avait pas l'habitude de s'extérioriser... La pudeur commande aux sentiments. Et la vie reprit son cours, qu'elle n'avait d'ailleurs pas lâché.

Dans les jours qui suivirent, les parents de la famille vinrent visiter la jeune accouchée.

Un enfant était né chez les jeunes cousins Mariaz : pensez donc, quelle nouvelle ! Un enfant arrivait au monde, un garçon surtout, apportant avec lui le signe de la bénédiction divine. Dieu, qui préside à toute destinée, leur avait fait un royal cadeau ! Il fallait prendre part à la joie de la famille. Le travail à la maison laissait un peu de répit aux femmes à cette époque de l'année. On n'allait plus en champ aux vaches. L'herbe roussie par le gel ne convenait pas à celles-ci ; on l'abandonnait aux chèvres qui continuaient leur pâture sous la conduite de quelques enfants.

Aussi, est-ce avec joie qu'elles montaient vers la maison, frileusement enveloppées dans leur châle. Elles portaient avec elles quelques friandises, un morceau de pain, du sucre, un paquet de café, denrées rares et chères qui réjouissaient le cœur et dont l'homme avait fait l'achat au marché de Monthey. L'une d'elles apportait du beurre, proprement baratté. Ce cadeau permettait de compenser le peu de lait que l'on tirait des bêtes à l'automne, au moment ou elles commencent à tarir en vue du vélage. Une autre avait confectionné des « bougnettes » : vous savez, ces gâteaux de farine passés à la grande friture et saupoudrées de sucre !

La mère Mariaz, la toute nouvelle grand-mère, vint les recevoir sur le pas de la porte, car elle les avait vues monter. Elle avait le sens de la politesse montagnarde qui consiste à prévenir l'arrivée des personnes que l'on attend en venant les accueillir devant la porte. Avant de les inviter à entrer, elle les embrassa longuement.

À travers le couloir qui mène aux appartements et qui isole du froid, elle les conduisit jusque dans le pèle où ronflait un bon feu ; on avait installé, pour les couches de la jeune femme, un fourneau Baignes en fonte. L'eau bouillante chantait dans une marmite, et au-dessus, tel un décor de fête foraine, pendaient les langes de l'enfant pour qu'ils puissent sécher rapidement. La chambre sentait bon l'odeur des draps propres et la fleur d'oranger ; la chaleur du feu donnait une sensation de bien-être. Le petit dormait à poings fermés dans son berceau de bois. Les cousines s'approchèrent du lit de la jeune femme. On se congratula, on prit des nouvelles de sa santé, et on apporta un banc pour faire la causette.

Elles avaient déposé leurs objets sur la table. Après les avoir montrés à sa belle-fille, et remercié les visiteuses, la mère Mariaz se dépêcha de les ranger dans le buffet de la cuisine.

Pour être économe, elle s'y entendait ! Elle fit le café et, tout en le dégustant avec quelques biscuits, la conversation dura tout l'après-midi. C'était une joie dont on ne voulait pas se priver ; elle apportait une rupture dans la monotonie de la vie quotidienne. Cela se faisait d'ailleurs pour chaque famille de la commune, à l'arrivée d'un enfant. Et comme les naissances étaient nombreuses, les occasions de visite se multipliaient facilement.

La Toussaint

La semaine passa vite ; on arrivait à la Toussaint. La paroisse tout entière allait se sentir concernée. Cette fête s'étend sur deux jours : le 1er et le 2 novembre.

Dans la matinée du premier jour, après avoir soigné les bêtes à l'étable et nettoyé les abords de la maison, Joseph et Jean-François Mariaz mirent leurs habits du dimanche pour se rendre à la messe. Quant à Jeanne, elle jeta sur son caraco de serge noire son châle de soie moirée et prit sa plus belle coiffe. L'église paroissiale s'était habillée, elle aussi, de tous ses atours et de ses lumières. Les cierges ornaient et éclairaient le maître-autel où M. le Curé officiait en vêtements de fête. Joseph prit sa place au lutrin, avec les chantres.

Gaudeamus in Domino... chantait l'Introït de la messe de Toussaint. *Réjouissons-nous tous dans le Seigneur car c'est aujourd'hui la fête de tous les Saints*... Pour ces paysans de la montagne, habitués à une vie dure, la liturgie de ce jour les faisait entrer dans l'antichambre du Paradis. C'est pourquoi cette fête est très fréquentée ; personne ne voudrait la manquer. Le ciel, où trônent déjà les saints de leur connaissance, se trouvait à portée de la main. De chaque côté de la nef, en remontant vers le chœur, leurs statues s'alignent comme à la parade : saint Antoine, reconnaissable au cochon qui l'accompagne, – saint Sébastien, avec ses flèches – sainte Agathe, qui porte ses seins sur un plateau en souvenir de son martyre –saint Roch dont la jambe est marquée d'une plaie, en compagnie de son chien – saint Théodule, l'évêque du Valais, tenant d'une main une cloche et de l'autre un collier qui enserre la figure grimaçante du diable – saint Guérin, l'abbé d'Aulps, et saint Grat, évêque d'Aoste, tous les deux protecteurs attitrés des troupeaux et des récoltes.

On les avait toujours vus à leur place ; ils faisaient partie du décor. Ils exprimaient à la fois la confiance et la générosité des paroissiens qui avaient offert leur statue. En retour, on attendait d'eux aide et protection. Il n'y avait que pendant le carême que l'on dissimulait leur image. Du mercredi des cendres au samedi-saint, ils étaient recouverts d'un grand voile violet. Cela leur donnait un air de tristesse. On aurait dit des pleureuses, telles qu'on les voit dans l'église de Brou auprès des tombeaux.

Ils montent la garde dans le sanctuaire et conduisent le regard des fidèles vers le retable qui orne le mur du fond de la nef, dominant l'autel. Au centre de ce retable, un tableau représente le patron de la paroisse : saint Maurice, agenouillé, ayant près de lui son casque et son épée. Tout autour, des angelots portent les palmes et les couronnes du martyr. À la partie supérieure, assis sur un nuage de gloire, le Père céleste tenant le globe terrestre et le Fils tenant sa croix ; entre les deux, la colombe représentant le Saint Esprit.

À gauche et à droite du retable, deux statues d'évêques : saint Augustin et saint Blaise, chacun coiffé d'une immense mitre. Les ors et les stucs donnent à l'ensemble du décor un aspect irréel : on dirait une entrée de Paradis.

Et quand M. Chevallier célèbre à l'autel une messe solennelle, revêtu d'une chasuble en drap d'or et entouré d'enfants de chœur en surplis et soutanelles rouges, dans la fumée de l'encens et la lumière scintillante des cierges, on se croirait à la porte du ciel. Agenouillés dans la contemplation, les fidèles oublient leur vie difficile, leur maison inconfortable, le travail ingrat de la terre, la promiscuité avec les bêtes. Un jour, la mort leur ouvrirait cette porte vers l'éternité bienheureuse. Cette église, leur église était vraiment la maison de Dieu, et c'est pourquoi ils la voulaient belle ; ils la voulaient la plus belle de toutes les églises de Savoie. Pour assurer sa beauté, ils n'hésitaient pas à s'endetter pour verser l'argent nécessaire.

Pour rien au monde ils n'auraient manqué cette liturgie de Toussaint.

Après la messe, on ne s'attarda pas au village car il fallait se dépêcher de monter à la maison pour dîner. Les vêpres étaient à deux heures et demie, et il ne convenait pas d'arriver en retard. Les vêpres solennelles de la Toussaint allaient de nouveau dérouler leur faste liturgique.

L'après-midi donc, l'église est remplie de tous les fidèles. M. Chevallier, revêtu de la chape en drap d'or, fait un large signe de croix et entame le chant latin. Les versets du psaume se répondent de part et d'autre du chœur, et les chantres y mettent toute leur voix. Et voilà que le décor va changer brusquement.

Cela fait quand même un petit pincement au cœur et le bruit de l'assistance devient plus sourd. Après les ors et les réjouissances, la fête se mue en deuil de sépulture. La Toussaint laisse la place au Jour des Morts... La solennité de la liturgie se casse brusquement. Pendant que M. le Curé va en sacristie revêtir la cape noire, signe de deuil, on dresse dans le chœur de l'église le catafalque tout tendu de noir.

Chacun alors revoit en pensée ceux de sa famille qui sont partis durant l'année et qui, le jour de leurs funérailles, se trouvaient là, à la même place. Leur corps repose désormais au cimetière, mais leur âme, où est-elle ? A-t-elle trouvé le repos ? *Requiem aeternam clona eis Domine...* Tel est le leit-motiv de la liturgie des défunts. Ou bien, pour la punition des péchés insuffisamment expiés, ne rôde-t-elle pas de ci de là, appelant les vivants à son secours pour la dégager de ses liens et la libérer ? *Libera me Domine...* vient de chanter le prêtre pour commencer l'absoute devant le simulacre de cercueil recouvert du drap des morts.

Quand celle-ci se termine, la procession des fidèles se met en branle pour contourner le catafalque et y jeter en passant un peu d'eau bénite. Le clerc se tient près de la croix, offrant le bénitier à ceux qui passent et qui y plongent deux doigts avant de se signer. Chacun s'est muni de pièces de monnaie et attend son tour. En arrivant devant le prêtre, il saisit d'une main l'étole noire qu'il porte à ses lèvres, et de l'autre, il dépose sa pièce dans une sébille. Le prêtre, qui demeure en place tout ce temps de l'offrande en tenant son Rituel de prières, prononce à haute voix un des répons de l'office des Défunts : Le Miserere, le Subvenite ou un autre plus court, selon l'offrande qui est faite. Cette procession dure assez longtemps, car chacun pense qu'il ne doit pas être avare de ses prières et qu'il ne doit reculer devant aucun sacrifice d'argent pour aider une âme à se libérer du poids de ses péchés. Et pendant tout ce temps, les cloches de l'église sonnent à la volée le glas qui étend un voile funèbre sur toute la vallée.

L'après-midi était déjà bien avancé quand Joseph et Jean-François prirent le chemin de l'Essert. Ils marchaient en silence, chacun ruminant les pensées qui lui étaient venues au cours de l'office religieux. Joseph pense à son père, François-Victor, mort écrasé par la chute d'un billon, dans une coupe de bois à l'Envers. Encore jeune à ce moment là, il l'avait peu connu, et il avait du prendre rapidement la responsabilité de la maison ; ça n'avait pas été facile ! Maintenant, c'était lui qui abordait le temps de la vieillesse ; il allait sur ses cinquante ans. « Qu'est-ce que la vie, dans tout cela ? » Jean-François pense à son fils : « Que sera la vie pour lui ? Elle est déjà difficile pour nous, et le gouvernement, plus préoccupé des affaires italiennes que de la Savoie, ne fait rien pour nous venir en aide... L'avenir s'inscrit en sombre, et avant que la mort nous prenne, il faudra faire quelque chose, s'arracher à la fatalité ».

Une fois à la maison, ils posèrent leurs habits du dimanche et s'occupèrent des bêtes. La veillée allait commencer en famille. La veillée de Toussaint ne ressemble pas aux autres. Elle est empreinte de gravité. À la tombée de la nuit, de nouveau le glas se fit entendre ; il rappelait que demain serait le Jour des Morts. Joseph s'était assis au bout de la table familiale, à sa place habituelle. Il ouvrit le livre des oraisons et ajusta ses lunettes. Chacun écoutait religieusement, pendant qu'il lisait la longue prière du soir. Avant de refermer le livre, il invita à prier pour les défunts de la famille, pour ceux de la commune, pour les morts des guerres, pour ceux qui meurent sans avoir un prêtre pour se confesser...

Ensuite Jeanne apporta la marmite de pommes de terre et mit sur la table du caillé. On ne se serait pas permis de manger autre chose ce soir-là ; il fallait veiller et prier. Marie-Victorine, la grand-mère Mariaz, racontait que pendant la nuit de Toussaint, les âmes des morts erraient dans l'obscurité à la recherche de ce qui avait été leur maison. Le moindre bruit dehors, la poussée du vent contre la charpente du toit, la porte de la grange qu'il secouait, tout cela faisait sursauter les gens de la maisonnée, et les enfants se serraient contre leur mère. La prière, en rappelant le souvenir, empêchait cette divagation des âmes ; elles demeuraient en repos sous le pardon de Dieu et elles profitaient des mérites des vivants. Pour cette longue veillée, on avait pris soin de se munir d'huile pour la lampe. Personne n'avait envie de sortir ce soir-là, ne serait-ce que pour aller s'approvisionner au grenier.

Le lendemain 2 novembre, après la messe solennelle pour les défunts de la paroisse, la procession sort de l'église pour se rendre au cimetière. Elle est conduite par les confrères et consœurs de la confrérie du Saint-Sacrement, tous en habit. Après l'absoute générale, chacun veut que M. le Curé vienne dire un Répons sur la tombe de famille. Personne ne manquerait à ce devoir, et on glisse dans la main du prêtre la pièce de monnaie prévue pour le Répons demandé.

Jean-François trouve cette pratique pas très normale et, dans le fond, pas très charitable, que ce soit à l'égard des morts comme à l'égard des vivants.

« Au lieu de comptabiliser, pense-t-il, des prières contre un tarif en argent, si bien que ceux qui sont riches obtiennent plus de prières, on ferait mieux de mettre un répons unique pour chacun, quelle que soit la somme donnée. Dieu ne doit pas rentrer dans un pareil marché. Dieu est bien au-delà de nos calculs. Il faudra que j'en parle à l'oncle Joseph ; lui, il devrait me comprendre ! »

Cette pensée qui l'assaille et qui le tourmente, contre ce qu'il estime de l'injustice, il ne sait pas très bien la formuler. À qui pourrait-il en parler, sans se faire traiter de contestataire ? Sous le Régime sarde, on ne badine pas ; il faut marcher droit !

« Qu'il est donc difficile de changer les choses établie !» Et pourtant, s'il avait osé en parler à son curé, il aurait trouvé en lui une oreille ouverte et attentive. M. Chevallier trouvait cette coutume lourde et chargée de superstition. Il s'en était ouvert à son évêque lorsque ce dernier avait lancé une consultation auprès des recteurs de paroisse de son diocèse.

« J'ai trouvé cet usage établi et je n'ai pas cru devoir le changer. J'estime qu'il serait plus convenable que cette odieuse supputation de monnaie, qui se fait au beau milieu de l'église, fut abolie, et qu'un répons seulement fut dit à chaque offrande grande ou petite ».

C'est le cas de le dire... La mort fait partie de la vie. Dans une population nombreuse, elle fauche en rangs serrés. Les adultes paient un lourd tribut. Les hommes sont frappés dans la force de l'âge, soit des suites d'un accident en conduisant une bête à la montagne, soit écrasés par un arbre dans une coupe de bois, soit suite à un refroidissement. Quant aux femmes, elles sont emportées lors d'un accouchement qui se passe mal, et cela arrive souvent. Mariées jeunes, elles n'ont pas la force de supporter les nombreuses grossesses qui se suivent. Si bien qu'il y a toujours un deuil à porter dans une maison. Les femmes s'habillent en noir à cette intention pendant toute une année; elles ne sortent jamais de cette couleur. Cela leur donne un air compassé. Sont-elles encore de ce monde ? N'ont-elles pas déjà un pied dans l'éternité ?

Nombre d'enfants meurent en bas âge, aux environs d'un an, un an et demi, mais cette mort n'accable pas tellement les vivants. D'une part, la famille nombreuse compte d'autres éléments susceptibles de remplacer celui qu'elle a perdu. D'autre part, l'enfant qui s'en va sera un ange au ciel. Dans son innocence, il aura la chance de ne pas connaître le péché, et il échappera à toutes les vicissitudes de la vie d'ici-bas.

Le salut éternel est une chose difficile à obtenir, et pourtant il n'y a rien de plus important. La mort peut arriver à tout instant ; il faut être prêt à paraître devant Dieu. Dieu sera terrible dans son jugement, si le poids des péchés n'est pas racheté par l'abondance des mérites acquis durant la vie. Pour exciter le zèle des fidèles et les aider à se préserver ainsi du feu de l'enfer, les prédicateurs insistent sur la peur salutaire... peur de la damnation éternelle, peur du jugement de Dieu, peur du péché mortel, peur du scandale donné par le mauvais exemple. Pour acquérir des trésors dans le ciel, rien de tel que les indulgences... Celles-ci tiennent une grande place dans la dévotion. On acquiert ainsi des remises de peine à valoir dans l'éternité, pour soi-même, pour un défunt en particulier ou pour les âmes du purgatoire.

Ce sont les femmes qui portent la charge; à elles est dévolu le devoir de la prière pour les défunts.

Chaque dimanche, avant la grand-messe, a lieu l'absoute pour les défunts de l'année, avec le chant du *Libera*. Le célébrant revêt la cape noire. À la table de communion s'agenouillent les femmes déléguées par les familles où il y a eu un deuil.

Elles sont là tout enveloppées d'un voile noir, tenant en main un gros cierge, le cierge de l'annuel. La prière terminée, le prêtre s'approche de chacune d'elles pour l'asperger d'eau bénite et lui présenter le signe de la paix, une image de Jésus-Christ crucifié taillée dans le métal, où elle pose dévotement ses lèvres. Avant d'entrer dans l'église, chacune est déjà allée se recueillir au cimetière sur la tombe familiale. Elle ne manquera pas de revenir l'après-midi avant de dire le Rosaire et d'assister aux Vêpres. Ainsi les âmes des fidèles trépassés auront eu leur part des prières qui leur sont dues. En considération de celles-ci, Dieu pourra se montrer indulgent à leur égard et leur attribuer les mérites offerts.

Dieu se laissera fléchir et ne donnera pas suite à sa colère.

L'après-midi de Toussaint et durant toute la journée du lendemain, on peut gagner une indulgence plénière applicable aux défunts. Après les Vêpres, et avant de regagner la maison, chaque femme tient à cœur de gagner cette indulgence autant de fois qu'elle le peut. Pour cela, il suffit, et il est nécessaire de dire à l'église cinq *Pater, Ave* et *Gloria* aux intentions du Souverain Pontife. Une émulation saisit les saintes femmes de la paroisse. Pour gagner le plus d'indulgences possible, il ne faut pas enchaîner les prières prévues comme une ritournelle ; chaque rite doit être distinct de celui qui le précède ou qui le suit, comme s'il était unique à compter. Aussi marquent-elles cette rupture en sortant sur le devant de l'église, elles restent là un instant à regarder le ciel ou la nature, sans engager la conversation. On dirait qu'elles viennent prendre le frais ! Ce devoir de charité pour leurs défunts achevé, elles rentrent à la maison à la fois soulagées de la peine qu'ils endurent et gonflées d'espoir pour leur salut.

Jour de marché

Chaque mercredi voyait quelques hommes se rendre au marché de Monthey, la ville voisine. Voisine, c'était bien une manière de parler, car il fallait compter deux heures de marche pour s'y rendre ! Avec, à l'aller comme au retour, la montée et la descente du col de Morgins. La marche à pied ne leur faisait pas peur et, pour eux, Monthey c'était vraiment la porte à côté. Ils y trouvaient les magasins, le docteur, le dentiste, le vétérinaire, et bien sûr, chaque mercredi, le marché.

Ce marché attirait beaucoup de monde. Les villageois de La Chapelle-des-Frasses retrouvaient des paysans de Champeiry, de la commune d'Illiez, de Trois-Torrents, des villages de la plaine du Valais, et des forains pour ouvrir leur étal. On y rencontrait même des gens de Morzine et de Samoëns qui passaient le col de Cou et arrivaient par le Val d'Illiez. On apportait les produits de sa ferme, et en échange on se munissait de ce qui était nécessaire au ménage. Surtout, chacun trouvait là un lieu de rencontres et de discussions où se colportaient les nouvelles : nouvelles des vallées, nouvelles du monde. On échappait un moment à l'emprise de son milieu et à la monotonie du quotidien. Tout en buvant un verre de fendant au café de la place, il semblait que d'autres horizons s'ouvraient.

Jean-François aimait se rendre à Monthey ; les petits moyens financiers de la famille ne lui permettaient pas de recevoir une gazette ou une feuille d'avis. Les nouvelles arrivaient filtrées dans ce coin de vallée, un peu en dehors du monde. On ne savait que ce que voulaient bien en dire les personnes du chef-lieu que l'on fréquentait : ou le curé Chevallier ou l'oncle Joseph Maxit ou le syndic François Cruz ou le secrétaire de la commune. Mais Jean-François préférait se faire une idée personnelle des événements et des hommes. Il en tirait des enseignements pour assurer sa propre vie. À première vue, vous n'auriez pas deviné cette qualité de réflexion chez lui ; il se livrait assez peu, et derrière ses sourcils broussailleux, ses yeux clairs vous scrutaient. D'ailleurs, son habillement ne le mettait pas à part des autres. Mais il avait gardé cette qualité de réflexion depuis les jours où son père l'avait envoyé au collège de Saint-Maurice, tenu par des religieux de l'abbaye. Non pas qu'il y soit resté longtemps, mais ce séjour avait suffi pour déclencher en lui un processus de réflexions personnelles.

Il avait en horreur l'esprit moutonnier qu'il remarquait chez nombre d'hommes de sa commune; ils admettaient ce qu'on leur disait sans esprit critique. On pouvait témoigner du respect à l'autorité, et en même temps avoir une idée personnelle. On croit vous l'avoir déjà dit; c'est ce qu'il appréciait chez l'oncle Joseph, le non-conformisme de l'esprit allié à une rectitude de vie.

Il s'était entendu avec son beau-frère, Maurice Vernaz, pour descendre à Monthey. À deux, la route est plus facile. Il emportait, dans son sac de vieux cuir, son casse-croûte pour le midi, sa « taque » faite d'un bout de pain bis, d'une tranche de lard fumé et d'un morceau de tomme. Il emportait aussi, ce jour-là, et ce pour la vente, cinq petits fromages de chèvre, bien secs, et un vacherin, le premier vacherin de la saison que sa mère avait confectionné.

Il s'agit d'un fromage mœlleux, que l'on mange pratiquement à la cuillère ! Il n'y en avait pas comme la mère Mariaz pour en faire d'aussi bons, crémeux et coulants à point... un vrai délice ! Ce premier vacherin de la saison, on le réservait traditionnellement à la famille des Maxit, ces cousins partis de la vallée et établis à Monthey justement. Ils y faisaient de bonnes affaires. Dans cette famille, on était tanneur de père en fils.

– Alors, Maurice, dit Jean-François en lui serrant la main, quelles sont les nouvelles ?

– J'ai rencontré hier Charles David, du Torchon. Il vient de perdre encore une vache. Tu te souviens qu'il en avait déjà perdu une cet été, à l'alpage ! Il croit que quelqu'un lui a jeté un sort. Sa femme est descendue voir si les Capucins de Saint-Maurice ne pouvaient pas lui donner un peu d'eau bénite, avec une prière pour chasser ce mauvais sort. Charles accuse Joseph à Tienne, du Raffourt ; il dit qu'il lui en veut parce qu'il est jaloux. Autrefois, il aurait été lésé dans un partage de famille. Ils sont bien un peu parents, mais de loin. Qu'est-ce que tu crois, Jean-François ?

– Moi, tu sais, ces histoires de sorciers et de sorts qu'on jette sur quelqu'un ou sur des bêtes, j'ai peine à les croire. Je me demande si ce n'est pas de la bêtise, tout simplement. Au lieu de chercher une explication de ce genre, il vaudrait mieux voir ce qui a pu provoquer ces pertes successives. La maladie existe aussi chez les bêtes, et le mauvais sort n'y est pour rien.

– N'empêche que cela lui donne beaucoup de soucis, reprit Maurice. À l'entrée de l'hiver, on trouve difficilement des vaches de remplacement ; chacun a vendu celles qui étaient de trop dans son troupeau, à la foire d'automne. Pour l'hiver, il faut calculer juste. Pourtant, s'il n'en hiverne pas un nombre suffisant, il ne pourra pas en inalper autant, l'été prochain. Et la perte sera encore plus grande, puisqu'il manquera de fruit à retirer de la montagne. J'ai peur qu'il n'arrive pas à s'en sortir.

– Il pourrait aller voir Auguste Decurgez, à Masson-gex. Il a toujours quelques bêtes en réserve, il fait un peu le maquignon. Tu le connais, il est encore honnête. Il devrait y avoir moyen de s'arranger avec lui, quitte à le payer plus tard.

– Mais Charles du Torchon n'a pas un sou vaillant. Il est déjà en dette auprès des Favre, de Richebourg. Il a emprunté auprès de Basile pour arranger sa maison. Cette dette lui tourne la tête, et tu sais que chez les David, on n'a pas la tête solide. Tu vois s'il lui arrivait un mauvais coup !

Tout en devisant, ils montèrent par Souvay et arrivèrent près de la maison des Command. Justement, Claude se tenait sur le pas de la porte. Il les invita à entrer, car lui aussi voulait se rendre à Monthey. Tous les trois avaient à peu près le même âge, et ils se connaissaient depuis longtemps. Il leur était souvent arrivé d'aller ensemble à la veillée chez une famille ou l'autre de la paroisse, là où se trouvait une fille à marier. Des trois compères, seul Maurice demeurait encore célibataire ; il hésitait à faire son choix. Claude, lui, avait épousé une fille de Trois-Torrents, une solide valaisanne qui lui avait donné deux beaux garçons.

Rajustant le sac sur leurs épaules, ils prirent le chemin qui conduit au pas de Morgins. Ils marchèrent d'un bon pas ; après les dernières maisons, sous la forêt, la route prenait droit dans la pente, au milieu des sapins. Au sommet du col, autour du petit lac qui stagne là, tout était calme. On est toujours surpris de ne pas entendre les cloches des vaches tinter sur l'herbe de l'alpage. Elles font tellement partie du décor des Alpes ! L'hiver était bien là. La musique avait disparu et, à sa place, la mélancolie s'installait dans le cœur des montagnards.

En face d'eux, de l'autre côté de la dépression du Val d'Illiez, se dressaient, majestueuses dans leur robe de neige, les hautes falaises des dents du Midi. Le soleil les éclairait par derrière depuis l'orient, détachant chaque contour de la cime et projettant leur ombre vers l'avant; on aurait dit qu'elles étaient là, à les toucher. Bien qu'habitués à les voir, ils restèrent un moment à les contempler. La rude beauté de la montagne apporte une touche de tendresse dans l'âme de ceux qui la côtoient chaque jour. Elle développe la sensibilité du montagnard, affronté à un climat et à des conditions de vie difficiles, et elle agit de connivence avec lui, mais elle reste encore lointaine, inaccessible. Elle ouvre, tout naturellement, à un sentiment religieux d'adoration et de crainte respectueuse devant la puissance du Créateur. En sa présence, comme devant la montagne, l'homme se sent petit. Sur un tertre dominant le lac, à proximité d'un chalet, se dresse une croix. Les trois compagnons se découvrirent pour saluer intérieurement le Maître de la création. Un peu plus loin se trouve la pierre des Limites, portant la séparation entre les états de Savoie et le canton du Valais.

Les hommes allaient et venaient sur la place de Monthey. Quelques-uns s'agglutinaient pour une discussion. Des groupes, s'échappaient des pans de phrase en patois inaudibles pour l'étranger. Le langage commun à toutes ces populations ne s'embarrassait ni des limites des vallées ni des limites des États. Ceux qui descendaient de Trois-Torrents ou de Champeiry retrouvaient là les paysans de la plaine du Rhône ; Savoyards et Valaisans faisaient partie d'un même peuple autrefois. Depuis tant d'années, tant de siècles, rien n'avait pu arrêter les échanges entre eux, ni les différences d'altitude, ni les actions de guerre, ni les traités entre États. La vieille langue celtique, ou ce qui en restait, les unissait ; elle leur avait forgé une âme commune. Elle les rendait frères de ceux de Martigny et de la Bathiaz, de ceux de la vallée d'Entremont, de ceux de Bourg-Saint-Pierre, au pied du Grand-Saint-Bernard, et par-delà le col, de ceux de la cité d'Aoste, fidèles gardiens de Saint-Ours. Elle circulait à travers les vallées comme le vent que rien n'arrête.

Tout au long de son histoire, ce patois avait laissé des plumes. Il avait troqué des mots usés pour d'autres habillés à la moderne, au goût du jour. Il avait subi le brassage des conquérants et des troupes qui les suivaient, des marchands qui passaient les cols et qui s'attardaient dans les villages, des hommes de loi qui établissaient les contrats, et des hommes d'Église qui transmettaient la parole de Dieu. On aurait pu trouver en lui les strates laissées par tous ces envahisseurs. La langue latine, dans sa concision, l'avait martelé. Le parler tudesque, au temps de la Lotharingie des successeurs de Charlemagne, avait fait ressortir les mots et les expressions d'origine germanique et burgonde. Alors que dire de l'influence des deux langues officielles qui se partageaient le royaume du Piémont, l'italienne et la française ! Placé au cœur des Alpes, au point où vient battre le flux et le reflux des trois civilisations culturelles de l'Europe occidentale, le patois ne pouvait pas résister à leur choc.

Car ces montagnards, valaisans et savoyards, parlent un français très pur. Ils sont imbus de la civilisation française, et c'est vers Paris qu'ils tournent leurs regards, mieux que vers Turin ou Berne.

Après avoir déposé ses fromages de chèvre auprès de ses clients habituels, Jean-François prit la direction de la tannerie Maxit. Elle était située un peu à l'écart du bourg, de l'autre côté du torrent qui descend du val d'Illiez ; un pont couvert, tout en bois, facilite le passage. La forte odeur dégagée par les peaux qui trempent dans les bains de préparation, mêlée à celle de l'écorce de chêne dégorgeant son tannin, annonçait sa présence. En arrivant, cette odeur vous prenait à la gorge. On s'activait à l'intérieur du bâtiment. Jean-Baptiste Maxit avait installé cette petite manufacture voici quatre ou cinq ans. Son affaire progressait. On le considérait comme un honnête homme et un travailleur. Bien sûr il avait de qui tenir... Son père n'était autre que Joseph Maxit, de La Chapelle-des-Frasses, l'oncle de Jean-François.

Joseph Maxit avait monté, dans les années 1824-1825, une fabrique de transformation pour les peaux des vaches de la race d'Abondance. Il avait trouvé à côté de chez lui une source parfaitement pure et tout à fait adéquate au travail qu'il envisageait. L'eau venait d'un petit lac de montagne où elle s'oxygénait tranquillement. S'infiltrant ensuite dans les dédales du sous-sol, elle se nettoyait, perdait ses impuretés, avant de ressortir à la lumière, là, au pied de la pente.

Joseph s'était rendu compte que l'extension du cheptel dans la vallée apporterait un nombre considérable de peaux à travailler et à transformer. On ne pouvait se contenter de la manière artisanale et routinière qui était pratiquée jusqu'alors et qui remontait au Moyen Âge. Cette méthode archaïque donnait un cuir résistant, mais dur à l'emploi et grossier à la présentation. Il s'en était inquiété et, dans cette intention, il s'était rendu à Chambéry, la capitale de l'ancien duché. Il en avait ramené des idées, assez simples pour être réalisées avec les moyens de fortune qu'il trouverait au village, et suffisamment claires pour passer dans la pratique et engager l'avenir. Son entreprise avait bien marché. Il passait maintenant la main à son fils aîné, Charles-Victor, et il avait encouragé le plus jeune à s'établir à Monthey. Bien qu'il se plût beaucoup dans sa vallée, qu'il n'aurait jamais quittée pour tout l'or du monde, il sentait qu'elle devait s'ouvrir vers l'extérieur. Le commerce devait assurer d'autres débouchés et permettre à quelques-uns de sortir de l'anonymat de la vie rurale. En ce sens-là, il correspondait à la mentalité générale qui animait l'Europe en ce moment, et il n'était pas homme à freiner l'évolution du pays.

Jean-Baptiste s'avança au-devant de son cousin, et lui prit la main en la broyant presque ; il avait une poigne, ce garçon ! habitué qu'il était à tirer les peaux et à manier le racle et le tranchet ! En même temps, il redressait la tête d'un geste vif et plongeait son regard droit dans les yeux de son visiteur. Jean-François pensa en lui-même : « Le voilà maintenant un vrai Valaisan ! » Jean-Baptiste Maxit avait épousé la fille de Félicien Crétallaz, un cultivateur de Monthey, et vivait au sein de sa belle-famille. Justement sa femme, Christine, paraissait sur le pas de la porte – l'arrivée de Jean-François n'était pas passée inaperçue – et venait s'inquiéter de la santé de Claudia et du nouveau-né. Toute la famille était déjà au courant de la naissance. On entra dans la cuisine, et Jean-Baptiste alla chercher à la cave une bouteille de fendant. Christine déposa sur la table deux gobelets en étain. En coulant, le vin à la couleur dorée accrochait les rayons du soleil qui inondait la pièce.

– Santé ! fit Jean-Baptiste.

– À la bonne vôtre, répondit Jean-François.

– Comment ça va, là-haut ? La famille s'agrandit !

– Oui, tout le monde est content, et les parents ne sont pas les derniers à s'en réjouir. Pourtant, une famille ne peut trop s'agrandir. Pourra-t-on donner du pain à tous ? Notre curé me disait, l'autre jour, qu'il y a une moyenne de vingt-deux naissances par année. Cela fait des familles nombreuses ! Il confiait dernièrement au père son souci de voir nombre de ces familles réduites à la plus grande pauvreté. Le pain en viendrait à manquer...

– Il n'y a pas que chez vous. Tu sais que l'ensemble du canton du Valais est concerné par la même question. Il y a trop de bouches à nourrir et trop de bras inemployés. Pour compliquer la situation, notre gouvernement fédéral a décidé qu'aucun Suisse ne pouvait s'engager comme soldat mercenaire au service d'un État. Tous ceux qui se trouvaient à l'étranger devaient résilier leur contrat et rentrer au pays. Sans doute a-t-il raison ! Pourtant, tous ces Suisses qui se plaçaient dans une petite armée princière gagnaient leur vie d'une manière honorable en faisant leur service. De plus, ils envoyaient de l'argent à la famille restée au village. Et voici que, suite à cette mesure, ces jeunes recrues reviennent au pays.

Les relevailles

Ce dimanche matin du mois de novembre, Claudia déposa sur le lit les habits qu'elle allait mettre pour descendre à la messe. Elles les regarda avec joie, comme seule une jeune femme sait admirer de beaux habits avant de s'en parer... Le châle en cachemire, la coiffe avec sa dentelle fine, le magnifique tablier de soie noire et mauve qu'elle avait reçu de sa mère en cadeau de mariage. À côté, elle avait disposé la chaîne en or que Jean-François lui avait offerte pour retenir la croix, en or elle aussi. Ce n'est pas qu'elle cherchait à paraître belle pour attirer les regards ! Non. Cette joie qui vibrait dans tout son corps éclatait sur son visage, joie intérieure faite de la grâce de la maternité. Son corps s'était épanoui. Elle était mère depuis tantôt quatre semaines, et elle allait être reconnue comme telle aujourd'hui, en public et officiellement. Ce dimanche avait été choisi, en accord avec M. le Curé, pour la cérémonie des Relevailles. Dieu lui avait fait cadeau d'un garçon en bonne santé, il convenait de l'en remercier sans trop tarder.

Depuis qu'elle avait accouché de François-Joseph, elle n'était pas sortie. Il ne fallait pas qu'une femme sorte de sa maison pendant ce temps-là. Cela ne se faisait pas ! Un ennui de santé est si vite arrivé, un coup de froid par exemple... ou bien un malheur, on ne sait jamais ! De toute façon, il valait mieux l'éviter, car il faut du temps pour qu'une femme se remette de ses couches.

Un accouchement s'entoure toujours de mystère. On en parle sans en parler, à mots couverts. Ce sont des choses qu'on chuchote entre femmes. À leur sujet, un voile de pudeur doit les envelopper et les laisser dans l'ombre. La religion dit que les choses du sexe entraînent loin de la sainteté. Le mariage existe pour assurer la procréation et l'avenir de la famille. Chaque mère se doit de l'enseigner à sa fille avant son mariage :
« Tu ne dois pas te refuser à ton mari. Pour le reste, tu feras comme tu pourras. Que Dieu et la Sainte Vierge te viennent en aide ! »

Chacun sait que s'y greffe volontiers de la complaisance qui conduit à l'impureté.

Voilà de bonnes raisons pour que la femme vienne demander à son curé sa purification et sa sanctification. En quelque sorte, ce jour-là, elle est réintroduite dans l'Église. Cette cérémonie porte le nom de Relevailles, sous-entendu la femme qui se relève de ses couches. Tel est le nom que donne le Rituel.

On était arrivé à l'église un peu avant dix heures, pour ne pas faire attendre M. le Curé. Devant l'entrée, Claudia s'était arrêtée en compagnie de sa mère, et de la marraine de son enfant ; elle tenait une chandelle de cire jaune à la main. Jean-François Mariaz, son mari, François Vernaz, son père, ainsi que l'oncle Joseph, se tenaient à l'écart, sur le côté. Juste avant que ne sonnent les trois coups de la messe, M. Chevallier était sorti sur le perron, en aube avec l'étole violette, couleur de la pénitence, et barrette en tête.

Il s'arrêta, souleva sa barrette et salua de la tête le groupe des hommes. Puis, après s'être recoiffé, il s'avança vers Claudia et lui recouvrit la tête d'un pan de son étole : « Entrez dans l'Église de Dieu, fidèle servante, dit-il en latin, pour qu'à l'image de Marie vous soyez purifiée par la grâce du Dieu tout puissant. » À sa suite, les trois femmes entrèrent dans l'église, et Claudia vint s'agenouiller à la table de communion ; le prêtre lut une prière et fit sur elle le signe de la croix avec l'eau bénite. Elle était purifiée, elle pouvait se relever. Elle remit entre les mains du clerc la chandelle qu'elle tenait, pour l'usage de l'autel, et déposa dans un plateau cinq pièces de dix centesimi à l'effigie du roi Victor-Emmanuel. Elle pouvait maintenant prendre sa place dans l'assemblée des fidèles. Elle rejoignit, non pas sa mère, mais sa belle-sœur, car elle se situait dans la lignée des Mariaz. À l'église, chaque famille a sa place immuable.

Quant aux hommes, Joseph Mariaz avait rejoint sa place dans les stalles du chœur, ct les trois autres étaient montés, selon leur habitude, à la tribune.

Le repas de midi rassemblait l'ensemble de la famille chez les Mariaz pour fêter cette journée. Jeanne, aidée d'une de ses filles, avait passé la matinée à le préparer. Toutes les deux s'étaient unies à la messe qui se célébrait à l'église, et quand les coups de la Consécration se firent entendre, elles se mirent à genoux au milieu du pèle pour une prière d'adoration. À l'approche de midi, elle sortit sur la galerie pour donner un coup d'œil. Elle vit les deux garçons, ses benjamins de 15 et 17 ans, qui montaient les premiers. Derrière eux, venait le groupe des femmes qui entouraient sa belle-fille, la mère de celle-ci, Marie-Joséphine, la marraine, sa belle-sœur Marie-Anne Maxit, et sa fille Marie-Aimée. Les hommes viendraient un peu plus tard. Ils avaient dû s'arrêter au cabaret du village pour boire une chopine de vin blanc.

Le repas, quoique frugal, avait satisfait les appétits. Après le bouillon, qui remplaçait la soupe les jours de fête, on avait servi un morceau de porc avec des choux et des pommes de terre. Ce morceau de porc avait été précieusement mis de côté dans le saloir, par le père Mariaz, en vue de ce repas de famille. Il l'avait sorti la veille pour le faire dessaler, et maintenant le saloir était presque vide. Le dessert, que tout le monde attendait, surtout les enfants, reposait dans une immense jatte de terre : des œufs à la neige, dont les couleurs jaune et blanche étaient striées du noir des bâtonnets de vanille. Pour accompagner, des « bougnettes » largement saupoudrées de sucre. Après cela, on servit le café.

Pour ces montagnards, ce repas était un banquet. Le café et le sucre, dont on n'usait qu'avec parcimonie, Jean-François les avait rapportés de Monthey à cette intention. Heureusement que ce genre de fête ne revenait pas trop souvent... on s'y serait ruiné. On menait une vie sobre chez les Mariaz, et pourtant cette famille sortait un peu de l'ordinaire. Alors, chez les autres... ! Pour ne rien vous cacher, il faut vous dire que l'oncle Joseph, qui portait Jean-François en estime, lui avait remis, discrètement, une pièce d'or de vingt francs pour lui permettre de faire les achats nécessaires.

Et l'oncle Joseph, se sentant à l'aise dans cette famille, entre son beau-frère et son neveu, se laissait volontiers aller aux confidences. Il savourait, en tenant le verre dans ses mains pour le réchauffer, l'eau-de-vie de gentiane que Joseph Mariaz était allé chercher à la cave. Cette eau-de-vie de sa fabrication, il la tenait des racines de gentiane qu'il descendait à l'automne de sa montagne de la Callaz. Il les arrachait à la terre, les portait dans un gros sac, les faisait sécher avant de les broyer et de les mettre à macérer. En connaisseur, François Vernaz appréciait lui aussi. Il aurait voulu en mettre une larme sur les lèvres de son petit-fils, mais les femmes s'étaient récriées : « François-Joseph se porte bien, il n'a pas besoin de médicament ! »

Joseph Maxit sortit sa tabatière en corne, où il rangeait son tabac à priser, et l'offrit à ses voisins. Il prit ensuite une bonne prise de ses doigts noueux, l'aspira bruyamment en renversant légèrement la tête en arrière. Ce rite marquait un certain contentement de soi, un peu comme une joie de vivre et de respirer. Il remit enfin la boîte dans la poche de son gilet. Chacun était prêt à l'écouter.

– C'était au printemps de 1813 ; j'allais tout juste avoir dix-neuf ans ! Napoléon venait de rentrer en catastrophe de Russie, poursuivi par les troupes du Tsar. Ses affaires n'allaient pas bien du tout. On recevait de mauvaises nouvelles de la Grande Armée qu'il avait emmenée avec lui pour sa campagne.

En ce temps-là, la Savoie faisait partie de l'Empire français, et Napoléon avait décrété la conscription obligatoire. Il lui fallait sans cesse des troupes fraîches pour les envoyer à la boucherie. Il avait maintenant toute l'Europe contre lui : les Russes, bien sûr, mais aussi les Prussiens, les Autrichiens, les Suédois, les Espagnols, sans oublier les Anglais. Au début de 1813, pour refaire son armée décimée dans la retraite de Russie, il enrôla les recrues des classes 1813 et 1814. On les appela « les Marie-Louise » du nom de l'impératrice, la deuxième femme de Napoléon.

Mais quel plaisir aurait-on eu d'aller se faire tuer sur les champs de bataille de l'Europe ? Pour la gloire d'un tyran assoiffé de sang ? La vie dans la vallée, à l'écart du tohu-bohu du monde, apportait d'autres joies de vivre. La montagne est si belle en toute saison ! Voyez-vous, on regrettait nos anciens rois de Sardaigne. Avec eux, au moins, chacun vivait tranquille, et ne s'engageait dans l'armée que celui qui en avait le désir. Après la tourmente, ils nous sont revenus, avec Charles-Félix, d'heureuse mémoire, Charles-Albert, le talentueux, et aujourd'hui Victor-Emmanuel. Que Dieu protège le roi ! (et Joseph leva son verre, imité aussitôt par tous les convives, qui reprirent en chœur l'acclamation.)

Pourtant il fallait trouver le moyen d'échapper à la conscription et aux gendarmes ! La loi de l'Empire disait que celui qui était marié était dispensé de ce fait de l'enrôlement militaire. Je n'avais pas encore dix-neuf ans, et si je ne voulais pas partir, je devais me mettre en état d'être marié, me trouver une femme, passer devant le maire et le curé... Alors, mon certificat de mariage ferait foi devant les autorités.

Nous étions trois bons camarades : Pierre à la Tine, François Command de la Cry, et moi, bien sûr. Nous n'avions pas le temps de fréquenter. L'été, on travaillait aux champs ou à la montagne, et l'hiver, on se louait dans la plaine, en Valais comme garçon d'écurie. On ramenait ainsi quelques sous à la maison. Aussi, avec Pierre et François, du même âge que moi, nous nous étions promis de ne pas rester célibataire plus longtemps. Nous passions en revue les filles de la commune susceptibles de pouvoir se marier, et nous supputions les chances qu'elles nous réserveraient. J'avais remarqué la Marie-Anne, la fille à Maurice Peillex. Elle était bien faite et assez avenante de sa personne. Je me dis que j'aurais peut-être une chance. Tu te souviens, dit-il en se tournant vers sa femme ?

C'était vers la fin du mois de mars, et Pâques, cette année-là, se trouvait le 14 avril. Traditionnellement, le dernier mercredi de mars, tous les Chapellans descendent au marché de Monthey. Dans la plaine, le printemps est déjà au rendez-vous, semant la nature de vert et de jaune. Cela nous change du blanc de l'hiver. Tandis que, pauvres de nous, par ici on patauge encore dans les plaques de neige et dans l'eau que sa fonte répand à profusion !

C'est le moment d'aller faire ses emplettes de graines pour le jardin; les grainetiers du Valais et du pays de Vaud sont tous là. Afin de humer un air de printemps, la jeunesse ne manque jamais cette sortie. Aussi je me disais que ce jour-là était ma chance.

En descendant la côte, sous le village de Trois-Torrents – je revois encore l'endroit! – la bande de garçons que nous étions marchait en compagnie de ces demoiselles. Je m'étais entendu avec Pierre à la Tine et avec François pour qu'à un moment donné ils s'occupent, d'une manière ou d'une autre, des autres jeunes filles et qu'ils puissent faire que Marie-Anne Peillex se trouve isolée, à ma hauteur. Les familles étaient loin derrière. J'en profitais pour faire ma demande en mariage et lui dit tout à trac: « Marie-Anne, voulez-vous m'épouser? »
Elle rougit tout ce qu'elle savait. J'ai ajouté que je l'avais remarquée depuis longtemps, que mes sentiments pour elle étaient purs, et que si elle le voulait, nous formerions un bon ménage, que nous serions heureux et que nous aurions beaucoup d'enfants. Dire que ses sentiments à elle correspondaient aux miens, ce serait beaucoup dire, aussi, je n'irai pas jusque-là. Mais je crois qu'elle avait un penchant pour moi, ses yeux ne

mentaient pas, et elle n'interrompit pas l'entretien. Elle me dit seulement :

– Cela demande réflexion. Je vais en parler à mon père. Il vous donnera sa réponse.

– Il ne faudrait pas attendre trop longtemps, lui ai-je répondu. On arrive à la fin du carême. Après le 15 avril, soit dans trois semaines, les mariages seront de nouveau autorisés. Mais l'enrôlement militaire, lui, n'attendra pas.

Le dialogue s'arrêta là. J'avais le cœur qui battait la chamade en gardant son secret. Je passais une drôle de journée à Monthey. Je n'avais qu'une hâte : remonter à la maison pour y attendre la réponse de Maurice Peillex ! J'étais sûr qu'il ne me refuserait pas la main de sa fille, surtout dans les circonstances que nous vivions. Et le lendemain, un peu avant midi, voici qu'il arrive et demande à parler à mon père. Moi-même, je me tenais à l'écart, dans le pèle ; j'essayais de ne pas me lever trop vite. Mon père me fit appeler, et je reçus la réponse de Maurice : il me donnait son accord, le mariage serait célébré dans un mois, le 27 avril. Il n'y avait pas de temps à perdre. D'ici là, toutes les formalités seraient faites. Et cela fut fait.

Au jour dit, nous passions devant le maire d'abord, devant le curé ensuite.

À l'époque, c'était M. Mouthon, vous vous en souvenez : le brave homme ! Beaucoup de garçons de mon espèce attendaient la fête de Pâques qui supprimait l'interdiction de célébrer des mariages. Dans les trois semaines qui suivirent, une dizaine de mariages furent célébrés. Un nombre qui ne s'était jamais vu ! Pierre à la Tine et Maurice en étaient bien sûr.

Nous étions jeunes, et nous ne devions rien à l'empereur des Français. C'était la belle vie ! On avait aménagé une chambre dans la maison des parents ; pour le reste, on participait au travail de tous et on mangeait à la table de famille. Cela faisait simplement une bouche de plus. On n'avait pas un sou, mais on avait le meilleur ! Quand on se retrouvait tous les deux le soir dans la chambre, je vous prie de croire qu'on ne s'ennuyait pas. Une fois la bougie soufflée, la nuit était à nous. On pouvait bien faire la nique à Napoléon ! Je pensais à tous ces jeunes gens qui erraient sur les routes d'Europe, pourchassés par les Cosaques. D'ailleurs, toi aussi, François Vernaz, tu avais une année de plus que moi et tu as fait la même chose en 1813 ; tu as épousé Marie-Joséphine Favre, ta première femme.

On ne s'ennuyait tellement pas, qu'une année plus tard, Marie-Anne mettait au monde un joli garçon, Charles-Victor. Entre les mariages et les baptêmes, M. Mouthon avait fort à faire. Il venait d'arriver à la paroisse et il était tout heureux d'accueillir ces jeunes mariés. Pourtant, on ne peut pas dire que cela lui rapportait de l'argent, car c'est ce qui nous manquait le plus. C'est bien simple, en quelques années, la population de la commune avait quasi doublé, rien que du fait des naissances. Dans chaque maison, on trouvait une jeune femme grosse de l'enfant qu'elle portait, et les cloches ne chômaient pas pour carillonner les baptêmes.

La mort de Charles David

Le rideau de l'alcôve enveloppait le lit et le dissimulait aux regards, préservant ainsi l'intimité du couple. Ce soir-là, Jean-François dormait profondément. La journée avait été rude ; avec son père et un voisin, ils avaient travaillé à la réfection d'un chemin raviné par un orage. Il fallait le faire avant l'arrivée de la neige, et celle-ci n'allait pas tarder. Un ciel laiteux annonçait sa venue comme proche. Sinon, au printemps ce chemin ne serait qu'une fondrière, impraticable. Le froid vif les avait poussés au travail.

De retour à la maison, la chaleur dégagée par l'âtre où brûlait un bon feu l'avait saisi. À peine s'était-il mis au lit qu'il n'avait pas tardé à s'endormir. Sa poitrine se soulevait et s'abaissait régulièrement au rythme de son souffle. Cette alternance paisible comblait d'aise Claudia qui reposait auprès de lui.

Elle n'avait pas sommeil ; elle se contentait d'écouter cette respiration. Elle jouissait de la paix et de la sécurité que ce corps d'homme lui apportait. Elle pensait à son époux. Même si la vie devenait difficile, elle savait qu'elle pouvait compter sur lui. Elle pensait à son enfant... Le geste de son beau-père, le soir du dimanche des Relevailles, l'avait à la fois intriguée et réconfortée. La maternité avait épanoui le corps de Claudia et avait fait d'elle une femme qui, à défaut d'être belle, se révélait gracieuse et bien proportionnée.

Dans le noir, et bien au chaud sous les couvertures, elle se surprit d'avoir un désir de se rapprocher de Jean-François, de sentir son corps. Sa main avait commencé à défaire les boutons de la chemise, elle la voyait déjà courir sur la peau pour la toucher et la caresser. En elle montait un besoin d'être aimée et protégée, un désir de se donner. Sa pensée s'y attardait, et voilà qu'elle y trouvait du plaisir. Elle se reprocha aussitôt d'avoir laissé son imagination vagabonder ; des pensées de cette sorte n'étaient pas dignes d'une épouse chrétienne !

Elle se rappelait une phrase du sermon du prédicateur de la dernière mission : « Le désir est pervers parce qu'il entraîne un plaisir et suscite une jouissance. » Elle remit les boutons en place, tendit sa propre chemise le long de son corps, bien sagement, se retourna sur le côté et s'endormit. Quelle heure était-il ? Ils n'auraient pu le dire, quand ils furent réveillés en sursaut par la grand-mère qui les secouait, et qui ne voulait pas faire trop de bruit.

Marie-Victorine, alors âgée de septante-deux ans passés, dormait peu. Dans ses heures d'insomnie, elle faisait passer entre ses doigts les grains de son chapelet, un chapelet à gros grains qu'elle accrochait le matin à la tête de son lit. Elle voyait défiler dans son esprit, pour la circonstance, tous les membres de la famille, les cousins et les alliés, vivants ou décédés. Sa prière n'en finissait pas, le temps qu'elle confie chacun à Dieu. Son fils, Joseph, lui remplissait tous les quinze jours sa fiole d'eau-de-vie. Après avoir dit son chapelet, elle s'en servait une rasade dans un verre et y trempait un bout de pain qu'elle avalait goulûment. Les quelques chicots qui lui restaient dans la bouche ne lui permettaient pas de manger convenablement. Aussi appréciait-elle cette petite trempette nocturne : « cela la requinquait » disait-elle ! Elle lui attribuait le fait qu'elle soit arrivée à un âge avancé : un élixir de longue vie en quelque sorte !

Elle dormait peu et avait le sommeil léger. C'est pourquoi elle n'eut pas de peine à entendre les pas de quelqu'un sur le devant de la maison, cette nuit-là. Sa chambre donnait sur le corridor d'entrée.

On avait donné un léger coup à la porte. Le temps qu'elle passe sur ses épaules un grand châle de laine noire, elle était là, un bougeoir à la main. Quand elle ouvrit, elle se trouva en présence de Maurice Vernaz, le frère de Claudia : il avait la figure décomposée.

– Qu'est-ce qu'il y a, Maurice ?

– Il y a que Charles David s'est pendu. Sa femme l'a trouvé à la grange. Elle est venue me prévenir et m'a demandé d'aller chercher Jean-François. Allez vite le réveiller, je vous attends là.

– Ah ! Mon Dieu, ayez pitié de nous ! s'exclama Marie-Victorine, en faisant sur elle un grand signe de croix.

Lorsqu'ils arrivèrent à la maison des David, au hameau du Torchon, ils trouvèrent Péronne, la femme de Charles, assise dans la cuisine en train de pleurer. Elle avait sa mère à côté d'elle. Elle se saisit d'une chandelle et les conduisit à la grange... Il fallut descendre le corps, l'habiller, le mettre dans le pèle avant que les enfants ne se réveillent. Ils ne devaient pas voir leur père pendu dans la grange, la figure boursouflée, la langue pendante. Elle savait que Jean-François et Maurice étaient de bons camarades de son mari ; c'est pourquoi elle les avait fait venir pour remplir cette pénible besogne. Elle s'excusait de les avoir dérangés en pleine nuit.

Quand tout fut approprié dans le pèle, et le corps de Charles proprement habillé pour que la trace sur le cou ne se voit pas, ils restèrent tous les quatre un moment en silence. Péronne pleurait en s'appuyant sur l'épaule de sa mère. Aucun d'eux n'avait parlé d'aller chercher le prêtre. Charles s'était pendu, il était mort sans contrition ni confession, il était donc inutile de parler de sacrement. M. Chevallier ne serait pas venu ; les lois de l'Église le lui interdisent car elles condamnent le suicide. Le suicidé n'a droit à aucun honneur funèbre ; il n'a pas droit, non plus, aux prières officielles de l'Église. Son corps reposera dans un coin du cimetière réservé à cet usage, en compagnie des enfants morts sans baptême, en terre non bénite. Son nom ne sera pas prononcé à l'église, et aucune messe ne pourra être célébrée pour lui. Il est confié à la grande et unique miséricorde du Dieu tout-puissant... qu'Il veuille bien avoir pitié de son âme, la sauver de l'éternelle damnation et lui appliquer les mérites de Notre Seigneur Jésus-Christ, de Notre Dame et de tous les saints !

Jean-François se souvint de l'attitude de son père, au moment de la prière familiale. Il se sentit poussé intérieurement à dire une prière à haute voix, autant pour desserrer son anxiété, exprimer son amitié pour le défunt, que pour apporter un peu de soulagement aux deux femmes qui étaient là et qui pleuraient en silence. La mère de Péronne avait apporté *La journée du Chrétien*, un livre de prières qu'elle avait acheté à l'occasion de la mission. Le livre était là, sur la table. Jean-François le prit et commença la longue prière du soir : « Mettons-nous en présence de Dieu... »

Il s'étonnait lui-même de l'initiative qu'il venait de prendre. En son âme et conscience, il ne trouvait pas ce geste déplacé. Charles s'était donné la mort, mais dans un moment de désarroi, vaincu dans un combat inégal.

La prière terminée, on revint dans la cuisine, et tous les quatre s'assirent autour de la table. Péronne apporta du pain, de la tomme et un morceau de lard. Sa mère fit chauffer le café. On n'allait pas prendre congé tout de suite, on attendrait que le jour vienne. Maurice irait annoncer cette mauvaise nouvelle aux parents de Charles. François David était un homme fier, aux idées arrêtées. Ses rapports avec son fils ne s'en étaient pas trouvés facilités, loin de là. On pouvait craindre une réaction violente de sa part. Quant à Jean-François, il n'aurait pas une tâche moins pénible : il devait avertir les autorités, le Syndic et le Curé de ce décès. Il verrait ensuite le prieur de la Confrérie du Saint-Esprit pour que celle-ci apporte son aide en la circonstance.

Jean-François demanda ce qui s'était passé ces derniers temps pour que Charles soit amené à mettre fin à ses jours. Péronne lui dit qu'il avait reçu, la semaine dernière, la visite de Basile Favre de Riche-Bourg.

– Il était venu lui réclamer les arriérés des intérêts qui lui étaient dus. Il a dit qu'il y avait assez longtemps qu'il attendait. On devait les lui verser à la foire de la Saint-Denis, cet automne, mais il n'avait rien vu venir. Il était venu une fois ou deux à la messe à La Chapelle-des-Frasses afin de le rencontrer, et il avait eu l'impression que Charles le fuyait. Il ne l'avait pas vu à la sortie de l'église. Bien sûr, Charles partait avant la fin de la messe, justement pour ne pas le voir, et il rasait les murs. Basile avait appris dernièrement, il y a toujours des mauvaises langues ! Qu'une deuxième vache venait de périr, et il avait peur de ne pas retrouver son argent. Il ne se cachait pas de le dire tout crûment. Vous le connaissez : intraitable en affaires. Il avait ce jour-là une figure fermée ; d'ailleurs, il ne m'a même pas saluée. Il s'est assis à cette table, en face de Charles, et lui a dit qu'il lui donnait jusqu'à l'Epiphanie proche pour qu'il soit remboursé intégralement. Faute de quoi, il se verrait dans l'obligation de faire saisir les vaches qui restent pour se payer. J'ai bien senti que Charles avait été remué au-dedans de lui-même. Il ressentait la honte de voir saisir ses biens et la douleur de perdre ses bêtes pour lesquelles il se donnait tant de mal et qui étaient sa fierté. Il n'en dormait plus, et il était devenu facilement irascible, de colère rentrée.

– Vous lui deviez beaucoup d'argent ?

– Charles lui avait emprunté 150 livres, il y a cinq ans, avec un intérêt de 18 %. Il comptait, avec cette somme, acheter deux vaches pour refaire son troupeau, et régler le viager qui restait à courir envers Clément Trosset.

Une partie de cet argent a servi également à arranger un peu la maison ; c'est une vieille bâtisse ! Si bien que depuis deux ans, nous n'avons pu rendre aucun intérêt. Actuellement, nous n'avons pas le premier sou... Que vais-je devenir, avec les enfants ?

Maurice et Jean-François se taisaient devant tant de détresse. Ils soupçonnaient bien un peu les difficultés de Charles, mais ils le voyaient travailler avec ardeur. L'avenir, un jour, s'éclaircirait, pensaient-ils. Il avait suffi d'une pierre, jetée par inadvertance sur son chemin, pour le faire basculer. L'argent tenait chacun à sa merci, et ceux qui le détiennent sont les maîtres. Ils ont en mains, non seulement les cordons de la bourse, mais aussi la corde qui étrangle une vie. Que faire pour leur échapper ? Les deux jeunes hommes remuaient toutes ces pensées ; elles leur donnaient froid dans le dos. Dans cette nuit qui s'achevait, ils se sentaient bien seuls et démunis devant un monde dur.

Une clarté blafarde heurtait à la fenêtre. On aurait dit que le jour avait de la peine à se lever, ce matin-là.

Maurice alla ouvrir la porte qui donne sur la galerie. La neige tombait silencieusement et recouvrait déjà toute la campagne.

Aucun d'eux ne fut surpris ; ils s'y attendaient. Les jours qui précèdent l'arrivée de la neige, à l'entrée de l'hiver, sont marqués par une sorte d'oppression ; le ciel est bas, comme chargé d'un fardeau qu'il n'arrive pas à retenir. On a l'impression d'avoir de la peine à respirer. À l'étable, les vaches ne bougent pas. Et quand la neige se met à tomber, calmement, un manteau de paix s'étend sur les maisons. C'est presque une délivrance. Cette impression bizarre d'étouffement fatigue bêtes et gens. Au printemps, le fœhn envahit les vallées, ronge la neige et déclenche un état de surexcitation. La vie combat avec la mort et l'emporte toujours sur elle.

Ils se levèrent pour prendre congé de Péronne, ils allaient s'occuper de tout le nécessaire pour l'ensevelissement.

M. Chevallier, rentré de sa messe, était attablé à sa cuisine devant une grosse assiette où fumait une soupe de légumes et de pommes de terre. Cette visite matinale le surprit. Il se leva, dit à sa gouvernante de garder sa soupe au chaud, et entraîna Jean-François dans son bureau. Il se doutait bien que ce n'était pas une bonne nouvelle. Il se félicitait de voir ce jeune homme dépasser les bêtises de son âge, mûrir rapidement et prendre en main sa destinée.

Il retrouvait en lui les qualités qu'il appréciait chez son père, Joseph Mariaz. Il se disait que ce jeune homme ferait son chemin dans la vie et qu'on pourrait compter sur lui à l'avenir. Il l'écouta sans l'interrompre. Maître de lui-même, il ne laissa rien paraître de son émotion. Son rôle de curé prenait toujours le pas sur ses sentiments. Lui, modeste serviteur, se devait de manifester aux yeux de ses paroissiens la pérennité de l'Église dans sa marche vers la vie éternelle. Rien ne pourrait le détourner de cette mission dont il avait une très haute idée.

Avant de prendre congé de Jean-François, il s'enquit du montant des dettes qui restaient à courir chez les David, et comment la veuve pourrait y faire face.

Sortant de la cure, Jean-François se dirigea vers la maison du syndic, François Cruz, pour lui faire part du décès. Ensemble, ils se rendirent chez le secrétaire de commune pour l'enregistrement de la déclaration officielle. Chaque fois, il fallait recommencer l'exposé des faits, dire ce qui s'était passé. Il en était fatigué. Il n'avait qu'une hâte, rentrer à la maison de l'Essert pour y être enfin tranquille. Mais il devait rencontrer le prieur de la Confrérie du Saint-Esprit, car si les frais de sépulture s'avéraient minimes, encore fallait-il trouver l'argent pour les régler ! Et la confrérie venait en aide, en cette circonstance, aux familles en détresse. Le prieur accepta de régler la note ; de toute façon, elle serait peu élevée.

La sépulture fut décidée pour le surlendemain. Le syndic verrait le fossoyeur de la commune, Etienne à Daude, pour qu'il creuse la tombe à l'endroit réservé aux suicidés et aux enfants morts sans baptême, en terre non bénite. Il est d'usage qu'un proche du défunt se chargeat de confectionner la bière pour l'ensevelissement ; dans la famille David, il y aurait sûrement quelqu'un pour s'en charger.

La veillée à la maison mortuaire rassembla quelques personnes du hameau et de la parenté. Étant donné l'étrangeté de cette mort, peu de monde était venu. François David, le père, présidait en quelque sorte ce rassemblement de famille, assis face au lit où reposait son fils, les mains appuyées sur sa canne, le regard comme perdu. Péronne avait invité la Joséphine pour faire la prière.

Joséphine Emmoney s'était mariée en 1812 ; son mari, Joseph Vuagnoux, avait été tué en juin 1815 au cours d'une rixe avec des soldats autrichiens.

Ceux-ci boutaient devant eux les forces du général Dessaix, à la fin de la campagne des Cent jours de Napoléon. Une escouade autrichienne s'était arrêtée pour la nuit aux abords du village, près d'une chapelle dédiée à sainte Anne. Probablement pris de vin, les soldats cherchèrent querelle à Joseph Vuagnoux, parce qu'il ne les avait pas salués au passage. Une vraie querelle d'Allemands... Un coup de baïonnette malheureux avait eu raison de lui, et leur chef avait signifié au syndic d'avoir à prendre livraison du corps et de l'enterrer. L'occupant, comme toujours, a tous les droits.

Pour garder le souvenir de cet acte barbare, sa veuve ne s'était pas remariée. Avec quelques chèvres, elle élevait seule sa fille unique, Marie-Apollonie. Celle-ci devait mourir de la typhoïde, à l'âge de quinze ans. Accablée de chagrin sur le moment par tant d'épreuves imméritées, elle consacra par la suite le temps dont elle pouvait disposer à la prière et à la visite des malades. Elle ne manquait jamais la messe en semaine et tous les après-midi d'hiver, puisqu'elle n'allait pas en champ avec ses chèvres, elle arpentait les chemins de la commune pour rendre visite à tel ou tel malade. Toujours digne, ne parlant jamais de son passé, elle jouissait de l'estime générale de la population. Quand on avait dit « la Joséphine », on avait tout dit.

Le matin de l'ensevelissement, il neigeait. Il n'y aurait pas de cortège, puisqu'il n'y avait pas de sépulture religieuse. Seuls quelques hommes accompagnaient le corps de Charles à sa dernière demeure. On avait convenu avec Etienne à Daude qu'on serait au cimetière aux environs de huit heures, guère après le lever du jour. On attacha la bière sur une luge à bras et on descendit par le chemin.

La tristesse envahissait le cœur des hommes qui accompagnaient leur camarade dont le cercueil ne comportait ni linceul, ni drap des morts, ni croix. En cela, il paraissait encore plus démuni et abandonné. Personne ne se tenait sur le pas des portes pour le saluer au passage et se joindre au cortège. On aurait dit un village inhabité...

Et cette église, près de laquelle on arrivait maintenant, muette ! Aucune cloche ne sonnait le glas habituel aux défunts. Ce silence vous faisait frissonner ! La neige étendait son linceul blanc sur les tombes et les recouvrait toutes en les rendant anonymes.

L'oncle Joseph, sachant combien son neveu avait donné de lui-même en cette circonstance, s'était arrangé pour se trouver au cimetière au moment où ils arrivaient. Ils descendirent la bière dans la fosse. Chacun de ceux qui étaient là jetèrent une pelletée de terre à l'aide de la pelle que leur présentait le fossoyeur. Le bruit montait comme porté par le silence environnant. Et chacun, en geste d'adieu, fit un signe de croix sur cette tombe ouverte. Ils quittèrent le cimetière sans échanger un mot.

Le cycle des jours

On avait fêté la Noël et, huit jours après, le premier janvier 1853 ouvrait l'année nouvelle. Ce jour-là, M. Chevallier offrait le pain bénit à la messe matinale, un pain fait de farine blanche. Il en mit de côté un morceau qu'il se proposait de porter, dans le courant de la journée, à la veuve de Charles David.

Péronne fut surprise de voir arriver son curé. Hormis le temps de la bénédiction des maisons et des récoltes, à l'automne, le prêtre ne venait dans une famille que pour donner les derniers sacrements à un malade. Aussi, cette visite étonnait la jeune veuve. Elle se leva pour ouvrir la porte, ses enfants se réfugièrent dans ses jupes ne lâchant pas la main de leur mère. M. le Curé prit place sur le banc, contre la paroi, et accepta le bol de café qu'on lui offrait. Il déposa sur la table le morceau de pain blanc. Vous auriez vu les yeux des enfants devant ce morceau de pain... Ils le dévoraient du regard ! En avaient-ils jamais vu sur la table familiale ? Malgré leur désir, leurs parents n'avaient pu leur en offrir. On se contentait de pain de seigle et de pommes de terre.

M. Chevallier s'enquit des conditions de vie de la veuve et lui recommanda de bien mettre sa confiance en Dieu.

– Dieu n'abandonne pas ceux qu'il aime ! disait-il. Avant de se lever de table, il sortit du gousset de sa soutane et déposa près de son bol, sans rien dire, deux pièces de vingt francs en argent.

Le lendemain deux janvier, c'était la fête de saint Clair. Elle ouvrait le cycle des saints protecteurs de la vie rurale... saint Antoine le 17, saint Sébastien le 20, pour se terminer avec la fête de saint Blaise, le 3 février. Ainsi le mois de janvier, au creux de l'hiver, se trouvait mis en valeur. Comme on avait le temps, on aimait se rendre aux bénédictions que les saints dispensaient à ceux qui venaient les vénérer.

Ils faisaient partie de la famille paroissiale. Leurs images ornaient les murs de l'église et chacun connaissait l'objet de leur culte. Le calendrier, en fixant le retour régulier de leur fête, consacrait un rythme inhérent à la vie paysanne. Chaque saison avait ses travaux, ses occupations, ses dévotions. Pendant que la terre se reposait durant le long hiver en vue des futures récoltes, la paroisse préparait celles-ci en les confiant aux saints protecteurs. Il fallait se les concilier, et mieux valait en avoir plusieurs... Sait-on jamais, si l'un d'eux faisait défaillance !

Il convient d'ajouter à cette liste, d'autres saints protecteurs que la paroisse de La Chapelle-des-Frasses honore d'une manière particulière : saint Guérin le 28 août, et saint Grat le 7 septembre. Guérin fut abbé de Saint-Jean-d'Aulps, puis évêque de Sion en Valais, au XIIe siècle. Sa notoriété est telle que le jour de sa fête est célébré comme un dimanche. La prière litanique l'invoque pour le secours des troupeaux et de ceux qui les gardent :

– Saint Guérin, patron des animaux !

et tous répondent :

– Priez pour nous.

Personne ne voit de malice dans cette invocation... Saint Grat, quant à lui, était évêque du Val d'Aoste, au Ve siècle. Mais revenons au mois de janvier.

Saint Clair était invoqué pour la protection des yeux et la guérison des affections oculaires. Le matin à la messe, M. le Curé bénissait du vin dans une coupe ; les fidèles venaient s'en frotter les yeux pour demander au saint de leur garder la vue. Ils en prenaient dans une petite fiole de verre pour oindre à la maison les yeux des nouveau-nés et ceux des personnes âgées.

Le 17 janvier ramenait la fête de saint Antoine. Il s'agit de l'ermite du désert de Haute-Égypte dont le culte se répandit en Occident au XIe siècle. On le priait pour la protection du bétail et pour mettre ce dernier à l'abri de la maladie. On apportait à l'église des petits sacs contenant des denrées pour la nourriture du bétail. On les déposait sur une table et le curé les bénissait après la messe. De retour à la maison, on faisait la distribution à toutes les bêtes : vaches, chevaux, chèvres. Ce jour-là, comme c'était un peu leur fête, elles avaient droit à une ration de fourrage plus forte. On la puisait dans le tas de foin le meilleur et le plus parfumé, celui que l'on avait mis de côté et qui provenait du champ le mieux exposé.

Le 20 janvier, fête de saint Sébastien. On l'invoquait pour la protection contre les épidémies. Après l'office, on vénère les reliques du saint et on boit une cuillère de vin béni par le prêtre. Cette pratique provenait d'un vœu émis il y a très longtemps par la paroisse, au moment d'une épidémie de peste. Mais personne n'aurait pu dire à quel siècle elle se raccrochait. La peste avait laissé une fâcheuse renommée dans la vallée, comme d'ailleurs dans toute la Savoie, endroit de passage pour de nombreux voyageurs. Dans l'église paroissiale de La Chapelle-des-Frasses, la statue de saint Sébastien intriguait les enfants... Le corps, presque entièrement dénudé, était percé de flèches.

– Dis, maman, pourquoi le monsieur il est pas habillé ? Pourquoi on l'a piqué avec des bâtons ? Il a été méchant ?

Les pauvres mères, bien embêtées de donner quelques explications, s'ingéniaient à faire taire leur enfant :

– Veux-tu te taire ? On ne parle pas à l'église ! Enlève les doigts de ton nez et fais ta prière !

Si saint Maurice est le patron de la paroisse de La Chapelle-des-Frasses, saint Blaise, lui, est le titulaire de l'église. La dévotion à ce saint remonte à la plus haute antiquité, depuis que la légende s'est emparée de lui pour en faire le guérisseur des maux de gorge, du croup en particulier, si dangereux pour les enfants. Le jour de sa fête, le curé présente deux cierges croisés en sautoir contre la gorge des fidèles, en disant une prière.

L'hiver filait son train ; la mi-février vit une forte chute de neige. C'est à ce moment là que mourut Célestin Détraz, le doyen de la commune, à l'âge de 82 ans. En 1793, après l'invasion de la Savoie, il s'était engagé dans les armées de la République Française, comme quelques-uns de ses compatriotes attirés par les idées nouvelles. Il fit partie du corps des Savoyards incorporés à la division commandée par le général Dessaix, Savoyard lui aussi. Il fut de ceux qui participèrent à la bataille d'Austerlitz ; il était fier d'avoir combattu sous les ordres de l'Empereur, et il en parlait souvent. Libéré de l'armée au moment de la chute de l'Empire, il était rentré au village ; il s'était marié avec une jeune fille de vingt ans plus jeune que lui.

Mais l'honneur d'avoir fait partie des troupes d'élite des armées françaises et d'avoir parcouru l'Europe en tous sens n'apportait aucune provision de bouche pour nourrir une famille. Seule une méchante blessure à la cuisse, reçue d'un coup de sabre d'un cosaque, le rappelait à la réalité de ses campagnes. La misère était devenue la compagne ordinaire du foyer. Elle faisait cause commune avec une certaine fierté pour isoler Célestin et sa famille du reste de la paroisse. On les accusait volontiers, lui et les siens, de chapardages et de délits... Couper du bois dans les forêts communales, faucher sur le pré du voisin, conduire à l'alpage communautaire une vache qu'il n'avait pas hivernée !

Du fait de la forte augmentation de la population, la terre disponible était devenue si précieuse qu'on se l'arrachait. On surveillait le voisin pour qu'il ne vienne pas empiéter sur votre bien personnel ou sur les biens communaux. Les dénonciations pleuvaient sur le bureau du secrétaire de la commune et sur celui du juge de la province. Un air de jalousie courait par les maisons et la suspicion distillait son venin dans les familles. On avait toujours un procès en suspens, soit entre particuliers, soit entre communautés pour des droits d'inalpage, de passage ou d'héritage. La vie sociale devenait intenable.

Célestin Détraz était mort comme il avait vécu. En dehors de ses Pâques, qu'il venait accomplir à cinq heures du matin, le jour de Pâques, alors qu'il n'y avait encore pas grand monde par les chemins, on ne le revoyait jamais à l'église. Pour sa mort, on avait prévenu le curé trop tard : il venait de trépasser. Le fils essayait de s'excuser :

– M. le Curé, on ne voulait pas vous déranger durant la nuit, et puis il est passé si vite ! Vous savez, mon père était un brave homme, il ne faut pas lui en vouloir. Seul le manque d'argent l'empêchait de venir à l'église aussi souvent qu'il l'aurait voulu. Il avait honte d'être mal habillé, de devoir être pris pour un pauvre, lui qui avait porté de beaux habits lors des parades militaires en présence de l'Empereur. C'est comme pour les frais de sépulture... si la paroisse pouvait nous aider ! Nous n'avons pas le premier sou !

On ne faisait jamais appel en vain au bon cœur et au sens de la justice de M. Chevallier.

– Question de sépulture, répondit-il, les membres de la confrérie du Saint-Esprit se chargeront du transport du corps et des frais d'ensevelissement. Quant aux honoraires de la messe, de la mise à l'anniversaire et de l'annuel, je pense que la boëte des âmes pourra s'en charger. Mais il ne faudra pas manquer au devoir de la prière pour le repos de l'âme de votre père. Il doit en avoir grand besoin, car je ne l'ai pas souvent vu à l'église. Il faut savoir préparer son éternité... c'est le devoir de tout chrétien !

M. Chevallier décida de porter un grand coup. Il voulait faire cesser les querelles, permettre à son peuple de se réconcilier et de mener une vie plus décente. Il en était responsable et s'il manquait à son devoir, Dieu lui en demanderait compte ; lui aussi, il jouait son éternité.

Le dimanche qui suivit la sépulture de Célestin se trouvait être le dimanche de la Sexagésime, celui qui précède l'entrée en carême. M. le Curé monta en chaire pour son prône habituel :

– Mes frères, depuis le temps que Monseigneur m'a envoyé comme curé de cette paroisse, j'ai l'impression que je perds mon temps. Quand je parle, ici à l'église, je vois nombre d'entre vous qui dodelinent de la tête : est-ce qu'ils approuvent ou bien est-ce qu'ils dorment ?

On dirait des vaches quand elles ruminent... Elles vous regardent avec des yeux ronds. Elles ne pensent qu'à ruminer. Mais vous ne venez pas à l'église pour ruminer ! Vous venez pour essayer de vous convertir. Et il en est grand temps ! Vous prenez le chemin qui conduit droit à l'enfer. Vous vous occupez beaucoup trop de vos intérêts matériels, et vous vous désintéressez des avantages spirituels. Vous passez votre temps à compter l'argent que l'on vous doit, à calculer les intérêts, à les réclamer, à rencontrer des hommes de loi pour faire procès sur procès à vos débiteurs. Vous êtes toujours en train de vous disputer, de vous chicaner.

Ce n'est pas une paroisse, c'est une fourmilière ! Saint Maurice, votre patron, viendrait à passer par là, il ne reconnaitrait pas les siens... Et quand Monseigneur fera la visite pastorale qu'il a prévu de nous faire, dans cinq ans, voyez quelle honte au visage j'aurai en lui présentant mes paroissiens ! Il faut se mettre au travail tout de suite. Aussi, ai-je pris deux décisions. La première, et la plus importante : j'ai demandé aux missionnaires de Saint-François-de-Sales de venir prêcher une retraite de huit jours après la fête de Pâques. Ce sera le moment de penser aux choses sérieuses. Il faut nous y préparer dès maintenant : les missionnaires vont venir pour engranger le blé dans les greniers célestes. Que personne ne manque à l'appel, et tout ira bien. J'ai décidé aussi de convoquer le Conseil de Fabrique et les gestionnaires de la boëte des âmes, ce printemps. Comment pourraient-ils venir en aide à tous les nécessiteux de la paroisse en leur prêtant de l'argent, avec un intérêt réduit au minimum ? Ou même sans intérêt ? Cela éviterait à ceux qui désirent emprunter d'aller se mettre entre les mains des usuriers.

À supposer que l'assemblée de ce dimanche eût envie de somnoler, cette déclaration l'avait vite réveillée. Leur curé y avait mis un ton qui ne laissait pas place à la réplique et l'on sentait refléter toute sa conviction. Les fidèles ne s'y trompaient pas. Leur paroisse était parmi les meilleures de la vallée, mais l'argent semait la discorde. Chaque famille se trouvait en dette, ne voyant pas comment en sortir, et les dettes s'accumulaient.

Mais M. Chevallier continuait son prône :

– Nous allons entrer en carême. Il faut nous préparer à recevoir les cendres dans un véritable esprit de pénitence. J'ai déjà dit que les mascarades de Carnaval étaient bonnes pour les « balouriens » et pas pour des chrétiens. Elles déshonorent les membres de Jésus-Christ et favorisent le libertinage. Elles ne sont qu'un débris honteux du paganisme. La pudeur n'y trouve pas son compte, ni la bienséance. En ce temps de difficulté et de misère, il ne convient pas de se prêter à des excès tout à fait répréhensibles. J'entends que dans ma paroisse, on ne se masque pas, et je demande aux pères de famille de tenir la main à cette interdiction.

Parce qu'ils s'étaient masqués

François Rey habitait la maison située au sommet du village, sur le bord du grand chemin de la vallée, en un lieu appelé justement Chez Le Rey. Il venait de la refaire tout à neuf, voici dix ans à peine, et il en était fier. Les passants ne pouvaient faire autrement que de la voir avec ses murs maçonnés bien droits, ses entourages de fenêtre en pierre de granit, son toit d'ancelles neuves surmonté de la grande cheminée. Elle tranchait sur l'ensemble des chalets de bois, comme on faisait autrefois. Il faut dire qu'il avait reçu une part de l'héritage d'un oncle, chanoine à la cathédrale d'Annecy, dont il s'occupait pour ses biens au pays, durant son vivant.

Il était intransigeant, en morale comme en religion, et aussi en affaires.

De sa femme, Claudine, il avait eu douze enfants. Il fallait voir la table de famille lorsqu'ils étaient tous réunis pour le repas de midi, quand les garçons et les filles prenaient chacun leur place. À gauche du maître de maison, sa femme ; à droite sa sœur Julia, célibataire. Lui-même présidait ; personne ne s'asseyait avant qu'il en ait donné le signal, après avoir fait le signe de croix d'abord sur sa personne et ensuite sur le pain posé devant lui sur la table. Et c'était toujours lui que l'on servait le premier. Il apparaissait vraiment comme le patriarche.

Là-bas, à l'autre bout de la grande table, les benjamins de la famille, Jean et Xavier, deux jumeaux que leur mère affectionnait particulièrement car elle avait beaucoup souffert à cause d'eux au moment de sa grossesse. L'accouchement avait été difficile et elle avait craint de les perdre. Ils étaient les derniers de ses enfants. Elle avait pour eux une préférence comme Rachel, l'épouse de Jacob, à l'égard de Joseph et de Benjamin. Si bien qu'elle leur pardonnait beaucoup de choses et qu'elle les mettait à l'abri de la colère paternelle.

En ce printemps de 1853, ils allaient sur leurs dix-huit ans. Dans l'après-midi du mardi-gras, ils se trouvaient en compagnie de quelques camarades chez l'un d'eux, Félicien Bron, le fils de Thoine, au hameau de Chevesnes.

– Qu'en pensez-vous, dit Félicien, si on se déguisait pour s'amuser un peu ? On irait rendre visite à quelques familles, on passerait un bon moment après avoir fait peur aux demoiselles de la maison. On ne ferait là aucun mal !

Quelques-uns se récrièrent en disant que M. le Curé avait défendu de se masquer, et que si leur père l'apprenait, ils passeraient un mauvais quart d'heure. Jean et Xavier étaient de cet avis.

– On ne descendra pas au chef-lieu, leur dit Félicien, ainsi ni M. le Curé ni votre père ne le sauront.

Il réussit à convaincre toute la bande. Chacun se chercha un déguisement avec la complicité de la mère et des sœurs de Félicien. On s'amusa fort au cours de ces allées et venues au hasard des maisons, si bien que la nuit arriva plus vite que prévu. Le retour se passa sans problème.

Mais, le lendemain, en sortant de l'église après la cérémonie des Cendres, François Rey apprit que Jean et Xavier s'étaient masqués. De bonnes âmes lui avaient soufflé cette nouvelle à l'oreille, lui qui était si fier de ses enfants... Ainsi ils lui avaient désobéi ! Il en était atterré. La foudre serait tombée à cet instant sur le chemin, il n'en aurait pas été plus ébranlé. La colère sourdait en lui et gonflait ses narines. Son orgueil de maître était atteint :

– Chez les Rey, disait-il souvent, on n'avait jamais démérité et personne n'avait failli à l'honneur !

Voire ! Il avait oublié que sa grand-mère, Christine, la femme d'Amédée Rey, était née d'une fille employée comme domestique dans la famille du notaire Folliet. On n'avait jamais su qui était le père. Quand le notaire et sa femme eurent connaissance de la grossesse de leur domestique, ne voulant pas être éclaboussés par ce scandale, ils la mirent du jour au lendemain à la porte de leur maison. Pour la punir de la honte qu'elle leur faisait porter aux yeux de toute la paroisse, ils retinrent une partie de ses gages...

Cela se passait aux environs de 1720, disent les registres paroissiaux.

On comprend que la famille ait oublié jusqu'au nom de la mère ! Celle-ci, d'ailleurs, s'était effacée pour assurer à sa fille un avenir qu'elle voulait meilleur que le sien. Elle avait forcé le respect de ses voisins par son travail et sa dignité. Si bien que Christine ne fut pas tenue à l'écart. Et, ce qui ne gâtait rien, elle était jolie; elle possèdait un tour de taille avantageux et une figure agréable. Le père d'Amédée ne se fit pas longtemps tirer l'oreille pour donner son consentement au mariage de son fils. Il ne fallait pas faire porter la faute de la mère sur l'enfant innocent.

– À chacune de ses créatures, Dieu donne sa chance, disait-il.

Amédée et Christine furent heureux. Ils s'aimèrent et ils eurent beaucoup d'enfants.

De ce lointain passé, François Rey ne voulait pas se souvenir. Le manteau de Noé avait recouvert pudiquement tout cela. Le temps et les années troubles de la grande Révolution avaient contribué à reléguer cet événement dans les oubliettes de l'histoire.

Le repas de midi de ce jour des Cendres s'annonçait comme un véritable repas de carême. Malgré l'agitation des femmes autour de la grande cheminée où la soupe cuisait dans une marmite suspendue à la crémaillère, un silence pesant envahissait la pièce. François Rey avait sa figure des mauvais jours. Les enfants, pourtant devenus des hommes et des femmes, cherchaient à esquiver son regard.

– On m'a désobéi, commença-t-il d'un ton sec, on m'a jeté la honte au visage.

Vous savez tous que notre vénéré pasteur avait interdit de se masquer le jour de Carnaval. Vous l'avez entendu comme moi ce dimanche à la messe. Cela n'est pas digne d'un chrétien ! Et, malgré sa défense, deux de mes enfants ont enfreint la loi et se sont livrés à des mascarades dans quelques maisons de la paroisse en compagnie de vauriens. Jean et Xavier, vous n'êtes pas dignes d'être considérés comme mes enfants. En punition de cette désobéissance, vous quitterez cette table, vous quitterez cette maison et vous irez chercher ailleurs un toit et le moyen de gagner votre pain à la sueur de votre front. Je ne tolérerai plus votre présence ici !

Un silence de mort s'était abattu sur la famille réunie. On n'entendait que les pleurs étouffés de Claudine qui s'essuyait les yeux avec son tablier. Elle ne pouvait rien pour ses deux enfants. Julia, quant à elle, appuyait son frère et, du regard, fustigeait les deux malandrins.

Jean et Xavier se levèrent de table sans dire un mot et sortirent. Ils ne devaient plus revenir à la maison d'où la vindicte paternelle les avait chassés. Ils prirent le chemin qui conduit aux chalets des Mayens et là, assis sur le banc devant une grange, ils se mirent à pleurer.

Ils savaient que la décision de leur père était irrévocable – ils le connaissaient suffisamment – et que la vie de famille leur était désormais interdite. Il leur faudrait même quitter cette vallée où ils étaient nés et où ils auraient voulu faire leur vie. De l'endroit où ils étaient, leurs regards embrassaient les maisons, les prairies, les forêts, la montagne. La nature paraissait encore prise dans le sommeil de l'hiver, mais ils savaient qu'elle allait se réveiller et se parer des couleurs de l'été. À cette évocation, la nostalgie les envahissait. Ils se sentaient seuls, à la dérive dans un monde dur et hostile.

Cet après-midi là, Jean-François Mariaz montait vers les Mayens. Il portait avec lui un paquet de cordes destinées à lier et serrer un fagot de foin. On dit en patois une trosse. Il redescendrait ensuite en le portant sur ses épaules jusqu'à la ferme familiale.

Ce foin avait été entreposé dans la grange au cours de l'été. Il provenait de la fenaison réalisée autour des chalets, alors que les bêtes se trouvaient à l'alpage. On venait le chercher quand celui de la plaine commençait à s'épuiser au fenil. Son parfum sentait bon et les vaches en raffolaient. Les Mayens sont, en effet, des chalets intermédiaires entre le fond de la vallée et la montagne, les chalets du milieu. Les bêtes y séjournent un mois environ au printemps en attendant que l'herbe de l'alpage ait suffisamment poussé. De même, à l'automne, elles y demeurent une quinzaine de jours avant de réintégrer l'étable pour l'hiver. Entre ces deux passages, on pouvait réaliser une coupe de foin... C'éait le foin de la mi-août.

Jean-François vit les deux garçons assis sur le devant d'un chalet. Il devait être à peu près deux heures et demie de l'après-midi.

–Vous attendez quelqu'un, leur dit-il.

– Non, nous n'attendons personne, répondit Xavier.

Jean-François remarqua une sorte de baluchon posé à côté d'eux sur la marche de bois qui donne accès à la grange. Leur présence ici, leur attitude gênée, leur figure un peu triste, tout cela intriguait Jean-François, mais il ne dit rien.

Il se dirigea vers le chalet qui appartenait aux Mariaz et déploya à terre l'ensemble des cordes. Il les étendit bien à plat, les brins de corde dégagés les uns des autres, et les coulisseaux de bois posés à part. Il mit plusieurs brassées de foin là-dessus, les enveloppa d'un côté avec les cordes et les serra fortement en faisant coulisser les pièces de bois jusqu'à leur butée.

– Voulez-vous un coup de main ? dit un des garçons.

– C'est pas de refus, répondit Jean-François.

Si bien que la trosse fut prête en peu de temps. Jean-François tira derrière lui la porte de la grange. Il se trouvait face aux deux garçons.

– Il y a quelque chose qui ne va pas, leur dit-il, je vois que vous avez des ennuis.

Il leur fit signe de s'asseoir à côté de lui. Cette rencontre leur fit du bien, et ils racontèrent ce qui venait de se passer à la maison. Si Jean-François n'approuvait pas les mascarades, il n'approuvait pas non plus l'attitude du père envers ses enfants. Mais il savait que François Rey n'était pas un homme commode.

– Votre père ne pourra pas rester sur sa colère ! Demain, vous irez lui demander pardon, et il vous réintègrera parmi ses enfants. En attendant, vous passerez la nuit dans notre mayen ; le foin vous tiendra au chaud. Je descends en aviser mon père, et je remonte ensuite vers vous.

Jean-François s'avance alors vers la charge de foin, la soulève contre la pente, se met à genoux, enfouit sa tête par en dessous pour la glisser dans un creux qu'il vient de faire dans la masse de foin, et d'un coup de rein, se redresse et enlève la charge qu'il tient solidement de ses mains. Elle repose sur ses épaules. La tête, légèrement penchée en avant la soutient. Après l'avoir assurée, il prend le sentier qui descend vers le village. Il pose chaque pied avec assurance à l'endroit où tant de pas avant lui ont imprimé une trace dans le sol. Le paysan montagnard connait son sentier par cœur, à la montée comme à la descente. Il est apte à le parcourir à toute heure du jour et de la nuit, et en toute saison. La montagne est son domaine. Quand il pose le pied, on dirait qu'il fait un pas de danse ; il fait travailler les muscles du mollet et de la cheville. Ceux-ci jouent le rôle d'amortisseurs, soit pour conserver l'élan à la montée, soit pour assurer le pied à la descente. Le corps tout entier participe à la marche.

Après avoir déposé sa charge de foin au fenil, Jean-François s'asseoit près de son père pour lui parler des enfants de François Rey et lui dire ses intentions. Joseph Mariaz connait bien François Rey. Il le retrouve au Conseil de Fabrique où ses interventions expriment souvent une attitude dure et intransigeante. Mais Joseph n'a pas pour habitude de critiquer son prochain. Il se méfie des réactions imprévisibles de cet homme et il recommande à son fils la prudence en cette affaire.

Jean-François remonte vers les Mayens en emportant avec lui une couverture, ainsi qu'un peu de nourriture. Sa présence réconforte nos deux infortunés. Ils se sentent moins seuls, et l'amitié simple et directe du jeune homme, de quelques années leur aîné, leur réchauffe le cœur. Assis tous les trois devant le chalet, aux derniers rayons du soleil de mars, ils échangent sur l'avenir qui les attend.

– C'est encore de bonne heure pour partir en alpage, dit Jean-François, nous ne sommes qu'au mois de mars, mais il serait bon que vous envisagiez une place pour l'été. Aux alpages de Chamfleury et de Plaine-Dranse, on cherche des commis-fruitiers ; vous devriez aller voir le procureur des alpages communaux. Aux Lindarets, à Avoriaz, ou dans la vallée de la Manche, on cherche toujours quelques commis ; ces coins un peu reculés et sauvages n'attirent que les besogneux et les courageux. Il vous faut un engagement en poche en vue de l'été. Demandez au secrétaire de commune et à notre curé de vous faire un certificat approprié. Il vous sera ainsi plus facile de vous faire embaucher.

– D'ici là, dit Xavier, on pourrait s'embaucher pour fossorer les vignes en Suisse. À Monthey, on devrait trouver du travail à cette époque.

Quitte à aller jusqu'à Martigny, au-dessus de La Bathiaz.

Jean-François les laissa, après une dernière poignée de mains. Ils le regardèrent descendre le sentier, après qu'il eut chargé sur ses épaules un autre fagot de foin. Ainsi naissait entre eux trois une amitié, à base de complicité, qui devait se renforcer au cours des événements à venir et qui ne se déchirerait qu'à la mort, de l'autre côté de l'océan Atlantique.

Jean et Xavier n'eurent pas besoin de se faire bercer cette nuit-là. Le cœur gros, et maintenant réconforté, la chaleur du foin aidant, ils dormirent à poings fermés. Le lendemain, une question se présenta d'elle-même à leur esprit : « Comment faire pour rencontrer la mère, en cachette, l'embrasser et prendre quelques vêtements ? » Ils se doutaient bien que, de son côté, leur mère devait se poser une question un peu semblable.

Claudine, quant à elle, avait passé une mauvaise nuit. Elle ne voulait pas justifier l'attitude de ses deux benjamins, mais elle trouvait injuste et disproportionnée à la faute, la punition que leur père leur avait infligée. Elle avait essayé de raisonner son homme ; rien n'y fit. Buté dans sa décision et dans son orgueil, François Rey ne voulut pas rejoindre sa femme au lit, pour la nuit.

Il prit une couverture et alla s'étendre sur la paille à l'écurie. Claudine ne pouvait pas compter sur l'aide de sa belle sœur. Julia, l'air revêche, ne dit pas un mot dc toute la soirée. En fait, la vieille fille n'avait jamais admis Claudine dans sa maison où elle la considérait toujours comme une intruse. Son animosité se reportait sur ses neveux. À croire qu'elle était jalouse des maternités de leur mère ! Si bien que la nuit fut longue et le lit trop grand pour Claudine.

Elle prit son chapelet, recommanda ses enfants à la Vierge Marie et à tous les saints du Paradis pour qu'ils intercèdent auprès de Dieu. Lui, au moins, se laisserait attendrir et leur pardonnerait...

Elle ne fut pas surprise de voir venir Jean-François dans la matinée de ce jeudi ; une mère devine bien des choses. Elle profita d'un moment d'inattention, où chacun était occupé à son travail, pour entendre ce qu'il avait à lui dire. Rapidement, elle l'avisa qu'elle se rendrait, secrètement, chez les Mariaz durant l'après-midi. François Rey devait mener une vache au taureau, et elle profiterait de cette absence... D'ailleurs, elle avait de la laine à porter à la grand-mère Mariaz.

L'entrevue entre la mère et ses deux fils fut émouvante, mais digne et pleine de respect. Devant les difficultés de la vie, il ne faut pas se laisser attendrir, chacun a besoin de toutes ses forces. On peut regretter ce qui s'est passé, mais ils sont trop fiers pour revenir en arrière... Aussi bien, le père, la mère que les enfants. Claudine remet à chacun d'eux un souvenir qui leur rappellera son affection : une mèche de cheveux et un mouchoir de soie. Ensuite, il se mettent à genoux pour lui demander sa bénédiction.

Elle les tient longuement serrés contre son corsage avant de les embrasser, tout en pleurant à chaudes larmes. Mais elle se ressaisit tout de suite au moment de sortir. Les Mariaz ont eu la délicatesse de les laisser seuls... Elle ne veut pas leur faire de peine en leur montrant l'étendue de son chagrin.

Quand elle rentre à la maison, personne ne remarque rien, et d'ailleurs personne n'en a jamais rien su. Seules les confidences de Jean Rey, parvenu à un âge avancé, ont dévoilé le secret ; il n'avait pas oublié. Cette femme au cœur large et à la volonté infaillible avait marqué ses enfants pour la vie. Quant à François Rey, il ne se douta de rien. Jamais d'ailleurs, il ne parla de ses enfants, et jamais il n'admit que l'on puisse les évoquer en sa présence. Pour lui, ils étaient morts.

L’été en alpage

Au mois de juin, les bêtes ont séjourné dans les chalets des Mayens. Quand juillet arrive, la chaleur de l’été a fait reculer la neige sur les hauteurs et l’herbe a reverdi. Un vrai déménagement... Veaux, vaches, cochons, couvées ! Dans les premiers jours du mois, on n’entend que le bruit des sonnailles des troupeaux qui gagnent leur alpage, avec les cris des bergers et les aboiements des chiens. La vie se déplace du bas de la vallée vers le haut.

La famille Mariaz possède le chalet de la Callaz, avec l’alpage du même nom, juste sous les rochers, à 1 800 mètres d’altitude. Joseph l’avait acheté en 1850. À cette hauteur, la neige est longue à partir, bien que le versant soit très ensoleillé. L’intérêt de cette montagne repose sur la qualité de l'herbage, une herbe fine et abondante, portée sur une terre noire et grasse à souhait. Elle donne un lait parfumé, facile à travailler. Une tomme de la Callaz est renommée, et le beurre se vend bien. Une fois qu'il a quitté les dernières maisons, le chemin traverse la forêt et longe ensuite une falaise schisteuse avant d'arriver à un lac emprisonné dans un cirque d'origine glaciaire. Il contourne le lac à travers les éboulis, entame une montée pénible dans une pente instable, où souvent le pied glisse quand l'eau de pluie a raviné la trace. On traverse des herbages à flanc de coteaux avant d'arriver sur une crête. On trouve là un col d'où la vue embrasse le versant opposé ; une vieille croix de bois fait signe au passant. Vous vous arrêtez un instant pour souffler et poser votre sac. De là, le chemin repart droit dans la pente herbeuse pour rejoindre le chalet situé au-dessus de vous.

Le chalet a été posé sur la crête, dans une dépression du terrain. Solidement ancré dans la roche, il ne craint ni la tempête, ni les avalanches. Il abrite l'étable pour les vaches, le coin aux moutons, la cage du cochon. Les poules trouvent une place pour la nuit à l'étable où elles se perchent au-dessus de la crèche. L'étable se trouve sur la gauche en entrant, au soleil levant. Le mur de soutènement domine la carlire, l'endroit où s'entassent le fumier et le purin. Ils y arrivent au moyen d'une rigole percée à travers le mur. La pièce principale de la maison sert à la fois de cuisine pour les gens de la famille et de laiterie pour travailler le lait. Dans un coin se trouvent le gros chaudron de cuivre pour la cuisson du lait et la crémaillère pour l'usage domestique. Il n'y a pas de cheminée. La fumée s'envole en direction du toit et sort par les interstices, puisqu'il n'y a pas de plafond.

Le plancher qui recouvre l'étable sert de dortoir pour les jeunes. Une couche de foin servira de matelas, une couverture protégera du froid de la nuit et la chaleur des bêtes fera le reste. En outre, le tintement des campannes (les cloches que portent les vaches) bercera le sommeil. Inutile de parler de l'odeur... Elle est présente partout, de jour comme de nuit. Il suffit de s'y habituer. Seul le couple a droit à une chambrette fermée et à un lit décent. Ainsi va la vie à l'alpage.

En cet été 1853, Jean-François Mariaz, sa jeune femme et leur bébé sont restés à la maison ; ils s'occuperont à faire les foins dans la vallée avec l'aide des deux garçons. Joseph est monté au chalet avec sa femme et ses deux grandes filles.

La saison commence bien. L'herbe est abondante pour le troupeau. On peut espérer en tirer quelque fruit à l'automne.

Une nuit, on frappe à la porte du chalet. Joseph vient ouvrir. Il se trouve en présence de Célestin Cruz qui tient avec son frère l'alpage des Lanches, à une bonne demi-heure de marche de là. Il le fait entrer et s'enquiert de la raison de sa visite en pleine nuit.

– J'ai une vache qui a dû avaler quelque chose de travers. Elle ne rumine plus et reste constamment couchée. J'ai pensé que vous pourriez venir la voir et nous conseiller à son sujet.

Joseph connait bien Célestin et Alexandre, tous deux célibataires. Il connait aussi la vie qu'ils mènent durant l'été. C'est pourquoi il n'hésite pas à s'habiller pour partir. Il dit un mot à sa femme et tire la porte derrière lui.

Dehors, il fait nuit noire, une nuit sans lune. Seules, les étoiles brillent au firmament.

– As-tu une bougie avec un falot? demande-t-il à Célestin.

– Non, répond ce dernier, mais j'ai un papier blanc...

– S'il met le feu à son papier, se dit Joseph en lui-même. il ne durera pas longtemps pour nous éclairer le chemin!

Mais Joseph voit Célestin ouvrir sa veste, déployer le papier et le plaquer contre sa poitrine en l'assurant de tout côté pour qu'il ne glisse pas. La veste demeure grande ouverte. L'homme avance ainsi sur le sentier, et Joseph remarque que le papier projette sa blancheur en avant et éclaire les pas qu'il fait. Cela suffit pour savoir où on met les pieds.

– Et moi, se dit Joseph, qui le prenait pour un garçon un peu attardé, voilà qu'il me donne une leçon pratique.

Dans cette nuit sans lune, le papier accroche le moindre scintillement qui tombe des étoiles, les regroupe sur sa surface et renvoie ce faisceau de lumière sur ce coin de terre.

Alexandre les attend. Il a fait chauffer de l'eau et il a préparé l'eau-de-vie de gentiane. Tous les deux font marcher cet alpage qu'ils ont reçu de leurs parents. Malgré leur bonne volonté et tout le travail qu'ils se donnent, ils n'arrivent pas à tout gouverner. Le chalet est en mauvais état, il demande des réparations urgentes. C'est qu'ils ont leur maison au village, où ils vivent avec leur sœur célibataire elle aussi. Alors ils n'arrêtent pas de monter et de descendre durant l'été. Ils mènent une vie d'enfer, car il faudrait qu'ils soient en haut et en bas à la fois.

Au bout du compte, ils ne recueillent ni fruit, ni bonheur. Toujours en marge, ils ne sont jamais allés à l'école... Les parents n'avaient pas l'argent nécessaire. Ils ne savent ni lire ni écrire.

Joseph hoche la tête devant la bête malade. Il fait ce qu'il croit bon pour elle, mais il n'est pas certain qu'elle s'en sorte. Cette perte ne fera qu'ajouter à leurs difficultés. Il se doute que l'un d'eux, en descendant demain au village, ira frapper à la porte du presbytère pour demander au curé de venir faire une prière afin de chasser le mauvais sort. Ils croient volontiers au mal donné, un sort que leur aurait jeté quelqu'un ou le diable lui-même. M. Chevallier n'admet pas cette superstition, et il ne veut pas entrer dans cette galère. Il sait ses paroissiens assez portés là-dessus. Mais il ne peut pas non plus les renvoyer brutalement car ils iraient ensuite trouver les capucins de Saint-Maurice, qu'on dit être plus forts que les curés en ce domaine – ou bien, et la solution est pire – des sorciers suisses, voire des charlatans de la vallée. Ils leur remettent une espèce de poudre qu'ils disent être fabriquée à partir des cendres d'un cadavre de crapeau ou de vipère et qu'ils doivent donner à ingurgiter à la bête malade.

En outre, une prière tarabiscotée, écrite en mauvais latin, à réciter en même temps. Quelle efficacité ce procédé peut-il avoir ? Par contre, le sorcier se fait grassement payer en tommes, fromages, beurre, car son client reviendra le voir devant l'insuccès initial de la potion magique.

M. Chevallier répond à Célestin qu'il montera prochainement faire la bénédiction des alpages et qu'il commencera par le leur. En attendant, que les deux frères prennent bien soin de nettoyer proprement les seillons qui servent à la traite du lait et les ustensiles pour donner à boire à la bête malade, qu'ils tiennent propre leur étable et n'oublient pas de frotter le pis de la vache avec une pommade de sa fabrication qu'il leur remet. Célestin, lui, n'a pas oublié de laisser à la Françoise, en arrivant, une plaque de beurre frais.

La vie est assez monotone à l'alpage, et quand le mauvais temps se met de la partie, elle n'est point gaie. Aussi le dimanche, les jeunes gens montent rendre visite aux jeunes filles qui passent l'été à la montagne. Ils apportent des provisions pour le repas et, l'après-midi, garçons et filles s'installent sur l'herbe devant le chalet. Un violoneux a pris son instrument et lance un air de danse. C'est un branle qui entraîne les couples, une danse collective très ancienne qui fait et défait sans cesse la chaîne de la farandole. Chaque couple tourne en virevoltant gaiement et, avant de reprendre la chaîne, chacun embrasse sa chacune. Si bien que les rires et les baisers ne cessent pas de tout l'après-midi, au milieu de l'excitation générale que produit la danse. On s'en donne à cœur joie.

Vient alors le moment de traire et de mener les vaches au pâturage. Tous se font bergers pour aider ces demoiselles, et pendant que les bêtes broutent tranquillement, les garçons tiennent compagnie aux jeunes filles. À la soirée, une fois les bêtes rentrées à l'étable, on soupe et on passe la veillée jusqu'au jour. Le lit de foin accueille les galants pour la nuit.

Cet état de fait est une cause de scandale pour le clergé. M. le Curé a souvent rappelé dans son prône le devoir des parents en l'occurrence.

Ils ne doivent pas laisser leurs jeunes filles seules dans ces parages solitaires de la montagne pendant la saison des pâturages; mais les parents font la sourde oreille. Ils ont besoin de la jeunesse pour garder le troupeau pendant l'inalpage, tandis que eux font les travaux des foins dans la vallée. Tous ces bras ne sont pas de trop pour assurer la subsistance de la famille. Et puis, il faut bien que jeunesse se passe. On a connu cela autrefois, dans le temps qu'on était jeune ! À la fille de faire attention pour ne pas se laisser engrosser...

La chose est arrivée à la Léontine Blanc, et elle s'est trouvée enceinte, sans l'avoir cherché. Comment dissimuler cette grossesse ? Non, pour tout l'or du monde, elle n'aurait pas osé le dire à ses parents. Son père l'aurait chassée de la maison. Elle décida de garder son secret. Quand elle se sentit devenir grosse, elle se serra le ventre avec un bon corset. Pour tromper sa mère, elle trempait régulièrement ses linges qu'elle mettait ostensiblement à sécher. Et quand arriva le moment de sa délivrance, au printemps, elle monta se cacher dans un chalet d'alpage où elle accoucha toute seule. Afin de se débarrasser de l'enfant, elle avait repéré un trou sous un rocher où elle enfouit le petit corps après l'avoir étranglé ; elle le recouvrit d'une grosse pierre et d'un tas de terre...

Personne ne se douta de rien jusqu'au jour où Léontine se mit à donner des signes de démence. Elle criait la nuit, elle appelait, elle se dressait debout sur son lit et dans ces moments-là, elle ne supportait aucun vêtement. Ses parents durent la faire hospitaliser, car les crises devenaient fréquentes. Ils avaient peur qu'elle ne mette fin à ses jours. On la conduisit à l'hôpital des aliénés de Bassens, près de Chambéry. C'est là qu'elle raconta son histoire à la religieuse qui la surveillait. Au village, personne ne sut jamais ce qu'elle devint.

M. Chevallier avait annoncé la semaine des bénédictions des alpages. La visite du prêtre apportait une diversion dans la vie de l'alpage.

Il emmenait avec lui son clerc qui portait une hotte pour recevoir le fromage et le beurre qu'on offrait. On devinait à peu près à quelle heure il allait passer car le rythme de sa visite était quasi immuable. Tous ceux qui sont là saluent respectueusement le curé et l'invitent à entrer.

On lui offre le café, le pain et la tomme. Pendant ce temps, la femme prépare le sel et l'eau, un rameau pour servir de goupillon, la chandelle qu'elle n'a pas oubliée de prendre avec elle. Car cette chandelle sert également les jours d'orage pour se préserver de la foudre. Le prêtre passe le surplis et l'étole, bénit le sel et l'eau, et dit la prière. Il asperge la cuisine, la chambre des parents et tout l'intérieur du chalet, sans oublier la partie supérieure où couche la jeunesse. Par la porte entrouverte, il bénit l'étable.

Dans la famille Mariaz, on n'est pas superstitieux. L'homme n'a que faire des sorts et des sorcelleries. Dieu est au bout du chemin et il nous attend. Joseph a reçu, lui aussi, son curé pour la bénédiction de l'alpage de la Callaz et son attitude au moment de la prière est toujours un sujet de sainte admiration pour M. Chevallier. C'est l'attitude d'un homme à la fois libre et profondément croyant. Le malheur ne pourra pas l'abattre.

Et voilà que le malheur frappe à la porte de la maison. Dans la dernière semaine de juillet, après de grosses chaleurs, un orage d'une rare violence s'abat sur tout le massif. Des éclairs zèbrent le ciel, le tonnerre roule en cascades, les rochers des Cornettes en sont ébranlés. La foudre tombe sur le sommet de la montagne, et de petites flammèches de feu, toutes bleues, courent le long de la crête. Au chalet de la Callaz, la famille est réunie dans la cuisine. Joseph a allumé le cierge bénit. À l'étable, les vaches tirent sur leur chaîne. Elles ont peur. La pluie tombe drue sur le toit. Les ancelles tiendront-elles sous l'averse ?

Et tout d'un coup, en même temps que la luminosité de l'éclair, le tonnerre éclate à faire sauter le tympan... La foudre tombe sur la cheminée du chalet. On dirait que le toit, sous la secousse, va se briser en deux.

Le feu a pris sur le faîte et, en quelques secondes, malgré le déluge de pluie, se communique à l'ensemble. Joseph et sa femme vont à l'étable détacher les vaches. Celles-ci sont apeurées, elles n'osent sortir. Il faut les pousser dehors, sous la pluie. Pourvu qu'elles n'aillent pas glisser sur l'herbe mouillée et se casser quelque chose... À la grâce de Dieu ! L'essentiel, c'est de les sauver de l'incendie. Quant aux poules, elles se débrouilleront. Les moutons sont dans une bâtisse à part, un peu à l'écart. Les filles y portent ce qu'elles peuvent sauver du désastre.

On dirait que l'orage, après ce coup-là, a épuisé sa colère. Le tonnerre s'éloigne du côté de la Suisse, la pluie tombe avec moins de vigueur, et les nuées remontent de la vallée pour recouvrir maintenant toutes les crêtes. Mais l'incendie fait rage à l'intérieur du chalet. Joseph et sa femme, debouts dans la pluie qui les fouette, les yeux remplis de grosses larmes qui roulent sur les joues, serrés l'un contre l'autre, regardent le feu détruire le fruit de tant d'années de peine. La rage au cœur de ne pouvoir rien faire contre cette catastrophe, ils descendent dans la pente pour essayer de rameuter les vaches qu'ils trouveront. Celles-ci sont descendues vers les prairies inférieures, malgré la pluie et l'herbe mouillée. Par chance, aucune ne s'est blessée. Et voici que quelques hommes montent vers eux. Ce sont les bergers des chalets voisins qui ont vu l'incendie et qui accourent prêter main forte. Ils récupèrent les bêtes du troupeau et les conduisent à l'abri. On remonte maintenant pour voir ce que sont devenues les filles. Les voilà qui arrivent. La chaleur dégagée par l'incendie était telle qu'elles n'ont pas pu tenir plus longtemps dans la bâtisse. Elles ont libéré les moutons, qui sont partis on ne sait où ! Deux hommes se mettent à leur recherche.

Il n'est que six heures du soir, et pourtant il fait sombre à cause de tous ces nuages. Joseph et les siens sont accueillis par Gaston Blanc et sa famille au chalet du Torbiau. On leur donne des vêtements secs pour qu'ils puissent se changer. Un grog à l'eau-de-vie les réchauffera. La chaude atmosphère du chalet les réconforte. Ils passeront la nuit ici. Tout à l'heure, les deux hommes reviendront avec les moutons qui s'étaient égarés, mais sur les cinq, deux manquent à l'appel... Ils se sont dérochés. Quant aux poules, si le renard n'a pas fait leur affaire pendant la nuit, le coq se chargera de les ramener à leur point de départ au petit matin.

Depuis la maison de l'Essert, Jean-François a vu le drame. Sans attendre, il est monté. La pluie a arrêté les travaux de fenaison. Il craint que l'un des siens ne soit resté dans l'incendie. Quand il les retrouve, son appréhension disparait. Pour ce qui est du chalet, on verra plus tard. Ce sera à lui, l'aîné, de prendre la place du père.

Après avoir causé un moment et s'être réconforté, il redescend. Il ne peut laisser sa femme seule cette nuit ! Il remontera demain matin.

On dirait qu'il marche en titubant. Celui qui s'approcherait de lui verrait qu'il pleure à chaudes larmes. Il s'était retenu devant son père et les autres. Seul maintenant, il laisse échapper son chagrin. Il suffit d'un éclair, et tout est anéanti.

La montagne se dresse, indomptable ; l'homme n'est pas à sa hauteur !

À la maison, Claudia l'attend. Abattu, il s'asseoit sur le banc de la cuisine et lui explique en deux mots la situation. Il ne peut en dire plus.

Il se lève pour aller se mettre au lit, et là, il s'endort d'un sommeil de plomb.

Le charivari

Depuis la mort de son mari, Péronne David essayait de survivre avec ses deux petits. Comment faire quand on n'a pas le moindre sou vaillant ? Ses parents l'aidèrent un peu, mais ils avaient déjà assez à faire avec leur propre maisonnée. Ils n'avaient pas d'argent à lui donner, car ils étaient pauvres. Péronne était l'aînée de douze, et elle s'était mariée jeune pour faire une bouche de moins à nourrir à la maison. Sa belle-famille l'ignora, ni plus ni moins...

– Si ce pauvre Charles s'est donné la mort, la faute en revient à la Péronne ! Une incapable, une faiseuse d'embarras, y proclamait-on.

Elle fit quelques travaux de ménage en des maisons du chef-lieu pour en retirer trois sous. Elle vivotait avec les deux vaches qui lui restaient, et elle avait réussi à convaincre Basile Favre d'attendre l'automne prochain pour le paiement des intérêts des années 1852-1853.

Maurice Vernaz était remonté quelquefois au Torchon. Il ne voulait pas laisser la veuve de son ami dans l'embarras, et il lui faisait des travaux d'entretien, travaux qui conviennent mieux à un homme qu'à une femme. Les enfants l'avaient pris en affection.

Quand arrivèrent les beaux jours, Péronne chercha à mettre ses deux bêtes au pâturage. Elle les loua à Gaston Blanc, qui avait un alpage assez étendu pour nourrir tout un troupeau. Elle se disait qu'à l'automne, elle empocherait un peu d'argent de ce fait ; il faut dire que ses deux vaches étaient de bonnes laitières.

Charles les avaient bien soignées. Mais comment faire durant l'été pour s'occuper des enfants, leur trouver du lait, couper et rentrer le foin en vue de l'hiver prochain ? Ce souci la tourmentait, au point qu'elle en perdit le sommeil. Elle se voyait toute seule, sans aucun secours. Elle avait peur de faire comme son mari. Mais cette idée, au lieu de la terroriser, agissait en elle comme un coup de fouet. Elle reprenait goût à la vie. Dieu ne l'abandonnerait pas !

Maurice, le seul à qui elle puisse se confier vraiment, l'encourageait à persévérer. Il approuvait son choix. Et il s'engagea jusqu'à lui dire qu'il viendrait lui donner un coup de main pour faucher et rentrer le foin. Péronne avait déjà assez à faire pour tourner le foin afin de le faire sécher, faire les valamons (mettre le foin en tas en cas de mauvais temps) et s'occuper de ses enfants. Des camarades viendraient lui donner la main. Et ce qui fut dit fut fait.

Cet été-là, Maurice n'arrêta pas ; il laissait la faux d'un côté pour la reprendre de l'autre. Il se levait avant le jour et se couchait tard. Entre la maison paternelle, où il travaillait avec son père, et la ferme des David, il essayait de mettre les bouchées doubles. Il avait maigri, bien qu'il mangeât en conséquence du travail qu'il fournissait. Sa mère le nourrissait bien. Ce grand gaillard était en bonne santé.

Un soir d'août, il était assis avec Péronne sur le banc, devant la maison de celle-ci. Il venait de rentrer le dernier fagot de foin ; le travail avait bien marché et les camarades qui étaient venus l'aider s'en étaient retournés chez eux. On était à la mi-août, au moment où l'été est dans toute sa splendeur en montagne et où les soirées sont douces. Le temps est aux projets et aux épanchements. Les enfants jouaient avec des pierres et des morceaux de bois... Ils se voyaient déjà cultivateurs à s'occuper des bêtes! Une certaine tendresse enveloppait ce tableau.

– Je ne sais comment te remercier, lui dit Péronne. Sans toi, je n'aurais rien pu faire. Voilà maintenant ma grange remplie pour l'hiver.

Tout en parlant, elle mit la main sur l'épaule de Maurice. Ils s'étaient rapprochés l'un de l'autre, insensiblement, et Péronne s'appuyait contre lui. Il ne fit rien pour se retirer. Ils restèrent un long moment comme cela, sans rien dire, chacun ruminant ses pensées. Un enfant se blessa en jouant; son cri les ramena à la réalité et, tout en se levant, ils se sourirent. C'était leur premier sourire, le sourire de l'amour qui s'était infiltré entre eux, et malgré eux. Péronne alla vers l'enfant qui pleurait pour le consoler, et Maurice prit comme excuse qu'il était tard et qu'il devait rentrer à la maison.

– Au revoir, dit-il, à demain!

Pourquoi avait-il dit « à demain »? Il comptait donc revenir! Pour la première fois depuis longtemps, Péronne s'endormit calmement. Elle ne voyait plus la vie en noir. Une lueur d'espoir venait de se lever. Quand elle avait couché les enfants, elle les avait embrassés avec force. Tous les trois se sentaient désormais protégés.

Et sa prière ce soir-là, devant le lit des enfants, monta directement vers Dieu comme un cri de joie et de confiance. On aurait dit qu'elle se libérait de la peur qui l'opprimait.

Bien que les foins fussent terminés, Maurice continua de venir chaque jour. Il prenait prétexte d'un travail à réaliser, d'une réparation à opérer, d'un coup de main à donner. Dans une ferme, il y a toujours à faire. Et ce n'est pas Péronne qui l'en aurait dissuadé. Si bien que des liens affectifs, mais invisibles pour autrui, se nouèrent entre eux et les rapprochèrent à un point dont ils furent les premiers surpris. Leur discrétion fut telle que personne ne remarqua rien. Maurice ne s'attardait pas le soir. Une fois le travail terminé, il restait quelques minutes à bavarder avec Péronne et à jouer avec les enfants, et redescendait à la maison.

Au début du mois de septembre, Maurice s'arrangea pour rencontrer Jean-François en aparté. Il lui demanda ce qu'il penserait d'un éventuel mariage avec Péronne David. Jean-François ne fut qu'à moitié surpris. Il trouvait cependant la chose un peu rapide après la mort de Charles. Celle-ci ne remontait qu'au mois de novembre de l'année dernière. Mais il connaissait Péronne, il la savait femme courageuse, propre et bonne chrétienne. Il savait aussi que la vie n'attend pas, qu'il y avait des dettes à régler et deux enfants à élever. Les considérations des gens n'enlèvent rien à la loi implacable de la vie. Il ruminait tout cela dans sa tête en écoutant Maurice. Quand celui-ci eut fini de parler, il lui dit :

– Je n'ai ni à t'encourager, ni à te décourager. Mais je vois que tu y tiens. Le tout, ce n'est pas de se glisser dans le lit d'un autre qui n'est plus là. C'est de prendre le travail là où il l'a laissé... La maison, l'étable, les champs, les dettes, les enfants et la femme ! Si tu te sens capable de cela, et que tu ais confiance en Péronne, je crois que tu peux y aller. Ne te laisse pas embarquer trop vite par tes sentiments à son égard. Fais attention de ne pas l'épouser parce que tu veux lui venir en aide. Ce genre de ménage ne fait pas long feu. Les deux amis restèrent un bon moment à causer du passé, du présent, de l'avenir.

À peu près à la même période, Péronne était allée voir son curé. On n'allait pas facilement à la cure, mais M. Chevallier était monté lui faire une visite à la maison quelques jours après la mort de Charles et il lui avait laissé, discrètement, deux pièces d'argent. Tout cela lui disait qu'elle pouvait s'ouvrir à lui du sujet qui la préoccupait. M. Chevallier fut surpris de voir arriver la Péronne. Il lui avait fait le catéchisme. Il ne fut, par contre, nullement surpris d'entendre ce qu'elle avait à lui dire. Il savait bien qu'une jeune femme ne pouvait rester seule. Même dans une bonne paroisse comme la sienne, il y a toujours des hommes malintentionnés, des gourgandins comme il les appelait, pour s'aviser d'une femme honnête. Il fut satisfait qu'elle ait fait son choix sur Maurice Vernaz.

– C'est un garçon sérieux et travailleur, lui dit-il, et il vient d'une famille chrétienne. Pourtant ne vous laissez pas emporter par vos sentiments. Tâchez de maîtriser vos sens. Pensez à votre maison et à vos enfants. Pensez aussi à la famille de Maurice. Il ne faut mettre personne dans l'embarras. Quand vous serez d'accord tous les deux, revenez me voir. Et il la congédia.

On laissa passer l'hiver. L'idée du mariage se fit plus forte. Les enfants étaient tout à fait habitués à la présence de Maurice, et Péronne pensait que son choix était bon. Elle s'en était ouverte à sa mère. Quant à Maurice, cette responsabilité qu'il prenait et qui engageait son avenir l'avait changé. D'insouciant et gentil garçon qu'il était jusqu'alors, il était devenu un homme. Dans sa famille, on s'était aperçu du changement, on s'en était félicité. Forts de cet appui, ils décidèrent tous les deux que le mariage aurait lieu à la fin du mois de janvier de l'année prochaine. Péronne pensa mettre au courant sa belle-famille à l'occasion de la fête de Noël, ou bien pour le début de l'année nouvelle.

Elle appréhendait cette démarche, car elle n'avait jamais été vraiment admise dans cette famille, et voulait profiter du temps de Noël pour se donner du courage.

Mais François David avait remarqué le manège de Maurice auprès de sa belle-fille. Il le surveillait. Il ne dit rien parce qu'il s'était aperçu qu'il ne passait jamais la nuit avec Péronne.

– Tiens, se disait-il incrédule, il ne couche donc pas avec elle ? Qu'est-ce qu'il attend ? C'est seulement la propriété qui l'intéresse ? Pourtant, cette garce doit avoir de beaux appâts ?

Il lui arrivait de faire le tour de la maison, à la nuit tombée, et d'essayer d'entrevoir sa belle-fille à travers les interstices du chalet. Il la désirait fortement... Et plus encore que ce désir, il aurait donné cher pour les prendre tous les deux au lit. Il aurait pu dénoncer la Péronne comme une garce, ce qu'il avait toujours pensé, une bonne à rien, qui couche avec son galant alors que son lit est encore chaud du corps de son défunt mari. Il aurait tenu là sa vengeance et, fort de l'appui qu'il aurait récolté auprès des bonnes gens des Frasses, il aurait pu récupérer cette propriété.

Car, malin comme pas un, et bien conseillé dans la circonstance, François David avait fait ajouter une clause au contrat viager que son fils avait signé avec Clément Trosset. En échange d'une certaine somme qu'il avançait pour honorer le contrat et pour calmer la méfiance du vieux, il avait fait porter que si son fils venait à mourir alors que les enfants étaient encore en bas âge, la veuve ne serait pas héritière, mais seulement usufruitière. La propriété resterait acquise aux David. Charles avait signé sans prêter grande attention à cela. Il était jeune, en bonne santé, et il avait l'avenir devant lui. Il n'en avait parlé à personne, même pas à Péronne. La pauvre, elle n'y connaissait rien. Elle n'était pas allée longtemps à l'école. Vous pensez, une aînée de douze...

Elle avait eu autre chose à faire dans son enfance que d'aller perdre son temps en classe !

Après entente avec M. le Curé, le mariage fut fixé au mercredi 24 janvier. Le dimanche précédent, M. Chevallier lut au prône la publication du mariage et ajouta :

– C'est pour la première et dernière publication, les futurs époux ayant obtenu de Monseigneur dispense de deux bans. Si quelqu'un connait des empêchements à ce mariage, il est tenu en conscience, et sous peine de faute grave, de les faire connaître au plus tôt.

On devait publier les bans d'un mariage trois dimanches de suite pour le faire connaître aux paroissiens et permettre à ceux-ci de déclarer quelque éventuel empêchement à ce mariage, particulièrement dans le domaine de la consanguinité. M. Chevallier demandait rarement ce genre de dispense à son évêque, mais, en l'occurrence, il voulait apporter le plus de discrétion possible. Il s'était dit :

– Un dimanche, ça suffit ! Il pensait, bien sûr, au charivari.

Ce dimanche soir, la nuit était tombée quand le bruit commença à se faire entendre. La Françoise de la cure voulut en avoir le cœur net... Elle entrouvrit la porte d'entrée pour savoir d'où il venait. Sa curiosité ne résistait pas à se tenir au courant de ce qui se passait.

– Voulez-vous fermer cette porte ! gronda la voix de son curé.

Mais celui-ci savait bien que quelques jeunes gens allaient faire ce soir une démonstration un peu bruyante dans le village et autour de la maison des futurs époux. Il n'approuvait pas cela et avait essayé de supprimer cette coutume. Peine perdue... Il s'était dit que certaines traditions avaient la vie dure parce qu'elles remontaient à la nuit des temps. Le corps social réagissait à sa manière au fait qu'un veuf ou qu'une veuve se remarie, comme si cette situation sortait de la normalité. Le charivari exprimait cette réaction.

Les jeunes gens ne voulaient pas laisser passer une occasion de faire la fête, ces occasions étaient assez rares. Ils s'étaient retrouvés chez Félicien Bron, le lieu habituel de leurs rendez-vous quand ils voulaient organiser une mascarade. Ils avaient pris qui une poêle à frire à frapper d'un bâton, qui une toupine à faire vibrer de la voix, qui une corne de vache percée pour en faire un cornet. L'un d'eux avait une trompette de cavalerie, un autre une lampe-tempête qu'il agitait. Le bruyant cortège traversa le village, mais en se gardant de venir trop près du presbytère, monta vers le Torchon chez les David et, sans insister, longea la maison de la Péronne. Il arriva enfin au chef-lieu, devant la maison des Vernaz. Ils étaient une douzaine de garçons à faire le plus de bruit possible. Maurice ne tenait pas à faire durer la scène trop longtemps. Quand il estima qu'elle avait assez duré, il ouvrit la porte et alla au-devant de la troupe pour les inviter à entrer.

La règle du jeu consistait à faire du bruit jusqu'à ce moment-là. Si ceux de la maison ainsi concernée étaient avares, le bruit s'enflait de plus en plus et les voisins prenaient un malin plaisir à se moquer de leur avarice. Tel n'était pas le cas ce soir. La mère de Maurice avait préparé des bougnettes et elle fit chauffer le café. La bonne humeur présida naturellement à cette rencontre nocturne. Maurice pouvait se marier, les rites étaient accomplis.

Le mercredi, à six heures du matin, Maurice et Péronne se rendirent à l'église. M. Chevallier les entendit en confession, et au cours de la messe qui suivit, il célébra leur mariage. Oh ! C'était un mariage tout simple. Jean-François Mariaz et un frère de Péronne, Baptiste, les accompagnaient comme témoins. À eux s'étaient joints, discrètement, l'oncle Joseph Maxit et le père François Vernaz. Après la messe, ils se retrouvèrent à la maison Vernaz pour prendre un repas matinal préparé à leur intention.

Péronne se sentait gênée, comme de trop, malgré l'accueillante hospitalité de la famille. Il faut dire que c'était la première fois qu'elle entrait sous ce toit ; les règles de prudence et de politesse avaient été respectées. Elle en avait pris le nom maintenant, elle faisait partie de la famille. Devenue officiellement la femme de Maurice, elle désirait le devenir totalement. Elle n'avait qu'une hâte... rentrer à la maison, chez elle, chez eux ! Après ce long sevrage affectif, elle sentait le désir l'envahir tout entière.

De retour dans le logement qui allait être le leur désormais, elle s'abandonna dans les bras de Maurice. Ses enfants passeraient la journée chez sa mère. Un de ses frères avait pris soin des bêtes pendant qu'ils étaient à l'église. Ils avaient toute la matinée pour eux. Ils se mirent à genoux au pied du lit pour se recommander à la sauvegarde de Dieu, et ils se glissèrent ensuite dans les draps où ils s'appartinrent totalement l'un à l'autre.

Les tribulations d'un jeune ménage

Péronne était en train de peler des pommes de terre pour la soupe. Les enfants jouaient auprès d'elle. Dans un coin de la cuisine, Maurice réparait des outils et s'appliquait à un travail minutieux. Le peu d'argent dont disposait le jeune ménage Vernaz l'obligeait à faire pièce de tout bois. C'était le cas de le dire et, pour cela, Maurice s'y entendait. Une ambiance de paix et de tranquillité donnait à cette scène familiale une coloration particulière, comme si le temps s'arrêtait pour que l'on puisse l'apprécier. On arrivait à la fin du mois de mars, et on se préparait déjà aux travaux de l'été.

Un coup frappé à la porte de la maison fit sursauter tout le monde. Il heurtait le silence qui règnait à l'intérieur. Le chien, qui dormait près de l'âtre, se lève et se met à grogner. Péronne dépose les pommes de terre sur la table, s'essuie rapidement les mains à son tablier et va ouvrir. Elle se trouve en face de son ex-beau-père, François David. Il n'a pas sa figure des bons jours. Elle le fait entrer. Il salue à peine Maurice, et va s'asseoir sur le banc, contre le mur. En un instant, la chaude ambiance de la maisonnée a disparu.

D'instinct, les enfants se sont rapprochés de leur mère. Maurice a posé son travail et attend.

–Voilà ce qui m'amène, dit François David à l'adresse de Péronne. Il feint d'ignorer la présence de Maurice.

–Vous ne m'avez pas demandé l'autorisation de vous remarier et pourtant vous portiez mon nom... Vous pensiez en faire ce que bon vous semble. Vous vous êtes trompée ! Je viens réclamer mon bien.

Péronne ne se laisse pas démonter.

– Cette propriété ne m'appartient pas, je le sais. Elle revient à mes enfants. Je ne veux pas leur enlever ce droit. Au contraire, c'est à cause d'eux que je me suis décidée à me remarier... Pour protéger leur bien et le mettre en valeur pendant qu'ils sont petits. Sur ce point-là, vous n'avez rien à redire, et vous n'êtes pas ici chez vous.

–Taratata ! Paroles de femme que tout cela ! J'ai eu raison de me méfier. Ce bien vient des David et il doit retourner aux David. Ni toi, ni ton mari de maintenant n'y avez aucun droit. Dans sa colère, il la tutoyait.

Il avait l'habitude de chiquer. Cette chique, qu'il tenait tassée dans un coin de sa bouche pour en extraire le jus, lui déformait la joue. La salive, jaunie par le tabac, affleurait à la commissure des lèvres. Se levant, il se dirige vers le foyer et soulage sa bouche d'un crachat qu'il envoit dans les cendres. Il revient à sa place, sur le banc.

– Vous êtes ici des étrangers, reprit-il, et je suis venu vous demander de vider les lieux... Je suis ici chez moi, et c'est moi qui doit assurer l'héritage de mes petits-enfants.

Ces derniers n'avaient jamais été attirés par leur grand-père. Il leur faisait même un peu peur, comme une sorte d'ours mal léché. Ils ne lâchaient pas le tablier de leur mère. Quant à Maurice, il s'était rapproché de Péronne et des enfants, pour les protéger, mais il ne dit rien. Le couple faisait face. Cette attitude mettait François David en fureur.

– Vous ne pouvez pas nous chasser comme des voleurs, dit Péronne. Avec Charles, nous avons essayé de régler les gages. À la fin, nous n'y arrivions plus. Cela a été son tourment, et il en est mort. Maintenant, Maurice a avancé la somme qui restait due à Basile Favre pour les arriérés. Par notre travail, nous nous en sortirons. Les enfants seront heureux, je vous le promets. Ils le sont déjà d'ailleurs. Si vous nous chassez, qu'allons-nous devenir ?

– J'ai avancé de l'argent au moment de la signature du contrat avec Clément Trosset, devant notaire. En contrepartie, il est écrit – et il montrait le papier – que si Charles venait à décéder alors que les enfants étaient en bas âge, j'avais moi-même la garde des enfants pour la protection de leur héritage. Sa veuve n'aurait que l'usufruit de la propriété, pour elle et elle seulement. Elle n'a pas le droit de donner la propriété à quelqu'un d'autre. Ou vous me remboursez la somme que j'ai avancée ou vous videz les lieux... J'irai en justice réclamer mon droit et demander à ce que vous soyez boutés dehors.

François David se lève et quitte la pièce sans un mot. Personne ne l'accompagne jusque dehors.

Maurice s'est retenu à grand peine. Il connait le caractère coléreux de l'homme.

Après que la porte se soit refermée, Péronne se laisse aller à pleurer à chaudes larmes contre l'épaule de son mari.

– Qu'allons-nous devenir ?

Les enfants, ne comprenant pas ce qui se passe mais voyant leur mère dans un tel état, se mettent eux aussi à pleurer.

Après l'incendie de son chalet de la Callaz, Jean-François Mariaz avait décidé de le reconstruire. Avec l'aide de son père et de quelques hommes de la commune, ils avaient déblayé les décombres. Heureusement, la majeure partie des pierres n'avaient pas souffert du feu ; elles pouvaient servir de nouveau. On ferait un four à chaux en contrebas. À vingt minutes du chalet, juste sous les rochers qui supportent le sommet des Cornettes, se trouve une mine de charbon ; une veine de lignite s'enfonce dans la montagne. Le charbon est de bonne qualité, mais son extraction à 1 300 mètres d'altitude et son transport jusque dans la vallée comportent quelques difficultés. La commune a concédé la mine à Jean David, maître-mineur. Il a travaillé auparavant aux ardoisières. Celui-ci autorise la famille Mariaz, en compensation des services qu'elle lui rend sur place, à prendre du charbon. Joseph avait monté un petit fourneau à cet usage ; il rendait service quand les soirées étaient fraîches et permettait d'économiser le bois.

En ce printemps de 1854, Jean-François a fait une demande à la commune pour qu'elle lui délivre l'autorisation de prendre du bois dans les communaux en vue de la reconstruction de son chalet de la Callaz. Il pourra prendre trois sapins ; le garde les lui marquera. À lui de les abattre, de les écorcer et d'en prendre soin. Il s'entend avec Jean Maxit et Claude Favre, scieurs de long, pour qu'ils viennent lui débiter sur place planches et poutres nécessaires. Il faudra bien tout l'été pour que maçons et charpentiers arrivent à terminer le travail.

François David a confié à Me Dubouloz, avocat à Thonon, le soin de le représenter au Tribunal provincial du Chablais. Le juge fait traîner l'affaire. Il connait son homme car ce n'est pas la première fois que le père David se trouve en procès. Il demande une enquête sur place, et l'huissier Pioton fait son rapport. C'est bien ce qu'il pensait... Il ne peut ni débouter

François David, ni chasser le jeune ménage. Il se sentirait même en sympathie avec ces jeunes, bien qu'il ne les connaisse pas. Il apprécie leur courage et leur foi en l'avenir.

Il a demandé à Joseph Maxit, le tanneur, que par contre il connait bien et qu'il apprécie pour ses jugements, de venir le voir à Thonon.

– Vous devriez conseiller à ce jeune ménage, lui dit-il d'emblée, d'emprunter l'argent nécessaire et de rembourser la somme que François David a engagée au départ, lors de la signature du contrat. Cette somme s'élève à 300 livres nouvelles. À mon avis, c'est faisable. Ainsi, ils en auraient fini avec le vieux, car il est coriace.

– Je le sais, répond Joseph, mais où voulez-vous qu'ils trouvent cette somme ? Pour eux, déjà endettés, la chose me parait impossible. Ils ne trouveront personne pour leur faire confiance à ce point.

– Voyez vous-même, reprend le juge. Voyez autour de vous. Voyez votre curé, et le secrétaire de commune. La Fabrique paroissiale pourrait avancer quelque argent avec un maigre intérêt, et votre confrérie du Saint-Esprit, qui s'occupe en principe des pauvres et des mendiants, s'honorerait de faire un geste. Je sais que cela n'est pas facile, mais ce serait encore plus pénible de voir un jeune couple méritant et leurs enfants mis sur la paille...

Cela ferait toute une histoire dans la paroisse !

Joseph Maxit en était bien convaincu. Après avoir rencontré son curé, qu'il savait ouvert à ce genre de propositions, il se rendit chez Joseph Mariaz. Pendant la période des travaux, il n'était pas facile de rencontrer les personnes qu'il désirait voir. Et puis chaque famille avait ses dettes et attendait la foire de la Saint-Denis, à l'automne, pour trouver quelque argent. Mais Joseph Maxit n'était pas homme à se décourager.

L'été touchait à sa fin. Là-haut, sur la montagne, la dernière ancelle était posée sur le faîte du toit du chalet de la Callaz. Je crois que c'était le dernier samedi de septembre, jour de la saint Michel cette année-là. Jean-François prit le jeune sapin que son père avait apporté à cette intention, et le planta rituellement, contre la poutre maîtresse, face à la vallée. L'œuvre était terminée. La joie, malgré la fatigue, envahissait le cœur de ces deux hommes, attelés à la même tâche et liés par le même destin. De deux branches de sapin, Joseph fit une croix qu'il cloua au-dessus de la porte d'entrée.

Et comme une joie n'arrive jamais seule, Jean-François aura une surprise à son retour à la maison de l'Essert. Claudia attend qu'ils soient tous les deux dans l'intimité du lit, une fois les rideaux tirés. Elle a un secret à lui confier, secret qu'elle n'a encore dit à personne. Elle prend la main de son mari et la pose sur son ventre pour qu'il puisse y sentir la vie qui vient d'y naître une seconde fois.

– Je suis enceinte, lui dit-elle, comme un cri qu'elle ne pouvait plus garder pour elle. J'en suis sûre ! Et si c'est un garçon, nous l'appellerons Michel, en souvenir de ce jour béni.

Vraiment, c'était un jour de bénédiction ! Jean-François sentait sa fatigue s'en aller d'un coup. Et sereinement, amoureusement, il prit sa femme dans ses bras pour l'étreindre, s'unir à elle et la bénir pour cette maternité qu'elle lui apportait.

Un peu avant la fin d'octobre, on frappa à la porte de la maison des Vernaz. Péronne était sur le qui-vive... Ce coup la fit sursauter, si bien qu'elle tarda pour aller ouvrir.

– Il y a quelqu'un ? dit une voix d'homme qui n'était pas celle de François David. Maurice alla au-devant du visiteur pour lui ouvrir la porte et se trouva en face de Joseph Maxit. Celui-ci entra, salua Péronne et prit les enfants dans ses bras. On aurait dit que la joie pénétrait dans cette maison... Il faut croire qu'elle en était partie ! Il avait un petit sourire qui dessinait une fossette dans le creux du menton et qui rendait ses yeux brillants, presque malicieux. Après s'être enquis de l'état de santé des personnes et des bêtes, il sortit une enveloppe de la poche intérieure de sa veste et la posa sur la table. Maurice et Péronne étaient de plus en plus intrigués.

– Voilà 300 livres neuves, dit-il, ce que réclame François David. Vous tâchez de lui porter assez vite. Il faut que vous soyez débarrassés de cette affaire. Quant au remboursement, tout est marqué sur le papier qui est joint. Joseph Mariaz et moi, nous nous portons garants de cette somme qui vous est remise. Vous rembourserez un peu chaque année. Lisez ! Vous me donnerez ensuite votre accord.

Maurice et Péronne étaient stupéfaits... Ils n'en croyaient pas leurs yeux. Ils allaient être débarrassés d'un poids qui les empêchait de vivre. Avec le travail et l'aide de la Providence, on s'en sortirait et on rembourserait. Avant de signer sur la feuille que lui tendait Joseph

Maxit, elle fit un signe de croix sur elle-même. Cela voulait dire que l'acte qu'elle accomplissait l'engageait totalement. Elle prenait Dieu à témoin.

L'avant-veille de la Toussaint, ils prirent les enfants avec eux et se rendirent chez François David. Le cœur de Péronne battait à se rompre : « Comment allait se passer cette entrevue ? » Elle serrait la main des enfants qu'elle tenait dans les siennes, pour se donner du courage. Maurice, lui, marchait silencieusement sur le sentier qui conduit à la maison des David. Cette affaire ne le concernait pas directement, mais du fait de son mariage avec Péronne, il était totalement impliqué. Il avait mûri en quelques mois.

La grand-mère David fut heureuse de voir ses petits-enfants. Elle en avait les larmes aux yeux. Ils lui rappelaient son propre fils, parti si tragiquement. Elle complimenta Péronne sur leur santé.

– Ils ont une mine superbe ! Comme ils ressemblent à leur pauvre père !

Elle alla chercher du chocolat qu'elle avait acheté à Monthey, mercredi dernier, c'est-à-dire l'avant-veille. Pour une gâterie, c'était une gâterie ! Pensez-donc... Leurs parents ne pouvaient pas leur en offrir !

Maurice sortit l'enveloppe de sa poche et posa les 300 Livres sur la table :

– Voilà la somme que vous aviez engagée et dont vous avez demandé le remboursement. Comptez cet argent et signez-nous un reçu. Ainsi nous serons quittes, vous chez vous et nous chez nous.

François David n'en revenait pas. Il était là, atterré, comme hébété, ne sachant quoi dire.

Il sentait bien que le mot « merci » ne convenait pas, et quel autre mot aurait pu faire l'affaire ?

– Qu'est-ce que cet argent ? lui dit sa femme.

– Tais-toi, tu n'y comprends rien. Les affaires sont les affaires, et plus vite elles sont réglées, mieux elles se portent.

Il prit le papier que Maurice lui tendait, chaussa ses lunettes et apposa sa signature. Quant aux 300 Livres, il les porta dans la chambre. Lorsqu'il revint, Maurice et Péronne étaient debout.

– Vous partez déjà, dit-il. Vous allez bien prendre quelque chose ?

– Non dit Péronne, ce que l'on pourrait prendre, vous nous le reprocheriez plus tard. Les choses sont maintenant claires, nous rentrons chez nous.

Cette attitude ferme ne laissait place à aucune répartie.

La grand-mère se précipita pour embrasser les enfants.

– Ramenez-les moi de temps en temps, dit-elle, vous me ferez plaisir.

Elle embrassa aussi Péronne et profita de ce geste pour lui glisser quelque chose dans la main, discrètement. François David ne remarqua rien.

Quand ils revinrent chez eux, et qu'ils eurent fermé la porte, Péronne sortit ce petit quelque chose qu'elle avait enfoui dans la poche de son cotillon. Elle déplia le papier qui entourait... devinez quoi : deux Napoléons, deux pièces d'or brillantes ! Du coup, Péronne sauta au cou de Maurice. Le geste de la mère David lui allait droit au cœur. Il lui semblait qu'en cet instant où ils se retrouvaient vraiment chez eux, et pour de bon, ils se mariaient pour la deuxième fois. L'avenir pouvait enfin lui sourire.

– Je voudrais, dit-elle dans un souffle, attendre un enfant de toi. Ce serait un cadeau merveilleux.

Projets d'avenir

Dans les premiers jours de mars, Maurice Vernaz s'était rendu auprès du secrétaire de commune. Le Conseil veut donner à défricher l'alpage de la Cornaz. Cet alpage est recouvert de bois blanc que l'on appelle des voraces, sorte de vernes qui s'étendent rapidement et étouffent la poussée de l'herbe. L'endroit est assez mal situé et d'accès difficile. De plus, il est traversé par un couloir d'avalanches. Chaque hiver y laisse quantité de pierres, d'arbustes déracinés, de branches et de broussailles. Les avalanches de neige labourent le terrain où elles passent, arrachant le tissu herbeux, et permettant ainsi à tous ces arbustes de proliférer. On ne voit que ces voraces et des sapins rabougris. Trop faibles pour être déracinés, ils se contentent de plier sous le poids de la neige.

L'autorisation de défricher est accordée de manière préférentielle aux familles pauvres de la commune. Elles peuvent remettre la terre en état, y faire pâturer gratuitement une vache ou quelques chèvres, se garder un peu de bois de chauffage en contre-partie de tout ce qu'ils vont couper. Les autres alpages communaux leur sont inaccessibles car elles n'auraient pas les moyens de soumissionner. À l'heure actuelle où il y a tant de bouches à nourrir et de bras à employer, tenir une montagne durant l'été permet d'envisager le reste de l'année avec sécurité pour toute la famille. Aussi le prix de location de ces alpages a fortement augmenté du fait de la surenchère des uns et des autres. La commune n'est pas mécontente, car cela lui procure des rentrées d'argent intéressantes. De ce fait, aucune montagne ne reste inoccupée. On fauche, on pâture tout ce qui peut être accessible et autorité.

Maurice lit le règlement sur le papier que lui a remis le secrétaire :

Il devra débroussailler le pâturage, ne pas laisser s'amonceler les branchages, mais les brûler et en faire des charbonnières.

Il ne coupera que les voraces, et ne touchera pas aux sapins car ceux-ci doivent croître pour retenir la terre.

Il devra débarrasser le terrain de toutes les pierres déposées par les avalanches et les rassembler en un tas à l'écart.

Il devra arranger le chemin qui mène à la montagne, y creuser des rigoles pour l'écoulement des eaux de pluie.

Il devra refaire le toit de la chavanne et le couvrir en bonnes ancelles.

Il y portera un chaudron pour la cuisson du lait s'il désire faire du fromage.

Il ne pourra tenir qu'une vache, et deux chèvres à la rigueur, à condition qu'il surveille celles-ci pour qu'elles n'aillent pas faire du dégât dans la forêt voisine. S'il fait le travail prévu pour la première année et s'il se comporte honnêtement, il pourra ensuite jouir de La Cornaz gratuitement pendant six ans, en bon père de famille.

Maurice trouve bien que ce cahier des charges est lourd pour une pâture aussi maigre, mais le moyen de faire autrement quand on a si peu de terre autour de sa maison et l'obligation de nourrir une famille durant l'hiver prochain ! En fait, c'est cela ou rien. Il n'a pas le choix. Il s'estime même heureux que le Conseil ait pensé à lui pour cet alpage, car il n'est pas le seul pauvre dans la commune. Le travail ne lui fait pas peur. Il se dit que, les prochaines années, il pourra même en tirer un petit bénéfice. Alors il prend la feuille et appose sa signature.

Le Conseil Communal s'est réuni à la manière ordinaire à la Chambre Consulaire.

Sont présents :

Le Syndic François Cruz,

Le vice-syndic, quatre conseillers sur cinq et le secrétaire Antoine Command.

Il s'agit d'approuver le règlement concernant les alpages communaux ; époque de pâture – réglementation du parcours des bêtes – durée du séjour – nombre de bêtes à pâturer – taxes à percevoir.

Les deux gardes champêtres auront à tenir la main à ce règlement. Pour éviter l'introduction des bestiaux étrangers, achetés au printemps et revendus à l'automne, il est décidé de recenser le bétail deux fois par an. Il est rappelé que l'on ne peut inalper que le nombre de bêtes que l'on a hivernées.

Un des conseillers souligne qu'une certaine contrebande se fait en introduisant nuitamment des vaches à travers la frontière par les cols de montagne, pour augmenter le troupeau. Ces bêtes ont été achetées par des entremetteurs dans des villages du Valais allemand.

– Outre l'injustice que cet acte occasionne à l'ensemble des agriculteurs de la commune, on introduit des bêtes qui n'ont pas la qualité des vaches de la vallée. Il faudrait y mettre ordre.

Le secrétaire de commune indique qu'un certain nombre de familles pauvres ont pu obtenir la jouissance de petits alpages communaux.

– Maurice Vernaz a obtenu la jouissance de l'alpage de la Cornaz. Il y a longtemps que personne n'y était allé. L'endroit était plus ou moins abandonné et les vernes s'étendaient.

Joseph Curtaz, un des conseillers, en froid avec la famille de Maurice Maxit, dit que :

– Les Maxit de Tauvert ne se gênent pas pour laisser pâturer leurs bestiaux. Ils en profitent et on ne leur a jamais rien dit. Ils ont d'ailleurs fait disparaître les marques de bornage.

En effet, l'alpage de Tauvert est voisin de celui de la Cornaz. Mais il n'y a, entre les deux, aucune ressemblance. Autant l'alpage de la Cornaz est mal situé, en terrain rapide, coupé par les avalanches qui descendent des Cornettes, autant Tauvert s'étale face au soleil levant, sur une terre riche et grasse. Il possède une chavanne grande et spacieuse, avec chaudière pour traiter le lait et une étable pour abriter au moins vingt têtes de bétail. Une source abondante et jamais tarie coule à proximité.

Ce magnifique alpage faisait partie, autrefois, du bien de la cure. Saisi et revendu comme bien national au moment de la Révolution française, il appartenait à une famille de bourgeois de la ville de Thonon, les Plagnat. Ils l'ont payé en assignats. Autant dire qu'ils l'ont eu pour rien ! Et ils l'ont revendu il y a quelques années, contre de bonnes espèces d'argent sonnantes et trébuchantes, à Maurice Maxit.

Joseph Curtaz s'est trouvé en procès avec Maurice Maxit. Il lui reproche de faire paître son bétail sur une terre qu'il possède en montant à Tauvert. Joseph, en fait, aurait bien voulu devenir le propriétaire de cette belle montagne, mais Maurice a été plus malin. Alors, il cherche toutes les occasions pour dresser le Conseil contre celui qu'il traite, en privé, de « voleur, accapareur de biens volés, maquignon ».

Le Conseil ne le suit pas. Il décide seulement de faire reconnaître, par un géomètre, les limites entre les montagnes et de relever les bornes.

Maurice Vernaz pourra donc utiliser l'alpage de la Cornaz cet été. Durant le printemps, il est monté pour nettoyer le pâturage des pierres et des branches laissées par les avalanches. Il a ramassé les pierres en un tas bien à part. Il a coupé les voraces qui empêchent l'herbe de croître.

Il a tracé des saignées dans les chemins pour détourner l'eau de ruissellement, pendant les fortes pluies du printemps. Il a réparé le toit de la chavanne, nettoyé l'intérieur, refait à neuf les gonds de la porte. Tous ces travaux ajoutés aux occupations ordinaires de la vallée l'ont fatigué... Un vrai travail de forçat ! Et pour obtenir quoi ? L'autorisation de faire paître une vache et deux chèvres, une misère !

Mais Maurice est solide. Sa jeunesse n'a d'équivalent que sa santé. La fatigue disparaît quand il retrouve Péronne à la maison. Celle-ci, sevrée d'affection dans sa famille et auprès de son premier mari, s'est trouvée profondément amoureuse de Maurice, et ce dernier oublie sa fatigue dans les bras de sa femme. Cette étreinte dure peu, car le sommeil le terrasse vite. Péronne reste étendue sur le dos, ne bougeant pas pour ne pas le réveiller. Ses mains se croisent sur son ventre comme pour une prière afin d'attirer sur elle la bénédiction divine.

Le Conseil Communal a délibéré sur différentes affaires. En ce printemps 1855, la discussion sur les alpages l'accapare. C'est que la commune est propriétaire de nombreuses montagnes qu'elle loue à des particuliers. Elle tire là de bons bénéfices, car au jour d'aujourd'hui les alpages sont très recherchés. On pâture tout ce qui peut l'être, et rien n'est négligé. Le syndic annonce à ses collègues qu'il a reçu de Monsieur l'Intendant de la Province l'autorisation de vendre un pâturage communal.

– Nous n'avons que cette chambre, dit-il, comme lieu de nos délibérations. Cette chambre consulaire est ridiculement insuffisante et malsaine. Les archives n'y sont pas en sécurité et on manque de place pour consulter les planches de la mappe. L'école de garçons, qui occupe le reste du bâtiment, se trouve à l'étroit. Le régent est obligé de se loger au village. Il faut remédier à la chose.

La Commune avait acquis pour 273 Livres l'étage supérieur de la maison construite en 1831 par Jean-François Desportes. Deux pièces plutôt étroites. Ce bâtiment, tout en hauteur, s'appelait dans le pays La Pigeonnière et se trouvait mal situé par rapport au village. À l'époque, la commune, sans ressource, avait dû organiser une souscription auprès des administrés.

– Il nous faudrait, reprend le syndic, une mairie-école au centre du village. Je la verrais bien face à l'école des sœurs, de l'autre côté de la route, et un peu en retrait. Elle accueillerait à l'étage, d'une part, la salle consulaire et le cabinet des archives, et d'autre part, l'appartement du régent. Au rez-de-chaussée, une vaste salle de classe, et des dépendances.

Le syndic rêvait tout haut à sa nouvelle mairie. Joseph Curtaz le tira par la manche.

– Où prendrez-vous l'argent nécessaire à cette construction ? La vente de l'alpage des Fontanettes n'y suffira pas. Vous ne pouvez pas songer à imposer encore les habitants. Il n'y a plus d'argent dans la commune car chacun est déjà endetté au-dessus de ses moyens.

– On pourrait, reprit un autre, faire appel à Monsieur l'Intendant et lui demander une participation du gouvernement.

– Qu'est-ce que tu crois ? Le gouvernement se moque pas mal de nous. Il n'a qu'une idée en tête : sa politique italienne. Nous sommes livrés à nous-mêmes.

Et la rencontre du Conseil se termina au cabaret Marchand où le syndic paya un pot.

En cet après-midi ensoleillée du mois de mars, Claudia est venu rendre visite à Péronne, sa belle-sœur. Elle a une mine superbe, la maternité lui va à merveille ; elle vient de commencer le huitième mois de sa grossesse. Elle apporte une liqueur fabriquée avec des simples par la grand-mère Mariaz. Celle-ci connait toutes les propriétés des plantes de la montagne, elle sait à quelle époque cueillir les fleurs, comment les faire sécher, comment les préparer.

– Je t'ai apporté un réconfortant, dit-elle à Péronne. Tu verras, avec le printemps qui arrive, ça ira mieux. La vie reprend toujours le dessus. Tu n'as rien à te reprocher et Dieu ne t'a pas abandonnée.

Péronne regardait avec envie le ventre arrondi dc Claudia, ainsi que les lignes marbrées de sa figure. Elle ne put s'empêcher de lui en faire un compliment.

– Comme la maternité te va bien ! Tu sais que je t'envie... Je voudrais que ta visite me porte chance !

– Si tu veux, répondit Claudia, nous pourrions aller faire une visite à sainte Anne. Tu lui demanderais d'être délivrée de ta stérilité et moi, de mon côté, je la prierais pour que ma délivrance se passe bien.

Elles convinrent de s'y rendre le dimanche suivant, après Vêpres. Il n'y avait pas long à marcher, peut-être vingt minutes. Claudia irait lentement.

À un certain endroit, la vallée se resserre comme dans un étranglement. Le cours de la rivière, détourné par une ravine venue de la montagne, vient battre le rocher sur sa rive droite. Il ne reste qu'un espace étroit, entre l'eau et le rocher, pour le passage de la route. Les anciens avaient élevé là un oratoire dédié à sainte Anne, la mère de Marie.

Les voyageurs se recommandaient à son intercession pour qu'elle facilite leur marche, et les femmes frappées de stérilité venaient lui faire une prière. On assurait que si elles buvaient de l'eau d'une source qui coule à proximité, elles étaient à peu près sûres d'être délivrées de leur infirmité.

M. Chevallier ne prisait pas beaucoup ces formes de dévotions. Pourtant, il avait pris sur lui de faire réparer cet oratoire. Il avait d'ailleurs entrepris de relever toutes les anciennes chapelles situées sur sa paroisse. Il voulait conserver ce qu'avaient laissé les aïeux.

Au sujet de sainte Anne, il fut contraint de bâtir un nouvel oratoire. L'ancien avait disparu au moment du passage des Autrichiens en 1815 ; ceux-ci, probablement ivres, y avaient mis le feu, et le bâtiment était tombé en ruines.

Enfoncé dans sa niche, un tableau avait résisté au feu, comme par miracle. Il représente trois femmes de la Bible ayant eu une grossesse particulière :

– au centre Marie, la mère de Jésus,

– à gauche, Anne, la mère de Marie,

– à droite, Elisabeth, la mère de Jean-Baptiste.

Cette expression de fécondité rappelle aux femmes de la paroisse que Dieu est le maître de la vie. Il faut lui faire confiance, Dieu n'abandonne jamais les siens. La preuve est inscrite sur ce tableau.

Après avoir fait leurs dévotions, allumé une chandelle près de la grille et glissé un sou dans le tronc, Claudia et Péronne s'assirent sur le banc de pierre taillé dans le rocher qui affleure. Le moment était propice aux confidences.

–Si tu savais, dit Péronne, combien j'appréhende la vie ! J'ai peur parfois. Je n'arrive pas à oublier la pauvre fin de Charles. Il me semble l'entendre marcher autour du chalet, et la nuit, je me réveille en sursaut... J'ai l'impression qu'il m'appelle !

– Ce n'est qu'un cauchemar, répondit Claudia, tout en mettant la main sur son épaule. Il faut laisser au temps le soin de faire son œuvre. Maurice est solide ; tu peux lui faire confiancc maintenant.

– Le temps n'y fera pas grand'chose.

– Détrompe-toi ! Il vaudrait mieux changer de vie, quitter la vallée, aller ailleurs.

– Où veux-tu aller ?

– Je ne sais pas, mais ce que je sais, c'est que nous ne pourrons pas rester là. La vie deviendra intenable. Maurice aura beau travailler tant et plus, jamais nous ne pourrons rembourser toutes nos dettes. Et puis, il y a la famille de Charles. Il vaudrait mieux mettre un océan entre eux et nous. Je ne peux supporter leurs regards. On dirait qu'ils me font reproche. Si je m'écoutais, je ne voudrais plus voir personne. Partir, oui, partir n'importe où !

Elle avait dit ces derniers mots avec force, comme un cri. Claudia en avait été bouleversée, se demandant ce qui se passait chez sa belle-sœur, mais devinant qu'une profonde énergie sourdait en elle. Elle ne pleurait pas. Sa volonté et sa détermination se lisaient sur sa figure.

Elles se levèrent toutes deux, et Péronne donna le bras à Claudia pour l'aider à marcher.

Les deux hommes se trouvaient plongés dans la plus grande perplexité. On ne pouvait donner tout à fait tort à Péronne, mais ses propos mettaient au jour une difficulté que l'on se contentait de soupçonner. La vie, dans la vallée, allait vers un étranglement, semblable à un torrent qui se précipite entre deux écueils. Le cours des eaux vous entraîne dans un bouillonnement et vous aveugle. Comment essayer de diriger sa vie à travers ces épreuves ? Le torrent laisse sur ses rives les bois et les pierres qu'il a arrachés dans sa course.

« Ne serions-nous que des laissés pour compte de l'existence, abandonnés sur le rivage comme des objets inutiles d'une civilisation devenue aveugle ? »

Jean-François et Maurice retournaient ces pensées dans leur tête, tout en essayant de les exprimer en conversation.

« Que faire pour redonner un sens à la vie ? De quoi demain sera-t-il fait ? »

Ils pensaient au foyer qu'ils avaient fondé, aux enfants à venir, mais aussi à leurs parents déjà marqués par l'usure de l'âge.

–Vers où aller ?

– On pourrait commencer par aller à Einselden, aux Hermittes, dit Jean-François. Un pèlerinage à la Vierge Noire nous permettrait d'y voir un peu plus clair. Qu'en penses-tu ?

– Pourquoi pas, dit Maurice. La vie m'a bousculé ces derniers mois. J'ai été entraîné, presque malgré moi, à prendre des décisions importantes. Le cours de ma vie en a été changé. Et je crois que moi-même aussi, j'ai changé.

Je n'ai pas toujours eu le loisir de réfléchir à tête reposée. Un peu de marche avec toi me fera du bien. Et puis, je confierai à Notre-Dame des Hermittes la santé de Péronne et de ses enfants. Mon père y était allé dans les années 1830. Il en a gardé un souvenir inoubliable. Je m'étais toujours dit qu'un jour je ferais comme lui. C'est le moment !

– Oui, dit Jean-François, heureux de voir que son beau-frère l'approuvait, c'est le moment. En cette fin de mars, le travail nous laisse un peu de répit. Claudia ne doit accoucher qu'à la mi-mai, si tu veux, on part dans deux jours.

Claudia accoucha le 13 mai d'une fille qui reçut les prénoms de Marie-Henriette. Le jeune couple était heureux de cette deuxième naissance. L'arrivée de cet enfant apportait un coin de ciel bleu au sein de la famille Mariaz.

Le mariage de Xavier et de Léonie

Jean et Xavier Rey, les fils chassés de la maison paternelle au début du carême de 53, avaient trouvé du travail pour l'été aux alpages de Champfleury. Là, on avait été contents d'eux. Ces magnifiques pâturages portaient bien leur nom. Une herbe savoureuse, fruit d'une terre grasse à souhait, fleurissait tout au long de l'été. Les vaches de la race d'Abondance y trouvaient une nourriture de qualité, si bien qu'un troupeau nombreux pâturait sur ces pentes. On cherchait des pâtres, des bouviers et des commis-fruitiers que ne rebuttait pas l'effort.

Jean travaillait à la laiterie. Il devait traire les vaches, passer le lait, le mettre à refroidir, l'écrémer dans la fraîcheur du petit matin, le verser dans la grosse chaudière de cuisine en y ajoutant du caillé, le faire chauffer, le brasser convenablement. Il aurait ensuite à prendre la pâte dans un grand linge bien propre, serrer le tout en un cercle de bois pour faire sortir le petit lait, et quatre pains de trente kilos à travailler chaque jour. Une fois rangés à la cave à l'abri des mouches, il aurait à les surveiller sans cesse, les passer à l'eau salée, les tourner et les frotter. Le travail n'arrêtait pas du matin à la nuit tombée. Le soir, Jean ne demandait pas son reste pour aller se coucher de bonne heure, car il fallait être debout avant le jour.

La traite avait lieu aux premières lueurs de l'aube. Les bêtes devaient gagner le lieu de leur pâture dans la fraîcheur du matin. Elles devaient profiter des heures fraîches de la journée pour brouter paisiblement. Une fois le soleil haut dans le ciel, la chaleur allait ramener la meute des insectes qui les tarauderaient de leur aiguillon. Impossible alors de les tenir tranquilles. L'énervement gagnerait tout le troupeau qui risquerait de partir çà et là à travers l'étendue du pâturage. Les chiens ne suffiraient pas à la tâche. Il valait mieux rentrer les bêtes à l'étable pour les heures chaudes de la journée. Mais encore fallait-il qu'elles aient eu la possibilité de manger convenablement ! Sans cela, la quantité de lait diminuerait à la pesée de la traite.

Quand midi s'étend sur l'alpage, le soleil darde ses rayons. À cette altitude, rien ne les arrête. Alors bêtes et gens se mettent à l'abri. Les vaches ruminent et les hommes se restaurent. Le silence a envahi les chalets.

Mais le dimanche, on s'accorde un peu de répit dans la monotonie des jours. On se rend visite d'un alpage à un autre pour l'après-midi. Des Lindarets ou d'Avoriaz, des Chèsery ou des Hauts de Champeiry, bergers savoyards et pâtres valaisans se retrouvent sur la prairie devant le chalet. Les alpages communautaires comme Champfleury ne comprennent que des hommes, mais les alpages familiaux ont des femmes ou des jeunes filles pour aller au champ et faire la cuisine.

Cette présence féminine ajoute une note particulière à ces rencontres dominicales. Jean reste sur sa réserve ; soit il bavarde avec ses hôtes, soit même il est resté à la chavanne pour monter la garde pendant que ses camarades sont partis en visite. Tandis que Xavier a remarqué une fille de Champeiry. Elle a la taille bien prise et le pied agile à la danse.

Xavier est un fin danseur. Il s'agit de la Léonie, la fille de Aloïs Detraz qui tient pendant l'été l'alpage des Tovassières.

S'est-il aperçu des sentiments de sa fille, ou bien a-t-il entendu parler des mérites du garçon ? Aloïs Detraz arrive à l'alpage de Champfleury et demande à voir Xavier. La mi-septembre est arrivée. L'automne enveloppe la montagne d'un air serein. Tout est calme. Seules les clarines des vaches trouent le silence. Aloïs s'assoit à côté de Xavier.

– J'ai une proposition à vous faire. Je vous engage pour la prochaine saison d'inalpage aux Tovassières. Si vous êtes libre de votre emploi du temps ! Chez nous, la saison commence tôt, car il faut nettoyer les prairies de tout ce qu'ont laissé les avalanches, arranger les chalets avant la montée des bêtes, tenir celles-ci aux Mayens dès la poussée de l'herbe. À l'automne, après la Saint-Maurice, on remonte jusqu'à l'arrivée de la neige. Cela vous assure un travail de six mois, et des gages en conséquence. Qu'en dites-vous ?

Aloïs tire lentement sur un cigare qu'il savoure à petites bouffées. Il a vite jaugé le garçon. Xavier ne laisse rien paraître de l'émotion qui l'a envahi au souvenir de Léonie.

Depuis l'algarade avec son père, il a appris à rester maître de lui. Simplement, il se dit que le Seigneur, dans sa miséricorde, ne l'a pas abandonné, ni lui ni son frère. Un sentiment de joie l'inonde en un instant. Il fait bon être jeune !

– Je vous remercie, Aloïs, de votre offre. Je vais y réfléchir. Mais avant toute chose, je mets une condition. C'est que vous embauchiez également mon frère Jean. Nous sommes jumeaux et nous sommes liés pour la vie. L'épreuve nous a rendus solidaires. Je vais lui en parler. S'il est d'accord, je le suis moi aussi.

– J'accepte, dit Aloïs. Je vous embaucherai tous les deux à partir du printemps de l'an prochain. Je prendrai quelques têtes de bétail en supplément pour l'été. Cela me permettra de conforter vos gages.

Xavier tend la main.

– Entendu, dit-il. Votre prix sera le nôtre. Nous ne demandons qu'à travailler pour pouvoir nous établir ensuite.

Aloïs saisit la main du jeune homme et le regarde droit dans les yeux, la figure relevée pour marquer l'acquiescement :

– C'est entendu. Venez me voir tous les deux à Champeiry après Toussaint. Nous arrangerons tout cela.

Jean était descendu dans la vallée pour livrer du beurre et du sérac aux commerçants du village, comme à l'accoutumée. Quand il revient, Xavier le met au courant de la proposition qu'il avait reçue. Et Jean donne son accord.

C'est ainsi que tous les deux passèrent l'été 54 à l'alpage des Tovassières. Mais Léonie était restée à la maison. Aloïs, en bon père de famille, se montrait prudent. Elle avait l'autorisation de monter à l'alpage le dimanche après-midi, et encore tous les quinze jours seulement, en compagnie de ses frères ou de ses sœurs, ainsi que de ses amies du village. Tout le monde redescendait avant la nuit. On ne badinait pas avec la morale chez les Détraz. Ce qui n'empêcha pas une forte amitié de se nouer entre Aloïs et les deux jeunes gens. Il était plus que satisfait de leur travail et de leur comportement. Et, intérieurement, il se réjouissait que sa fille Léonie ait choisi l'un d'eux pour s'établir.

Jean et Xavier travaillèrent dans la plaine durant l'hiver, comme précédemment. Quelques jours avant la Noël de cette année-là, un dimanche, ils avaient répondu à l'invitation d'Aloïs. Avant de se mettre à table, Xavier s'approcha du père de famille. On ne l'avait jamais vu ému à ce point... Il tenait son chapeau dans ses mains ne sachant qu'en faire ! Quant à Léonie, elle s'était réfugiée à la cuisine, subitement occupée à surveiller la soupe qui cuisait dans la marmite suspendue à la crémaillère.

– M. Détraz, dit Xavier, j'ai l'honneur de vous demander la main de votre fille Léonie en vue de m'unir à elle en saint et légitime mariage.

Aloïs appela près de lui sa femme et sa fille et les interrogea du regard. La mère fit un signe de tête pour exprimer son accord. Léonie, toute rougissante, ne quittait pas des yeux le bout de ses chaussures. Son père mit la main sur son épaule, comme pour la protéger, et il prit un ton solennel pour répondre à la demande du jeune homme.

– Xavier Rey, au nom de ma famille et au nom de Dieu, je vous accorde la main de ma fille Léonie. Prenez soin d'elle et respectez-vous mutuellement. Que Dieu vous ait en sa sainte garde !

Il se signa d'un large signe de croix et invita Jean et Xavier à prendre place à la table, avec sa famille. Il les considérait vraiment comme ses fils, des fils adoptifs en quelque sorte.

Il fut décidé que les fiançailles auraient lieu à Pâques prochaines, et que le mariage, si Dieu le permettait, serait célébré au mois d'octobre à l'église de Champeiry. Le repas se passa dans la bonne humeur. À la fin, Aloïs alla prendre un cigare. Il l'alluma et le fuma à petites bouffées. Ce geste disait sa joie et son contentement.

Ainsi, chaque dimanche de cet hiver 1854-1855, les deux frères montaient passer la journée chez les Détraz. Ils assistaient d'abord à la messe à la vieille église et y retrouvaient toute la famille. Pour rien au monde, Aloïs n'aurait manqué de remplir son devoir dominical. Même pendant la saison de l'inalpage, il descendait le dimanche matin, passait à la maison pour se changer et revêtir ses habits du dimanche, et assistait à la messe en pensant à ceux des membres de sa famille qui en étaient empêchés. Il les représentait et assurait, à leur place, leur devoir religieux.

L'après-midi, Xavier faisait sa cour à Léonie, en tout bien tout honneur. Ils n'avaient pas le droit de s'isoler et participaient à la conversation de la famille. Le temps passait vite. Jean, lui, s'était pris d'amitié pour le curé de Champeiry. Celui-ci lui apprit à jouer de l'harmonium, puis du violon. Très doué, Jean put animer les soirées d'hiver. Au lieu de danser lui-même, il préférait faire danser les autres avec son violon.

Des entretiens qu'il eut avec ce prêtre remarquable, Jean fut à jamais marqué. Il ne chercherait ni confort ni argent pour lui-même, il donnerait une part de son temps pour venir en aide à ses concitoyens. Dans cette intention, il décida de ne pas se marier. Il resterait célibataire.

Aloïs ne comprenait pas que François Rey, le père des deux garçons, puisse s'entêter de cette manière. Qu'il ait mis ses fils à la porte de sa maison... On pouvait admettre qu'il l'ait fait en un mouvement de mauvaise humeur, afin de leur donner une leçon ! Mais qu'il s'enferre dans cette attitude, cela passait tout raisonnement. Aloïs se dit qu'il devait aller le voir. Il aurait certainement une explication avec lui et parviendrait peut-être à réconcilier le père et les enfants avant la date prévue du mariage.

Xavier s'en retournerait certainement à La Chapelle-des-Frasses avec sa jeune femme pour y demeurer et s'y établir. Il ne les voyait pas s'installer à Champeiry. La terre pouvait déjà à peine nourrir tous les habitants du village. L'étroitesse de la vallée, son éloignement de la plaine, le peu de prairies que ne mangent pas les rochers, la longueur de la mauvaise saison, autant d'inconvénients qui pèsent lourd. Contre tout cela, le travail acharné des hommes et des femmes de ce pays ne pouvait rien. On se contentait du strict nécessaire et on vivait pauvrement. Ce qui n'empêchait pas une honnête décence jointe à la dignité des hommes libres, de ceux qui façonnent leur destin et qui ne doivent rien à personne, qui ne dépendent que de Dieu. Aloïs en était sans doute le meilleur exemple.

Le carême de cette année 1855 commençait au début du mois de mars. La neige avait reculé et les chemins se montraient favorables. Le jeudi qui suivit les Cendres, Aloïs se rendit à La Chapelle-des-Frasses, chez les Rey. Après les échanges de politesse, il alla droit au but :

– Je suis venu vous voir pour vous dire que votre fils Xavier a fait le projet de se marier avec ma fille Léonie. Xavier est un garçon honnête et travailleur. J'ai pu l'apprécier. Quelque chose s'est passé entre vous et lui, qui ne me regarde pas. Mais le temps est venu de l'oubli et du pardon de ce qu'il vous a gravement désobéi.

– Il n'en est rien, dit François Rey. Je ne veux pas revenir là-dessus. Je n'ai qu'une parole. Ce qui a été dit reste dit. Il peut faire ce qu'il veut, c'est son affaire. Il est majeur maintenant et je n'ai pas besoin de l'émanciper. Il n'a pas besoin de ma permission pour se marier.

– Oui bien sûr, reprit Aloïs. Mais il serait dommage que vous et votre femme ne soyez pas présents à la cérémonie du mariage. Celui-ci est prévu pour cet automne. J'aurais grande joie à vous y inviter.

– Il n'en est pas question, coupa François. Ni moi, ni ma femme, ni personne de ma famille ne se rendra à cette cérémonie.

– Accepteriez-vous au moins que Xavier vienne vous demander votre bénédiction ? Je suis sûr qu'il est prêt à venir vous voir.

– C'est inutile. Je ne reviendrai pas sur ma décision.

Le silence emplissait la vaste pièce qu'avaient désertée les membres de la famille. Ils s'étaient réfugiés dans la chambre sur le devant. Aloïs comprit que l'entretien était terminé. Les deux hommes étaient torturés par la souffrance, sans pouvoir se rejoindre sur un point où la paix eut été possible. François Rey ne voulait pas que ce soit dit qu'il reviendrait sur son geste. Son orgueil blessé le fermait sur lui-même. Plus que jamais il s'entêtait. Quant à Aloïs, cette souffrance d'hommes provoquait en lui comme des ondes qui le recouvraient. Le froid le saisissait intérieurement. Il rajusta les boutons de sa veste, se leva et tendit la main à François Rey sans mot dire.

Le premier dimanche du mois d'octobre, le curé de Champeiry publia au prône les bans du mariage prévu entre Xavier, fils de François Rey et de Claudine Garin, de La Chapelle-des-Frasses, d'une part, et la Léonie, fille de Aloïs Détraz et de Virginie Mariétan, de Champeiry, d'autre part. Cette publication se répéta les deux dimanches suivants. Les futurs époux étaient ainsi criés devant toute l'assemblée paroissiale. Personne ne devait ignorer ce mariage et chacun était tenu en conscience de déclarer à son curé les empêchements qu'il aurait été à même de connaître.

La cérémonie eut lieu le 16 octobre, à 8 heures du matin. Aucun cortège n'accompagna les futurs époux depuis la maison Détraz jusqu'à l'église. L'absence de la famille Rey commandait une grande pudeur pour ne pas laisser éclater les sentiments qui étreignaient chacun des participants.

Devant l'église, un groupe de garçons de la paroisse forment une barrière symbolique pour barrer l'entrée. Ils se tiennent par le bras et empêchent les arrivants d'aller plus loin. Aloïs connait l'usage. Quand une fille du pays épouse un étranger, ses conscrits ont le droit de l'en empêcher. Comme si cet autre venait leur prendre un bien leur appartenant ! Ils forment opposition... Jusqu'à ce que le père de la nouvelle mariée leur offre à boire. Tout a été prévu. Aloïs fait servir à chacun de ces jeunes gens, ainsi qu'à tous les présents, un verre de fendant, et on trinque à la santé des amoureux. Tout le monde entre ensuite dans l'église.

Après la messe de mariage, le sacristain remet à chacun des nouveaux époux une chandelle allumée et étend sur leurs épaules le drap des morts, celui-là même dont on se sert pour les sépultures. Pendant ce temps, le prêtre chante le répons *Libera me*, comme pour une absoute. Au sortir de l'église, on s'arrête au cimetière. Xavier et Léonie s'agenouillent sur la tombe des ancêtres de la famille Détraz.

Le nouveau ménage, accueilli par les vivants et par les défunts, est prêt à entrer dans la vie.

Le repas qui suivit fut des plus simples. On n'avait pas le cœur à faire la fête ! Pourtant, ce repas ne comporte pas de pommes de terre, qui font le menu habituel de tous les jours.

Elles sont remplacées par du riz. Au moment où l'on sert les œufs à la crème, accompagnés d'un gâteau de Savoie, Jean prend un violon et joue un air en l'honneur des nouveaux époux.

Ce furent là toutes les réjouissances que l'on se permit. Léonie reçut quelques cadeaux. Xavier, avec l'aide de son frère Jean, lui offrit une paire de souliers, et sa mère, une coiffe pour ce jour de mariage et une croix en or. Léonie et sa mère avaient confectionné, avec de la toile de chanvre qu'elles avaient tissée, deux chemises pour la nuit de noces, une pour chacun des nouveaux époux.

Aloïs avait dit à Xavier qu'il ne pouvait ni l'embaucher, ni le loger avec sa nouvelle femme. Il garderait simplement Jean à son service. Xavier avait trouvé du travail et s'était mis en location pas très loin, dans le village.

Il n'emmena pas sa Léonie le soir même dans la petite chambre qui serait désormais la leur. La coutume ne le permettait pas. Le lendemain, le mardi donc, Xavier revint pour le repas de midi dans la famille Détraz. Léonie avait préparé son trousseau et les quelques affaires qu'elle emportait. Elle prit congé de sa mère. Celle-ci pleurait toutes les larmes de son corps.

DEUXIÈME PARTIE

EN ROUTE VERS L'ARGENTINE

Départ vers l'inconnu

Vers la fin du mois d'octobre de cette année 1855, Xavier Rey et son frère Jean avançaient à grands pas en direction de La Chapelle-des-Frasses. Ils allaient trouver Jean-François Mariaz. Ils étaient porteurs d'une nouvelle assez extraordinaire qu'ils ne pouvaient pas garder pour eux. Ils se rappelaient les conversations qu'ils avaient eues ensemble et, tout en marchant, ils se redisaient que cette nouvelle, en apparence anodine, devrait apporter un grand changement dans leur vie. Ils ne voulaient pas s'avouer qu'elle les tourmentait. En fait, ils désiraient avoir l'avis de Jean-François car ils le savaient homme de bon jugement. Et ils se doutaient que, lui aussi, serait intéressé par ce qu'ils venaient d'apprendre.

Le mauvais temps avait gardé les hommes à la maison. Xavier et Jean trouvèrent Jean-François en train de réparer un outil. Ils s'assirent tous les trois dans un coin de la grange. On aurait dit qu'ils voulaient se mettre à l'abri des oreilles indiscrètes.

– Tu sais ce que j'ai appris ? dit Xavier, après les salutations d'usage. Un homme de Champeiry, Pierre Mariétan, va partir avec tout un contingent de Valaisans et de Suisses pour l'Amérique du Sud. Il parait qu'il y a là-bas de la place et que l'on y attend beaucoup de monde pour peupler cette contrée. On dit que c'est un pays d'avenir. On l'appelle la République Argentine.

– J'avais vaguement entendu parler de cette République, dit Jean-François, située de l'autre côté de l'océan Atlantique. Ce n'est pas la porte à côté ! Mais, dites-moi, vous connaissez ce Pierre Mariétan ? Qu'est-ce qui l'a décidé à partir si loin ? A-t-il fait quelque chose de malhonnête ?

– Oui, je l'ai rencontré, répondit Xavier, mais il ne voulait pas que cette affaire se sache au village. Il a trente-six ans, une femme et neuf enfants. Chez lui, c'est la misère. Avec cela, une grande fierté. Son père était soldat grenadier à la

Garde Royale à Paris, aux Tuileries, au temps du roi Charles X. Il a quitté le service en 1828, un peu avant la Révolution de 1830. Il sentait venir les événements et il tenait à rentrer au pays. Mais le lopin de terre qu'il acheta à son retour ne put suffire à nourrir sa famille : toute sa solde y était passée. Pierre a gardé de son séjour en France une certaine allure. Avec le peu de terre que son père lui a laissée, il ne peut faire vivre sa femme et ses neuf enfants.

– J'ai entendu dire que beaucoup de Suisses se plaçaient comme soldats mercenaires à l'étranger et que, depuis quelques années, on les avait obligés à rentrer au pays.

– C'est exact, dit Jean Rey. Le curé de Champeiry m'a expliqué toute cette affaire depuis le commencement jusqu'en l'année 1848.

Comme il pleuvait dehors et qu'ils se trouvaient au chaud, avec le foin de la grange, Xavier et Jean-François eurent tout le loisir d'écouter l'histoire que Jean s'apprêtait à leur raconter.

– Vous vous souvenez de la lutte entre les Suisses et le duc de Bourgogne, Charles le Téméraire... comment ils le vainquirent à Grandson et à Morat en 1476. Ils firent une grande impression sur les souverains d'Europe qui leur demandèrent des instructeurs pour leurs propres troupes et qui voulurent avoir à leur service un régiment suisse. Il s'agissait de mercenaires qui s'engageaient par contrat moyennant une solde. Comme les Suisses étaient d'excellents soldats, on les payait chers. Si vous ne le savez pas, c'est de là que vient le dicton : « pas d'argent, pas de Suisse ! »

– Eh bien, dit Jean-François, tu en sais des choses ! Alors, ces Suisses, ils se plaçaient comme mercenaires un peu partout, ou bien ils avaient des préférences ?

– Ils allaient au plus offrant. En particulier à la cour du Pape, au Vatican, et à la cour du duc de Milan. Ils furent engagés contre les troupes du roi de France, François 1er, et ce fut pour eux la terrible défaite de Marignan en 1515.

Ils avaient été vaincus par l'artillerie française. Ils conçurent, à partir de là, une admiration pour la France. Ils s'engagèrent au service du roi de France et se dévouèrent, sans jamais se démentir, à la personne du Roi. Les Suisses montaient la garde au palais de Versailles et au palais des Tuileries.

– Oui, dit Xavier, c'est là qu'ils succombèrent pour défendre le Roi Louis XVI. Je crois que l'empereur Napoléon a supprimé cette garde suisse.

– Oui, c'est exact, reprit Jean. Mais après la chute de l'Empereur, les souverains des petits États de l'Italie – Gênes, Naples, Palerme, Rome – ont repris cette habitude, comme Paris d'ailleurs au temps de la Restauration. En 1848, la nouvelle Constitution Fédérale demanda le retour de tous les Suisses engagés à l'étranger au service d'un État. En outre, elle porte interdiction de toute pratique du service militaire à l'étranger. Si bien que, non seulement ceux qui étaient engagés ont dû dénoncer leur contrat et rentrer au pays, mais encore ceux qui comptaient les imiter ont dû renoncer à cet espoir de gain et de vie meilleure. Tous ces jeunes hommes encombrent maintenant les maisons et les villages. Leurs bras inemployés deviennent inutiles. Ils se sentent de trop dans la société d'aujourd'hui. Par manque d'argent, ils ne peuvent ni s'établir ni se marier. Ils sont bons pour l'émigration. Le canton du Valais n'arrive plus à nourrir ses enfants, ni à leur procurer du travail.

– Oh, dit Jean-François, à peu de chose près la situation est la même en Savoie ! Trop de bouches à nourrir et trop de bras inemployés... Mais, dis-moi, qui a contacté votre Pierre

Mariétan ? Est-ce qu'il connaissait quelqu'un, là-bas en Argentine ?

– Je ne crois pas, dit Xavier. Il s'agit plutôt d'une société qui est chargée d'organiser le départ des volontaires vers l'Amérique. Pierre Mariétan ne nous a pas donné plus de précision. On dirait qu'il a honte d'en parler. Ce qui veut dire que nous n'en savons pas plus. Nous sommes venus te voir, Jean et moi, pour te mettre au courant, car il nous semble qu'il y a là une piste intéressante. Il faudrait nous documenter et prendre des renseignements. On pourrait se donner rendez-vous un mercredi de novembre, au marché de Monthey. De toute façon, il faudra trouver une solution car il n'est plus possible de vivre honnêtement par ici.

Le silence s'installa entre eux. Chacun ruminait ses pensées. Xavier et Jean revoyaient la maison paternelle... Ils n'en étaient pas très éloignés. Le désir d'embrasser leur mère les travaillait, mais ils savaient que cela leur était impossible.

Xavier songeait à Léonie, sa jeune femme. Pour la rendre heureuse et pouvoir élever les enfants que bientôt il aurait d'elle, il n'hésiterait pas à envisager le départ vers l'inconnu. Pourvu qu'il ait les garanties sérieuses sur l'avenir qui pouvait l'attendre ! Il ne doutait pas que Jean, son frère, l'accompagnerait.

Attelés tous les deux au même joug, ils tiraient ensemble dans la même direction.

Quant à Jean-François, il passait en revue sa propre situation. Cela lui coûterait énormément de laisser son père, pour qui il avait de l'admiration et de l'affection, ainsi que toute sa famille. Mais il était prêt à prendre des risques calculés. De toute façon, ses parents ne demeureraient pas seuls. Ses deux frères allaient apporter leur contribution au travail de la maison. Il voyait les ménages de sa connaissance et analysait leurs possibilités de survie :

– Maurice Vernaz et sa femme Péronne : Maurice se crève au travail et ne peut rien mettre de côté... Péronne connait des passages à vide.

– Alphonse Détruy et sa femme Angèle : dix-sept enfants à eux deux, et une seule vache à l'étable... Ils ne peuvent s'en sortir.

– Claude Brélaz et sa femme Noémie : il a refait la maison paternelle. Celle-ci menaçait de tomber, et pour cela il a emprunté au notaire Favre. Tout fier, il a fait inscrire sur le linteau en granit de la porte d'entrée la date de 1841, mais il n'a pu achever sa maison... Pour éviter les créanciers, il se loue comme manœuvre et arrive à peine à faire vivre sa famille.

Ceux-là, il les connait, il sait qu'ils vont essayer de s'en sortir parce que, même dans leur détresse, ils sont restés honnêtes et travailleurs. Mais d'autres, comme Joson à Tienne, Alphonse à la Marie, Joseph du Petit Four, se sont laissés aller à la débine, plus souvent au cabaret Marchand à vider force verres. Ils sont devenus la proie des vendeurs de chimères, à la mode de Louis Blanc ou de Mazzini.

Jean-François se prend à songer aux difficultés que rencontrent les paysans de la montagne, et pour un peu, il oublierait Xavier et Jean, assis à ses côtés. Ceux-ci ont respecté son silence. Ils se lèvent maintenant pour prendre congé de lui :

– À bientôt, on se revoit le mercredi de la foire de novembre !

Après une solide poignée de mains, ils quittent le chalet en évitant soigneusement de rencontrer quelqu'un de la famille. Ils rasent les murs comme des proscrits. Ils ne veulent pas que leur visite arrive aux oreilles de leur père, de façon à éviter tout ennui à Joseph Mariaz. François Rey est si susceptible !

Les deux frères quittent le sentier au plus vite pour se perdre dans les frondaisons de la forêt.

L'Agence Beck-Herzog

L'année 1856 s'était levée sur la Savoie comme sur l'ensemble du monde. L'hiver fut terriblement long, avec de fortes chutes de neige. Des avalanches endeuillèrent les villages des Alpes. À croire que jamais le printemps n'arriverait à faire fondre toute cette neige. Il fallut rationner le foin dans les étables. On demanda à l'Intendant l'autorisation de couper des branches de sapin pour l'alimentation et la litière du bétail. Il fallait à tout prix patienter pour faire la soudure et attendre que l'herbe reverdisse autour de la maison.

Après la fonte de la neige, il faudrait relever les chemins de leurs fondrières, creuser les fossés et les rigoles pour l'écoulement des eaux, monter à l'alpage pour s'assurer de l'état des toitures des chalets. Le glissement des plaques de neige arrache les vieilles ancelles de bois qu'il faut remplacer avant les fortes pluies du printemps. La charpente des chalets est calculée pour supporter le poids et le mouvement de la neige, mais les murs de soutènement ont pu bouger, des pierres se disjoindre de l'ensemble. Un chalet d'alpage est indispensable à la vie du paysan montagnard, et celui-ci y tient comme à la prunelle de ses yeux.

On s'est bien gardé, durant l'hiver, de jeter les cendres de la cheminée. Ramassées avec soin, elles vont servir au mois de mars pour aider à la fonte de la neige. On les disperse à la surface de celle-ci à l'endroit où l'on veut labourer. Leur aspect grisâtre sur le fond blanc attire les rayons du soleil et accentue le phénomène de chaleur. Comme on a transporté le fumier en traîneaux à bras sur la neige gelée, durant le mois de janvier, on n'a plus qu'à l'étendre sur la terre qui apparait. Les labours vont bientôt pouvoir commencer.

Comment se fait-il que Jean-François trouve, cette année, que l'hiver est bien long? D'habitude, il fait des projets pour les beaux jours. Il ne remarque même pas les crocus qui sortent de terre dans leur robe jaune et violette, les soldanelles qui poussent leurs délicats petits sabots de satin juste derrière la neige, les primevères qui s'apprêtent à fleurir contre le talus. On dirait que son esprit est ailleurs.

Vers la fin mars, il a reçu un mot de Joseph Desportes, l'instituteur. Celui-ci lui demande de bien vouloir passer à son domicile après-demain. Jean-François se rend à ce rendez-vous et trouve, auprès de Desportes, un homme d'une cinquantaine d'années, habillé comme quelqu'un de la ville. On dirait qu'il l'attendait.

– Jean-François, je te présente François Vouilloz, de Martigny. Il est envoyé par une agence de voyage de Bâle et il voudrait te parler. J'ai pensé que ma maison aurait suffisamment de discrétion pour cet entretien. Je vous laisse, dit Joseph Desportes, car il faut que j'aille retrouver mes enfants à l'école.

Et François Vouilloz commença :

– Je suis l'envoyé de l'agence Beck-Herzog, de Bâle. Ces messieurs s'occupent de l'immigration de colons européens vers l'Argentine. Ils ont pris la place laissée libre par la renonciation de Aaron Castellanos.

Vous savez que c'est lui qui a organisé le convoi en direction de la province de Santa Fe. Il a connu bien des difficultés pour le recrutement des familles, leur acheminement par bateau jusqu'à Buenos Ayres, et leur établissement sur des terres données par le gouvernement de la Province. Cette colonie, la première de l'Etat de Santa Fe, s'appellera Esperanza... Ce qui est déjà tout un programme ! Mais devant les difficultés qui se sont amoncelées pour contrarier ce projet et vu les dépenses qu'il a dû faire personnellement pour cet établissement, M. Castellanos a donné sa démission. Le Gouvernement l'a indemnisé de tous ses frais, et il a confié la suite de l'œuvre de colonisation à Monsieur Charles Beck-Bernard.

Ce monsieur, citoyen de la ville de Bâle, a établi une agence d'émigration pour les pays étrangers. Il a choisi cette ville parce qu'elle est le point d'arrivée des chemins de fer français en direction des ports de Dunkerque, du Havre, de Bordeaux, de Marseille. C'est de là que l'on s'embarque pour le Canada, les États-Unis d'Amérique, le Mexique, le Brésil et l'Argentine, l'Afrique et l'Algérie. Il pense que la Confédération suisse, la Savoie et le royaume du Piémont pourraient être un réservoir naturel pour l'immigration.

Ces terres nouvelles devraient attirer des cultivateurs de montagne désireux d'un travail plus facile, plus rémunérateur, et d'une vie meilleure.

À cette intention, il s'est associé à un financier suisse, M. Aquiles Herzog. Ainsi, il se trouve en règle avec les dispositions légales de la Confédération qui oblige toute agence d'émigration œuvrant sur sol Helvétique au versement d'une caution pour la garantie de la bonne marche de l'expédition. Des paysans ont été victimes d'escrocs, de gens sans scrupule qui les ont exploités, leur faisant miroiter le Pérou pour soutirer leur argent. On ne peut qu'approuver cette disposition légale.

La société Beck-Herzog a ouvert des succursales à Genève, Martigny, Sion, et elle m'a chargé de la représenter dans cette partie du Valais et dans les vallées adjacentes, comme la vôtre. Voici le certificat d'agrément délivré de la main même de M. Charles Beck.

Jean-François prit le papier que lui tendait François Vouilloz. Il le scruta et ne trouva rien de répréhensible. Bien qu'il ne connaissait pas cette agence de Bâle, agissant au nom du gouvernement de la Province de Santa Fe, il pouvait faire confiance à son mandataire.

– Quelle est, dit-il, l'intention du gouvernement de la Province en accueillant ces nouveaux venus ? Est-ce pour les maintenir dans une situation d'émigrés, de citoyens de seconde zone ? Est-ce pour s'assurer des soldats en cas de guerre ? Ou bien est-ce vraiment pour en faire des hommes libres ?

– Pour se moderniser, l'Argentine a besoin d'une agriculture forte, expliqua François Vouilloz. Elle a de vastes plaines riches, mais elle manque de bras. Chaque colon sera libre sur la terre qui lui reviendra. Il pourra la transmettre à ses enfants. Il sera citoyen argentin comme les autres.

– Pourquoi vient-on nous chercher jusqu'ici ?

François Vouilloz ne s'étonnait pas de ces questions. Tout montagnard est méfiant à l'égard des gens de la ville. Lui aussi, de souche paysanne, gardait cet atavisme. La frontière politique entre le Valais et la Savoie ne changeait rien à la mentalité.

– Il faut savoir, dit-il, que par suite de la colonisation espagnole, les tribus indiennes ont été décimées.

À la différence de l'Amérique du Nord, on n'a pas eu besoin d'importer des Noirs pour travailler la terre. L'Argentine, c'est le domaine de la pampa, de l'élevage, de l'exploitation de la viande à outrance. Si bien que la population des villes est blanche comme celle d'Europe.

On trouvera des métissés d'Indiens dans les provinces les plus reculées.

En outre, cette population est catholique à 95 %.

C'est pourquoi, au moment où la Constitution de 1853 autorisait les provinces à faire venir des immigrants, on mettait quelques conditions qui, si elles n'étaient pas écrites, prirent force de loi.

On ferait venir des familles de laboureurs, de religion catholique et de race latine. On se méfiait des anglo-saxons protestants. L'important est qu'ils soient d'honnêtes travailleurs et qu'ils fassent produire cette belle terre d'Argentine. Chaque famille comprendrait cinq personnes, entre le père, la mère et les enfants, car il est souhaitable que ce soient de jeunes ménages.

Un célibataire ne pourra être admis qu'inclus dans un groupe. Le but poursuivi, en effet, est non pas seulement de travailler la terre mais aussi principalement de peupler le pays et pour cela, de jeunes femmes fortes et généreuses leur sont nécessaires. Ainsi il est fait appel, outre l'Espagne et le pays basque, à la Confédération Helvétique et au Royaume de Piémont.

– De quelles garanties pourrons-nous bénéficier ?

– Vous pourrez bénéficier de la garantie de la société Beck-Herzog. M. Charles Beck-Bernard s'est engagé à surveiller lui-même toutes les transactions, les conditions du voyage, l'heureuse arrivée et l'implantation au site prévu. M. Charles Beck est un honnête homme dont les banques internationales garantissent la solvabilité. On peut lui faire confiance. Vous pourrez bénéficier également de la garantie du Gouvernement provincial qui vous invite et vous accueille. De même, de la garantie du Consul de Suisse à l'embarquement au Havre et à l'arrivée à Buenos Ayres.

– Mais je ne suis pas citoyen suisse. Je suis Piémontais, reprit Jean-François.

– Ah, c'est vrai, dit François Vouilloz, excusez-moi ! Mais la frontière est si peu marquée entre le Valais et la Savoie, que l'on se croit facilement dans le même pays. Vous parlez d'ailleurs le même patois que nous, la vie rurale et la vie d'alpage ont des points communs, les chalets se ressemblent et le débouché naturel de votre commerce se trouve chez nous.

Notre ville est le point de rencontre des paysans de toutes les vallées, qu'elles soient valaisannes ou savoyardes, et même piémontaises.

– C'est vrai que nous allons plus facilement à Monthey qu'à Thonon.

François Vouilloz s'avançait un peu quand il parlait des garanties offertes par les gouvernements. En ce domaine, les promesses sont vite faites et ne coûtent rien, et il y a loin de la coupe aux lèvres. Comme ceux d'Esperanza, les colons qui rallieraient l'Argentine connaitraient les épreuves et les déboires.

– M. Charles Beck travaille en ce moment à une implantation dans la province de Corrientes, au nord du pays. Une région de collines et de forêts qui rappelle l'Europe. Voulez-vous que nous nous retrouvions dès que j'aurai les documents ?

– Entendu, dit Jean-François.

Un espoir dans la nuit

Les nouvelles qui arrivaient de la colonie Esperanza, au cours de cette année 1856, n'étaient pas de nature à conforter les départs. Les colons avaient eu du mal à s'installer. L'administration provinciale ne leur favorisait pas la tâche, des éléments perturbateurs semaient la zizanie à l'intérieur, les conditions climatiques mauvaises et des invasions de sauterelles détruisaient les récoltes. Rien ne leur manquait pour les décourager et empêcher la réussite.

Comme d'autres expéditions avaient tourné court du fait de l'incurie ou de la malhonnêteté des responsables, des paysans étaient rentrés chez eux après avoir tout perdu. Du coup les syndics et les curés, qui n'étaient pas favorables à l'émigration, devinrent fort méfiants à son endroit.

– Bonjour à tous, fit Jean-François en entrant dans la maison de Maurice Vernaz. Il avait frappé à la porte du dehors et traversé le long couloir obscur qui mène à la cuisine. Il entendait les cris des enfants et pensait que tout allait bien. Aussi, quelle ne fut pas sa surprise d'apercevoir Péronne tout en larmes, affalée sur la table, et à ses côtés, Maurice qui essayait de la consoler ! Les enfants jouaient dans un coin de la pièce. Jean-François s'approcha et serra la main de Maurice. Péronne ne daigna pas relever la tête.

– Elle a eu un cauchemar cette nuit, dit Maurice, et depuis lors, elle n'arrête pas de pleurer. Elle a cru entendre les pas et la voix de Charles qui rôdait autour de la maison. Elle a l'impression qu'il l'a rejetée et maudite parce qu'elle s'est remariée. Elle pense que c'est à cause de cela qu'elle ne peut plus avoir d'enfant.

Maurice semblait désemparé devant cette situation. Jean-François s'était assis sans rien dire. Sa présence apportait une note de détente dans le couple. Sa forte personnalité devait y être pour quelque chose. Péronne s'arrêta de gémir et de pleurer, elle s'essuya les yeux avec un mouchoir, et fixa le visiteur. Elle se calmait. Maurice s'assit près d'elle.

– Je ne peux plus rester dans cette maison, dit-elle. Je vais devenir folle ! Chaque nuit, j'entends des bruits, des plaintes, des gémissements. Même la présence de Maurice près de moi ne me retient pas. Je fais des cauchemars. Je rêve à une corde vide qui se balance dans la grange... Alors, je me réveille en sursaut, je suis morte de peur !

– Elle n'ose plus sortir au village, dit Maurice, elle ne va plus à la messe. Elle a l'impression que tout le monde la regarde pour la critiquer. Pourtant, elle n'a rien à se reprocher. Je ne sais que faire !

Jean-François savait que Péronne n'avait pas les nerfs très solides. Claudia, sa femme, avait essayé de décourager Maurice de la marier, mais elle n'avait pu s'y opposer. Elle s'était contentée de le mettre en garde. Elle était d'ailleurs devenue l'amie de sa belle-sœur.

Mais Péronne était habituée au travail des champs. N'ayant pas connu une enfance heureuse, elle s'ennuyait à l'intérieur.

Or la longueur de cet hiver ne favorisait pas la détente nerveuse. Condamnée à l'inactivité, elle se sentait recluse chez elle, alors qu'elle ne rêvait que de soleil et d'herbe verte. Les fleurs de l'été lui manquaient. Les nerfs avaient pris le dessus.

– J'ai une bonne nouvelle pour vous. Je pense que c'est une bonne nouvelle et j'arrive au bon moment, dit Jean-François. Je viens vous proposer de quitter votre maison, et de partir pour l'Argentine.

– Que nous racontes-tu là ? dit Maurice, abasourdi par cette proposition...
Ah ! si je m'attendais à cela ! On est à la fin avril, et je croyais que tu venais me proposer de monter un de ces jours à la Callaz avec toi pour les travaux à faire à l'alpage. Au lieu de cela, tu me proposes de partir pour l'Argentine ! Tu te rends compte... C'est la lune ou le Pérou que tu me proposes ?

– Jean-François a raison, dit Péronne. Il faut partir et mettre un océan entre ici et là-bas. Je me rappelle une phrase de l'Évangile que notre curé nous expliquait un dimanche à l'église :

« On ne met pas du vin nouveau dans de vieilles barriques » ! Il faut laisser les vieilles barriques ici et boire le vin nouveau dans un autre pays.

Jean-François était stupéfait de cette remarque. Il ne pouvait s'empêcher de penser intérieurement qu'elle était frappée au coin du bon sens, le bon sens paysan qui voit les choses comme elles sont, quitte à y ajouter un brin de poésie.

Dans cette phrase, il s'agissait de poésie évangélique tirée de la sagesse des paraboles.

Péronne avait tout à fait cessé de pleurer. Ses yeux avaient repris leur éclat. Elle s'approcha de son mari pour l'embrasser et lui demander pardon.

Maurice demanda les explications nécessaires sur ce projet à Jean-François.

– Comptes-tu te rendre en Argentine, toi aussi ? demanda-t-il.

– Je n'ai pas encore pris ma décision, répondit-il, car je n'en ai pas encore parlé à Claudia. Je ne pensais pas vous en parler aujourd'hui. En fait, j'étais bien venu pour te demander de monter avec moi à la Callaz demain. Je vous en aurais causé dans quelques temps, mais devant l'attitude de Péronne, j'ai cru qu'il était de mon devoir de ne pas attendre. La vie, elle, n'attend pas.

Péronne n'avait rien perdu de la conversation entre les deux hommes... Elle approuvait. On la sentait déterminée. Les deux enfants avaient cessé leurs jeux. Ils étaient venus s'asseoir sur le banc, de chaque côté de leur mère. Eux aussi tâchaient de suivre la conversation.

– Est-ce que tu en as parlé à d'autres au village ?

– Non, dit Jean-François. J'ai simplement demandé à Joseph Desportes des renseignements sur l'Argentine et sur la colonisation en ce pays. Je crois qu'il se doute de mon intention, mais il ne m'en a rien dit. Il ne dira rien à personne non plus.

Cette idée m'a été suggérée par Xavier Rey, le fils de François de chez les Rey. Tu sais qu'il s'est marié à Champeiry. Lui et son frère Jean sont partants. J'ai pensé que nos trois couples, plus Jean Rey, feraient un bon groupe pour entreprendre ce voyage. Une fois là-bas, on pourrait se soutenir mutuellement. Là aussi, ajouta-t-il en se tournant vers Péronne, ce serait l'application d'une maxime évangélique : « Portez les fardeaux les uns des autres ».

Péronne sourit. Cela ne lui était pas arrivé depuis quelque temps. Maurice acquiesça. Il se trouvait détendu. La présence de son ami lui était précieuse. C'est pourquoi il ajouta :

– Pour entreprendre un pareil voyage, il faudrait avoir quelque argent.

Nous n'avons pas le premier sou. J'ai travaillé toute l'année dernière soit ici, soit à la Cornaz. Je n'ai pas arrêté, et cela nous a juste permis de ne pas mourir de faim.

Il ne nous est pas possible d'avoir de la farine de froment. Nous nous contentons du seigle, si bien qu'il n'y a jamais de pain blanc sur la table. C'est un luxe que nous ne pouvons pas nous offrir, et cela me fait mal au cœur pour les enfants. Jamais de viande rouge non plus, si ce n'est le jour de Pâques. Bien contents de ne pas manquer de viande salée durant l'année. Comment veux-tu que je puisse régler le voyage et tous les frais d'installation ?

– Tout d'abord, dit Jean-François, les frais d'installation sur place sont réglés par le gouvernement. Nous rembourserons progressivement par la suite, au fur et à mesure des récoltes. Si bien que nous n'aurons pas à débourser d'argent en arrivant pour nous installer. Mais il en faudra pour assurer l'entretien et la nourriture pendant la première année. La vie là-bas n'est pas très chère. Nul besoin de se chauffer comme ici, puisqu'il n'y a pratiquement pas d'hiver.

Au sujet du voyage, l'entreprise fait des avances d'argent. Elle se paie par la suite. Cette avance d'argent n'est pas nominative, mais solidaire avec tout un groupe. Si le débiteur, du fait de mauvaises affaires, ne pourrait pas rendre ce qu'il doit, c'est le groupe, au prorata des personnes, qui épongerait la dette. L'entremetteur du voyage tient à se protéger de la faillite ; alors, il impose cette manière de faire.

Quand on entreprend une telle aventure pour s'installer en pays lointain, cette solidarité est nécessaire. Ainsi nous pourrons offrir à nos enfants un avenir meilleur, des contrées plus riches que les nôtres et dans un pays pacifique. L'immense étendue de l'Argentine nous changera de notre petite vallée.

– Maurice, dit Péronne, c'est ce que nous avons à faire de mieux. Je ne peux plus me sentir ici, je crois que je vais devenir folle. Je n'aurai plus à entendre le ricanement des David derrière mon dos.

Elle avait dit cette phrase avec force. On la sentait convaincue et décidée.

– On se serrera encore un peu plus la ceinture, dit Maurice, et on pourra mettre quelque argent de côté. Cela ne me sourit pas trop de me mettre dans les dettes. Déjà qu'il va falloir rembourser celles d'ici... Heureusement, nous ne devons plus grand chose au notaire Favre !

– Comment vit-on dans ce pays, demanda Péronne. Est-ce qu'il y a des écoles, des hôpitaux, des églises ? Aurons-nous des prêtres qui parlent notre langue ? La population vit-elle dans le calme ? J'ai entendu parler des Indiens de l'Amérique... Est-ce qu'il y a des Indiens en Argentine ?

Devant cette avalanche de questions, Jean-François ne savait que répondre. Le temps viendrait où elles trouveraient une réponse.

L'engagement du couple

Ce soir-là, le calme avait envahi la maison Mariaz. François-Joseph et Marie-Henriette dormaient dans leur berceau. Cette dernière allait sur ses douze mois. Jean-François s'était approché de Claudia pour lui confier son secret.. La nuit est propice à cet échange. La jeune femme fut surprise du projet que son mari lui dévoilait. Elle dut se retenir pour ne pas laisser échapper un cri devant cette perspective. Jean-François lui expliqua les modalités du départ et du voyage, les possibilités d'une vie meilleure là-bas. Il lui parla de Maurice et de Péronne et de l'entente à réaliser ensemble pour affronter les difficultés.

– Notre vie s'étiole. Nous sommes bien ici, mais nous ne serons jamais chez nous.

Et les enfants continueront une vie semblable. L'occasion est là de provoquer un changement, une nouvelle orientation, ajouta Jean-François pour convaincre sa femme.

Claudia, couchée sur le dos, pleurait doucement en écoutant son mari. Celui-ci pensa qu'il lui avait fait de la peine en lui parlant de tout cela.

–C'est la pensée de quitter le pays qui te fait pleurer?

– Peut-être, et tout à la fois... Partir vers un inconnu, y conduire les enfants, quitter cette maison, laisser mes parents, ma famille, les amies du village? L'émotion devant un pareil projet y a autant de place que le chagrin du départ. Tu vois, toute mon enfance me revient en mémoire d'un seul coup. J'ai été heureuse en famille, et avec toi j'avais trouvé un autre bonheur. Je me demandais parfois si tout cela pouvait durer encore longtemps. Et voilà que tout d'un coup un grand trou noir s'ouvre devant moi...

Elle se blottit entre les bras de son mari, et pleura abondamment. Elle se soulageait d'une tension trop vive. Jean-François ne disait rien. Il se contentait de la maintenir contre lui, sa tête contre sa poitrine, et il lui passait la main dans les cheveux pour la calmer.

Au bout d'un moment, les sanglots s'arrêtèrent. Elle se détendit, son corps s'allongea le long de celui de son mari. Elle se sentait bien, si bien qu'elle releva la tête et offrit ses lèvres. Jean-François y déposa un baiser.

– Excuse-moi, dit-elle, mais c'était plus fort que moi. Je me doutais de quelque chose, je te sentais un peu tendu depuis quelque temps, et je me demandais ce qu'il y avait. J'ai besoin d'être rassérénée et de comprendre. Voilà, maintenant c'est fait. Je suis à toi et j'irai avec toi là où tu voudras. Je te fais entière confiance et je te donnerai le meilleur de moi-même.

Elle s'offrit d'elle-même à Jean-François. Ils s'étreignirent ce soir-là comme jamais encore ils ne l'avaient fait. Ils restèrent longtemps allongés corps contre corps, sans rien dire. Ils engageaient ainsi l'avenir, ils savaient qu'ils pouvaient compter l'un sur l'autre.

Le lendemain, au réveil, il fit promettre à Claudia de ne rien dire pour le moment et de garder le secret pour elle. Elle ne devait en parler à personne.

– Je vais laisser passer les travaux de l'été avant d'en causer à mon père. Nous avons besoin de toute notre énergie pour passer ce cap.

Pendant ce temps, nous monterons à l'alpage avec les enfants et mes deux frères. J'initierai ceux-ci à la fabrication du fromage et aux soins particuliers de l'herbage. La Callaz possède une herbe de qualité, mais le manque d'eau courante et l'altitude nous obligent à surveiller de près la pâture.

– Tu devrais en parler à ton père sans trop tarder, lui dit Claudia.

– Pas tout de suite, répondit Jean-François. Il faut que le projet se précise. Je ne peux pas laisser mon père dans l'indécision. En même temps qu'à lui, j'en parlerai à notre curé. Mais j'ai très peur qu'ils me retiennent, et je n'aurai plus l'entière liberté de ma décision. J'en parlerai au père après le gros de la fenaison, une fois le foin rentré. Ce sera dans les premiers jours du mois d'août. Quant à la mère, je me demande comment elle réagira à l'annonce de ce projet...

– J'attendrai, moi aussi, la même date pour en parler à ma famille. J'espère que mon frère Maurice gardera sa langue !

Une belle journée de mai s'annonçait. Les enfants coururent cueillir des fleurs de pissenlit... Déjà les abeilles venaient aspirer le pollen. La rosée du matin s'était évaporée. Le soleil montait dans le ciel bleu ; il frappait de plein fouet le chalet de l'alpage familial, là-haut sur la montagne. Au-dessus, le massif des Cornettes, ourlé d'une frange de neige, dominait l'ensemble de sa masse métallique. La verdure grimpait à l'assaut de la montagne, l'herbe accompagnant les arbres feuillus dans cette ascension et contrastant avec le sombre des sapins. Frênes, fayards, bouleaux se revêtaient d'habits verts et entraînaient les mélèzes à faire de même. Cette symphonie de couleurs, où se mariaient le vert de la végétation, le bleu du ciel et le blanc de la neige tout là-haut, invitait à la joie et à la beauté.

– Dieu ! Que cette vallée est belle ! ne put s'empêcher de dire Jean-François au moment où il sortait sur le pas de la porte. Maurice Vernaz montait à sa rencontre. Il portait une hotte dans laquelle il avait rangé ses outils. Les deux hommes avaient projeté de se rendre aujourd'hui à la Callaz pour les réparations prévues au chalet d'alpage. Maurice embrassa les enfants et rentra pour saluer la famille Mariaz. Il ne se fit pas prier pour prendre une tasse de café et une bouchée de pain. Chez les Mariaz, on savait que Maurice ne mangeait pas toujours à sa faim chez lui et, discrètement, on essayait de compenser avec les moyens du bord.

Tout en montant, ils arrangèrent le chemin. La fonte de la neige et les fortes pluies du printemps avaient raviné le sol. Il fallait dégager les pierres et les mottes de terre qui encombraient le passage, creuser les rigoles, aménager les renvois d'eau. S'il veut maintenir un chemin en bon état et lutter contre l'érosion, le paysan de la montagne doit l'entretenir constamment. Il est lui-même son propre cantonnier.

Le chalet, refait à neuf après l'incendie, n'avait subi aucun dégât. La porte et les volets avaient été si bien verrouillés qu'aucun contrebandier n'avait pu s'y introduire, et le vent de l'hiver, toujours violent en altitude, n'avait pas eu de prise. Chaque ancelle était à son poste sur le toit. Rien ne manquait avant la montée des bêtes, prévue pour la mi-juin.

La visite d'inspection fut donc vite faite. Maurice et Jean-François s'assirent sur le banc, devant le chalet. Devant eux s'étendait la chaîne des Alpes avec, dans le fond, le mont Blanc, dont la masse de neige étincelait au soleil. Ils se trouvaient comme au centre d'un immense amphithéâtre que la nature aurait arrangé pour eux. Il faisait bon au soleil. Ils restèrent un long moment sans rien dire, tout en mangeant le casse-croûte qu'ils avaient apporté. Chacun ne voulait pas interroger l'autre dans le déroulement de ses pensées, devinant ce dont il s'agissait.

– Pourra-t-on oublier pareil spectacle quand nous serons dans ces pays plats ? dit Jean-François. La nostalgie de la montagne pourrait se mettre en travers de notre adaptation. Faisons donc amples provisions de cette vue pour qu'elles nous accompagnent jusqu'à la fin.

– Il faut reconnaître que notre pays est beau, reprit Maurice. Dommage que l'hiver y soit si long et la vie aussi difficile ! Rien qu'en pensant à cela, je crois que je n'aurai pas de regret de le quitter. Il y a trop de misère autour de nous... Il faudra nous convertir à un nouveau pays, à une nouvelle mentalité, à une nouvelle manière de vivre. Nous pourrons alors en attendre des joies toutes simples. J'espère que les créanciers seront moins voraces que ceux d'ici !

Des pas retentirent sur le sol, derrière le chalet. Des souliers cloutés sonnaient sur les pierres du chemin, avec le bruit caractéristique de la canne à bout ferré. Jean-François et Maurice tournèrent la tête en direction du bruit, lorsque apparurent deux douaniers piémontais.

Ils faisaient leur ronde le long de la ligne frontière, à la recherche des traces laissées par quelques contrebandiers. Ils ne manquaient jamais de faire soigneusement le tour des chalets d'alpage, comme des grottes dissimulées dans le rocher. Un indice pourrait les mettre sur une bonne piste.

Les deux hommes saluèrent et s'assirent sur le banc. Une certaine froideur tenait à distance les uns des autres. Soit qu'ils étaient fatigués et qu'ils voulaient souffler un peu, soit qu'ils s'attendaient à cueillir quelques renseignements pour orienter leurs recherches, les deux douaniers entamèrent la conversation avec Jean-François et Maurice sur la banalité de la saison, le temps qu'il faisait, l'avancée de l'herbe, etc. L'un d'eux sortit un paquet de tabac pour en offrir, mais ni Jean-François ni Maurice ne fumaient ; ils ne chiquaient pas non plus d'ailleurs. Or, c'était un paquet de tabac suisse. Cela faisait bizarre entre les mains d'un douanier... Nul doute qu'il l'avait pris sur un pauvre bougre de contrebandier ! Chacun montre sa force comme il peut !

– Vous avez entendu parler, dit l'un des gapians, de ces Suisses qui sont partis pour l'Amérique du Sud. Ils ont sûrement été la victime d'escrocs qui ont profité de leur naïveté. Ils n'ont jamais donné de leurs nouvelles à leurs familles restées au pays. S'ils avaient reçu un accueil délirant, ils l'auraient déjà fait savoir... Il faut se méfier des démarcheurs que ces agences de voyages envoient dans les vallées de montagne. Ils ne sont pas mus par la philantropie... Il paraît que certains d'entre eux opèrent de ce côté-ci de la frontière. Il faudra ouvrir l'œil et le bon !

Voyant qu'ils ne pouvaient rien tirer de Jean-François et de Maurice, les douaniers se levèrent ; ils portèrent la main à leur képi, souhaitèrent « bonne journée » et prirent le chemin de la descente.

La réaction des parents

Jean-François travailla avec ardeur, tant à l'alpage qu'à la ferme, pour aider son père à la fenaison. Ils rentrèrent une grande quantité de foin d'excellente qualité. On aurait dit que les beaux jours d'été voulaient rattraper un hiver long et rigoureux. La grange s'était emplie d'un foin odorant. Jamais la récolte n'avait été aussi belle.

Joseph Mariaz se frottait les mains de contentement après avoir rentré le dernier fagot de foin à la grange. Il secoua le linge qu'il mettait sur sa tête pour la protéger au moment où il soulevait le fagot de foin, s'en servit pour se nettoyer de toutes les brindilles qui encombraient ses épaules, et vint s'asseoir au soleil couchant. Il se sentait fatigué, mais heureux. Il pouvait envisager l'hiver prochain avec confiance...

La grange était pleine, tout se passait bien à l'alpage, ses fils faisaient honneur à leur père, Jean-François en particulier qui avait montré une force et une santé à toute épreuve. Il pouvait maintenant se reposer.

Jean-François arrivait en portant les râteaux et les fourches qui étaient restés sur le champ. Les deux hommes étaient assis l'un près de l'autre, tout en buvant un verre de cidre que Joseph était allé chercher à la cave. L'instant des confidences était venu.

– Voyez-vous, père, commença Jean-François, je pense que c'est la dernière saison d'été que j'accomplis avec vous. Je suis content que tout se soit bien passé.

– Qu'est-ce que tu dis, reprit le père. Tu as l'intention de nous quitter ? Tu es mal avec nous ?

– Non, au contraire, mais la place ici est trop restreinte pour assurer du travail et du pain pour tous. J'ai l'intention de partir pour l'Argentine avec Claudia et les enfants.

– Pour l'Argentine ? Tu m'avais laissé entendre que tu chercherais quelque chose du côté de la plaine, en Savoie ou en Valais !

– Il n'y a de place pour nous, ni en Savoie, ni en Valais où trop de monde déjà n'arrive pas à vivre. J'ai appris que l'Argentine recrutait des colons agriculteurs pour peupler sa campagne. Les conditions sont intéressantes, et là-bas, il y a de la place, du travail, la tranquillité... Je voulais vous demander la permission de vous quitter pour émigrer en Argentine.

– Eh bien ! Si je m'attendais à cela ! J'étais heureux du travail que nous venons de faire tous les deux cet été, et tu m'annonces que tu veux me quitter ! À mon âge, la chose demande réflexion. Je sais que j'ai encore tes deux frères, mais toi, tu es l'aîné et je me retrouve en toi. Que vais-je devenir ? Me voilà vieux et d'un coup les années me pèsent sur les épaules... Qu'au moins tes frères ne m'abandonnent pas !

– Dans deux ans, ils seront en pleine force et pourront prendre la relève. Nous ne pouvons pas tous vivre sur une seule propriété. Il faut que quelqu'un se sacrifie. Si vous le permettez, ce sera moi. J'ai bien réfléchi à la situation, et je suis prêt à prendre les risques encourus.

– Je sais bien, dit le père, que l'on n'élève pas les enfants pour soi. Mais je n'aurais jamais pensé qu'une telle distance puisse un jour nous séparer.

Jean-François fut surpris de voir son père écraser de son doigt une larme qui roulait sur sa joue. Malgré son aspect de montagnard rude et solide, son père était un tendre. Il cachait un cœur d'or sous une apparence sévère.

– Je vous demande pardon de vous faire de la peine, dit Jean-François.

– Ce n'est rien. Allons le dire à ta mère... De toute façon, elle l'apprendra. Il vaut mieux qu'elle le sache maintenant de ta bouche, en ma présence. Je ne sais pas comment elle réagira !

Ils entrèrent dans la cuisine. La mère Mariaz faisait cuire la soupe du soir, et la grand-mère filait de la laine dans un coin. Elle remarqua la figure défaite de son mari.

Joseph n'y alla pas par quatre chemins :

– Jeanne, dit-il, j'ai une mauvaise nouvelle à t'annoncer... Jean-François veut nous quitter, avec Claudia et les enfants.

– Nous quitter ! Pourquoi ? Pour aller où ?

– Ils veulent partir en Amérique du Sud, chez les Indiens !

– Pas chez les Indiens, père ! L'Argentine est un pays civilisé où il n'y a que des Catholiques. On y manque de bras, et ici on en a de trop. Il faut choisir, et cela ne va pas sans sacrifice. Cela me coûtera énormément de vous quitter, mais je suis l'aîné, et je dois prendre sur moi la décision. Je tâcherai de vous venir en aide plus tard. Pour le moment, Damien et Célestin travaillent avec vous et prendront la relève.

– Tu vas m'enlever mes petits-enfants... François-Joseph et Marie-Henriette faisaient ma joie ! Et toi, que j'aimais tant, parce que tu es mon aîné, justement ! En disant cela, elle s'était jetée au cou de Jean-François et elle se mit à pleurer chaudement, la tête appuyée sur l'épaule de son fils. Celui-ci ne sut que répondre :

– Mais ce n'est pas pour tout de suite !

– Je le sais bien, dit-elle. Le Bon Dieu nous demande des sacrifices. Nous étions trop heureux en famille ! Que sa sainte volonté soit faite !

Joseph prit sa femme par le bras et la fit asseoir près de lui, sur le banc. La grand-mère s'était arrêtée de filer. Elle regardait droit devant elle. Elle sortit son chapelet de sa poche et se mit à le faire passer silencieusement entre ses doigts. Sa prière se faisait tout intérieure.

La maman mit la table et servit la soupe. Tout en mangeant, Jean-François parla de son projet, des expéditions qui venaient d'avoir lieu, de l'Argentine qui les attendait, au moins ce qu'il en savait. La conversation était devenue plus calme. Il pensait que le temps arrangerait les choses.

Il faut dire qu'il avait appréhendé cet instant. Il l'avait retardé le plus longtemps possible, sachant bien qu'il allait faire de la peine à ses parents. Il ne voulait pas passer à leurs yeux pour un ingrat, ni pour le fils prodigue qui s'en va en les abandonnant à leur sort. Il était maintenant soulagé.

Il devait remonter à l'alpage avant la nuit, sinon sa femme et ses frères se seraient fait du souci.

– Encore une fois, dit-il à son père et à sa mère, je vous demande pardon, mais soyez sans crainte... Tout ira bien ! J'ai réfléchi, j'ai prié, Claudia est d'accord avec moi. Dans quelque temps, si vous le voulez bien, je vous demanderai votre bénédiction.

Cette nuit-là, les parents Mariaz ne purent fermer l'œil. Cette nouvelle les avait catastrophés. Pouvaient-ils s'attendre à une chose pareille ?

– Tu devrais aller en parler à notre curé, dit Jeanne. Il pourrait nous expliquer ce qu'il en est, quels sont les risques encourus et quel est ce pays où ils veulent aller ? Il a de l'influence sur Jean-François et pourrait le conseiller utilement. J'ai peur qu'il ne s'embarque dans une aventure !

– Nous venons d'apprendre la nouvelle, répondit Joseph, il ne faut pas s'affoler. Je ne sais si Jean-François en a causé à M. le Curé. J'attendrai de le savoir avant d'aller le rencontrer. Jean-François est un homme maintenant, un père de famille. Il est assez sérieux pour que nous puissions lui faire confiance. Cela a dû lui coûter de nous le dire, j'en suis sûr, et il doit être soulagé maintenant.

Allez, Dieu prend sous sa protection les oiseaux et l'herbe des champs. Il protégera ceux qui l'aiment et qui mettent leur confiance en lui. Il faut dormir. On a assez bavardé.

Joseph fit un signe de croix, rajusta son bonnet sur la tête, se tourna sur le côté. Il ne tarda pas à s'endormir.

Jeanne, qui gardait les yeux grand ouverts dans la nuit, continuait à chercher le sommeil. La lente et profonde respiration de son mari aurait dû l'apaiser. Au contraire, elle l'énervait, et cela ajoutait à sa contrariété :

– C'est bien les hommes, se disait-elle. Ils ne voient pas plus loin que le bout de leur nez, ils tournent au premier vent qui passe !

Elle se reprocha ces pensées malhonnêtes. Elle se reprocha le trop grand attachement qu'elle avait pour ses enfants. Elle les aimait tous, mais elle s'avoua qu'elle avait une préférence pour son aîné... Elle avait été si heureuse de découvrir qu'elle était enceinte quelques mois après son mariage ! Cette première grossesse s'était déroulée comme par enchantement. Elle n'avait connu aucun malaise, aucun ennui. Et l'accouchement avait suivi de la manière la plus naturelle qui soit. D'ailleurs, ses grossesses lui allaient bien. Elle n'en ressentit jamais aucune fatigue. Sa santé même s'en trouvait améliorée. Elle était faite pour la maternité et elle était fière de ses enfants. Chacun d'eux lui faisait honneur.

À l'évocation de ces pensées, elle se reprocha le manque de confiance en Dieu, lui qui l'avait bénie dans ses enfants. Elle se dit qu'elle irait à la messe demain matin à l'église et qu'elle se confesserait avant le 15 août.

L’entretien au presbytère

La mi-août est la fête du plein été, et Notre-Dame d’Août marque l’apogée de la vie rurale. Le temps est souvent magnifique à cette période, la chaleur de l’été se fait sentir. La grange embaume du foin qui vient d’y être entreposé, promesse pour la saison d’hiver à venir. Toute trace de neige a disparu des flancs de la montagne. Période bénie dont il faut profiter... car Notre-Dame ne laisse jamais le temps comme elle le trouve ! dit-on dans la vallée.

Ce jour-là, c’est jour de fête à la paroisse. M. le Curé préside à la procession autour de l’église. Il tient à marquer cette fête de tout son poids religieux... Dire que l’empereur Napoléon avait fait du 15 août, anniversaire de sa naissance en Corse, la Saint-Napoléon !

L'office de la matinée a revêtu une grande solennité. La messe est suivie de la bénédiction du Saint-Sacrement, car M. le Curé a donné congé à ses paroissiens pour l'après-midi. Il n'y aura donc pas de Vêpres solennelles. Chaque famille aura le loisir de rejoindre les siens à l'alpage pour passer ensemble un moment de détente.

Après avoir fait « la reposée », M. Chevallier a pris son bréviaire pour dire Vêpres, les Vêpres de l'Assomption de Notre-Dame. Le presbytère est calme. La Françoise a eu l'autorisation de passer l'après-midi chez les Cruz de la Ville, dont le père, Casimir, fait fonction de sacristain à l'église. Tout respire la tranquillité dans la vieille maison.

Jean-François a frappé à la porte du heurtoir qui est accroché... Le bruit se répand à l'intérieur. Il entend une porte qui s'ouvre, des pas qui descendent un escalier de bois et la toux caractéristique du maître de maison. Au moment où la porte va s'ouvrir, il a comme un coup dans la poitrine ; son émotion est grande.

– Bonjour Jean-François, dit M. Chevallier, tout surpris de se trouver nez à nez avec son visiteur. Je te croyais à l'alpage ! entre donc.

Et il l'entraîne jusqu'au bureau.

– Que me vaut la surprise de ta visite aujourd'hui ? dit-il, après avoir repoussé son bréviaire sur le côté de la table et aspiré une prise de sa tabatière.

– Monsieur le Curé, je viens vous dire que j'ai l'intention de quitter la paroisse pour émigrer en Amérique du Sud, avec ma femme et mes enfants. Vous savez que la vie devient difficile dans la vallée. J'aimerais m'entretenir avec vous de ce projet et connaître là-dessus votre opinion. C'est pour cela que je suis venu vous trouver.

C'était dit tout-à-trac ! Il avait à peine pris le temps de souffler entre les phrases. L'émotion le tenaillait et il lui fallait tout son courage pour avouer à son curé qu'il allait quitter la paroisse. Ce dernier en reçut un coup, qu'il essaya de maîtriser pour n'en rien laisser paraître ; il prit un temps avant de répondre :

– Jean-François, un curé n'aime pas voir partir ses paroissiens. Il préférerait les garder autour de lui, car il est responsable de leur salut devant Dieu. Celui qui s'en va laisse une place vide. Il ressemble au fils prodigue dont parle l'évangile. Peut-on être mieux que dans le pays qui nous a vu naître et grandir ? As-tu bien réfléchi aux raisons qui motivent ton départ ?

– Oui, dit Jean-François, ce n'est pas sans un serrement de cœur que j'ai pris cette décision. Claudia est d'accord avec moi. J'en ai parlé à mon père... Cela lui a fait de la peine, vous vous en doutez bien ! Mais vous savez aussi bien que moi que tous les jeunes ne peuvent pas rester au pays. Que faut-il devenir ?

– Je ne le sais que trop, hélas ! Le gouvernement préfère mener une politique anti-cléricale, jointe avec sa politique italienne, plutôt que d'œuvrer utilement pour le bonheur du peuple. Il nous laisse perdre... Ah, si nous faisions partie de l'Empire français, les choses iraient autrement ! Nous serions moins abandonnés à nous-mêmes. Pourtant, il faut travailler utilement à notre salut, en attendant que Dieu vienne à notre secours. Notre pays n'a pas trop de bras... Ils sont seulement mal utilisés. Le travail ne manque pas. Il faut se mettre à l'œuvre et ne pas démissionner.

– Vous savez, Monsieur le Curé, que la vallée n'est pas extensible. Les prairies et les alpages atteignent déjà le maximum de la surface possible, au-delà des pentes et des rochers. Vous savez aussi que les plus riches accaparent les terres, ne laissant aux pauvres que la portion congrue. Les meilleurs alpages sont ascensés par les familles aisées. Il ne reste aux autres que la vaine pâture, au milieu des lanches et des cailloux. Ces derniers sont éliminés au bout du compte. Que voulez-vous qu'ils deviennent ? Vous connaissez la situation de mon beau-frère, Maurice Vernaz... Il est d'accord pour m'accompagner. Sa situation devient intenable. Et puis, il y a les dettes qui écrasent nombre de pères de famille. Où trouver l'argent pour rendre ce qui est dû ?

Jean-François s'était animé. Il brossait à son curé un tableau plutôt noir de la situation. Il savait qu'il n'exagérait pas. M. Chevallier le savait également. Pourtant celui-ci ne voulait pas déposer les armes.

– Si vous, les jeunes pères de famille, nous quittez de cette sorte, ce sera une perte de vitalité pour toute la paroisse. L'avenir deviendra incertain. J'avais confiance en toi, car tu es bien le fils de ton père... Je pensais que, plus tard, tu prendrais la relève. Si des jeunes comme toi s'en vont, qu'allons nous devenir ? J'ai l'impression que ce sont peut-être les meilleurs qui parlent de nous quitter.

Que va-t-on dire dans les pays étrangers ? Que la Savoie n'arrive plus à nourrir ses enfants ?

La honte va nous jaillir au visage devant toute l'Europe, et Dieu me demandera des comptes :

« Qu'as-tu fait de tes brebis ? Tu les as laissé partir ! » et si les brebis qui s'en vont allaient être la proie des loups...

Qu'allez-vous devenir entre les mains de ceux qui manigancent ici votre départ et de ceux qui vous attendent là-bas pour vous exploiter ?

Jean-François ressentait l'angoisse de son curé et il en était troublé intérieurement. Une paroisse devait garder tous ses enfants. Elle les avait reçus en charge à leur arrivée en ce monde, elle se devait de les accompagner tout au long de leur vie et de les aider à gagner la vie éternelle. Ce monde est rempli d'embûches que le démon sème sous les pas des chrétiens... Au moins, à l'intérieur du troupeau paroissial, ceux-ci sont à l'abri de ces tentations, et le curé, tel un veilleur, a charge de les conduire en paradis. Telle est la mentalité du clergé ; celui-ci n'aime pas ceux qui partent dans les pays étrangers, car il craint pour leur âme.

– Tu me dis que tu veux partir pour l'Argentine. Que connais-tu de ce pays ? Est-ce que tu pourras y vivre en chrétien et gagner ton salut éternel ? On m'a dit qu'il y a là-bas quelques

Francs-Maçons, unis aux Radicaux qui gouvernent le pays et dont le but principal est de faire de l'argent dans leur commerce avec les Anglais. D'autre part, le climat ne favorise pas la morale chrétienne, les mœurs des Indiens contaminent les familles importées et provoquent un laisser-aller général.

Jean-François s'arcbouta contre l'argumentation de son curé.

– Je me suis renseigné, dit-il, sur l'état de la société. Il est probable que dans les villes comme Buenos Ayres la mentalité soit mauvaise, mais il en est de même dans les villes d'Europe. Paris, sur ce point, a une plus mauvaise réputation. En Argentine, la population est entièrement catholique. Les Indiens ont été repoussés et contenus dans des limites sûres. On nous attend pour peupler le pays et on nous a promis des prêtres pour prendre soin de nous. La Providence ne nous manquera pas. Monsieur le Curé, il faut savoir lui faire confiance. C'est ce que vous nous avez constamment enseigné.

Mais M. Chevallier ne voulait pas se laisser démonter, bien qu'intérieurement il appréciait la justesse du raisonnement de son paroissien. Cela d'ailleurs augmentait d'autant en lui les regrets de le voir partir. Il voulut porter un dernier coup, dans l'intention de le faire revenir sur sa décision.

– As-tu bien réfléchi, Jean-François, au fait que tu laisses ton père dans la difficulté ? Il s'appuyait maintenant sur toi, il pouvait se reposer un peu sur tes épaules, et voilà que tu lui fais défaut. Que va-t-il devenir ? Tes frères sont encore jeunes, et d'ici qu'ils suivent à leur tour ton exemple, il n'y a pas loin... Ton père se retrouvera tout seul pour aborder les année de sa vieillesse ! Il manquera de bras pour lui venir en aide. As-tu pensé à cela ?

– Ce que vous me dites là a fait mon tourment. J'ai longuement pesé le pour et le contre, et je ne me suis pas décidé à la légère.

Je laisse à mon père des terres en bon état, un troupeau plein de promesses, un chalet d'alpage remis à neuf. Mes deux frères seront là pour me remplacer. Je suis en train de les former aux travaux de l'alpage, à la fabrication du fromage et aux soins des bêtes. J'ai mis toutes les chances de ce côté. Je m'en suis ouvert à mon père, franchement. Ce qui me fait le plus de souci, c'est la réaction de ma mère. Comment réagira-t-elle à ce départ ? Je sais qu'elle m'aime beaucoup parce que je suis son aîné. Voilà, Monsieur le Curé, je vous ai ouvert mon âme.

Le moment venu, je vous demanderai votre bénédiction... Si vous voulez bien me l'accorder !

M. Chevallier mit la main sur l'épaule de Jean-François.

– Que Dieu t'ait en sa sainte garde. Bien que ta décision me crucifie et me fasse de la peine, il n'est pas en mon pouvoir de m'y opposer. Je ferai tout ce qui m'est possible pour t'aider et pour aider ta famille. Reviens me voir !

Il se leva, montrant par là que l'entretien était terminé. Il accompagna Jean-François jusqu'à la porte, évitant toute effusion de sentiment. Il le salua et le pria de saluer son père. Il revint ensuite vers son bureau. Ses pas traînaient un peu sur le sol, comme les pas de quelqu'un qui a vieilli tout d'un coup. Heureusement que la Françoise était absente cet après-midi... Il n'aurait pas à subir son bavardage !

Il prit place dans son fauteuil, et ouvrit son bréviaire à la page qu'il avait laissée : *Il manus tuas, Domine, commendo spiritum meum*. Entre tes mains, Seigneur, je remets mon esprit.

Les explications de François Vouilloz

L'automne brillait de tous ses feux sur la vallée. De mémoire d'homme, on ne se rappelait pas d'avoir vu un mois se septembre aussi rayonnant. La chaleur de la journée contrastait avec la fraîcheur des nuits. Le matin, un ample manteau de rosée recouvrait la terre et les herbages et s'évaporait aux premiers rayons du soleil. En montagne, l'automne est peut-être la saison la plus appréciée. Elle prolonge les jours de l'été et retarde d'autant l'arrivée de la neige. Il faut se préparer au long hiver qui vient.

Jean-François reçut un mot du syndic, François Cruz, lui demandant de passer le voir chez lui le lundi de la semaine prochaine. Il est assez inhabituel que le syndic convoque un homme de la commune.

Ordinairement le garde-champêtre se charge de cette opération. Se doutant de quelque chose, Jean-François passe chez Maurice, son beau-frère ; lui aussi avait reçu la même invitation. Ils conviennent de se rendre tous les deux au rendez-vous fixé.

François Cruz leur dit qu'un monsieur désirait les rencontrer. Il se disait l'envoyé de l'agence Beck-Herzog en vue d'établir un contrat pour l'Argentine.

– Vous voulez partir pour l'Amérique du Sud ? leur dit d'emblée le syndic. Vous n'êtes pas bien ici ? Qu'allez-vous faire dans ces pays étrangers ? Je me demande ce qui se passe... On me signale que des émissaires parcourent le Valais, la Savoie et le Piémont, afin de recruter des volontaires pour le départ. Ils vont dans les familles pour faire leur propagande. L'autre jour, l'un d'eux se trouvait au cabaret Marchand et parlait ouvertement de cela, essayant de décider ceux qui se trouvaient là. C'est à cette occasion qu'il a donné vos deux noms, disant que vous étiez intéressés par cette éventualité. Comme je me trouvais là, il m'a demandé si je vous connaissais.

Jean-François et Maurice s'apercevaient que l'ensemble de la population ne se montrait pas favorable à leur projet. Ils essayèrent de convaincre le syndic, lui montrant qu'ils n'agissaient pas sur un coup de tête. Ils avaient réfléchi à cette entreprise et s'étaient documentés sur les conditions d'établissement là-bas. François Cruz fut étonné de leur conviction. Il était lui-même trop âgé pour envisager un pareil voyage.

– Vous comprenez, dit Jean-François, qu'une pareille entreprise demande réflexion et qu'il ne nous est pas possible d'agir à la légère. Quitter son pays n'est pas une mince affaire.

S'établir dans une contrée inconnue, très différente de la nôtre, comportera des difficultés que nous aurons à surmonter. Car il ne nous est pas possible d'envisager la possibilité d'un retour. Outre les sommes d'argent irrémédiablement perdues, que dirait-on de nous à ce moment-là ? C'est pourquoi, tout bien réfléchi, nous sommes décidés au départ. Mais, dites-moi, le gouvernement met-il une opposition à cela ?

Avant que le syndic puisse apporter une réponse, on avait frappé à la porte.

– Entrez, dit-il.

La porte s'ouvrit et laissa le passage à Joseph Desportes. Le syndic apprit vite que l'instituteur était déjà au courant du projet envisagé. Il lui posa la question restée en suspens.

– Non, répondit Desportes. Il suffit d'un passeport en bonne et due forme pour passer la frontière. Le gouvernement n'est pas tatillon. Il fait confiance à ses administrés.

Tous les quatre passèrent en revue le bien-fondé et les aléas de cette émigration. Ils convinrent que la chance pouvait être tentée. La parole de l'agence Beck-Herzog était garantie à la fois par le gouvernement argentin et par le gouvernement helvétique. Les difficultés économiques que rencontrait la Savoie ressemblaient étrangement à celles vécues par le canton du Valais. Pour les résoudre, on ne pouvait raisonnablement compter ni sur le Piémont, accaparé par sa politique italienne, ni sur la France de Napoléon III. La Savoie, tiraillée entre les deux, objet d'un vulgaire marchandage, se trouvait ballotée au vent de la politique européenne. Si quelques-uns de ses enfants pouvaient tirer leur épingle du jeu pour assurer un avenir meilleur, ils ne pouvaient qu'être encouragés.

– Il ne faut pas oublier, dit Joseph Desportes, qu'avant la période de la Révolution française, beaucoup de Savoyards partaient pour les pays étrangers. Le pays ne pouvait pas nourrir tous ses enfants. La plupart des nôtres s'expatriaient en

Valais pour participer aux travaux des champs. Quelques-uns s'embauchaient comme commis-fruitier ou bergers durant l'été, dans les alpages de Tarentaise ou du Val d'Aoste. Ils revenaient dans la vallée à l'automne, tandis que certains la quittaient pour aller dans les pays allemands travailler comme aiguiseurs d'épées et d'armes blanches durant l'hiver. Ce va-et-vient faisait rentrer dans les familles de l'argent qu'il aurait été impossible de se procurer sur place. On était heureux à cette époque !

Mais la Révolution et l'Empire ont brassé tout cela, changé les mœurs, suscité des oppositions sanglantes et réveillé des antagonismes. Pour se protéger, les nations ont fermé leurs frontières, emprisonnant leurs concitoyens en des limites étroites. L'Europe est trop petite. Il est normal que les grandes étendues de l'Amérique du Sud attirent les regards, et même les convoitises.

Chacun avait laissé parler l'instituteur sans l'interrompre. On ne pouvait que l'approuver.

La matinée était déjà avancée lorsque parut, sur le pas de la porte, le messager de l'Agence Beck-Herzog. Il était habillé d'un costume de ville pied-de-poule sur lequel il avait jeté une houppelande grise. Sur la tête, un chapeau de même couleur. Une petite barbe poivre et sel ornait son menton, sous des moustaches bien taillées. Pour venir, il avait loué à Monthey un attelage, un cheval avec son tilburry. Il venait faire connaître à Jean-François et à Maurice les conditions du contrat.

– Messieurs, permettez-moi de me présenter :

– François Vouilloz, de Martigny – délégué de l'agence Beck-Herzog, pour cette partie du canton du Valais. J'ai rencontré M. Charles Beck à Bâle, la semaine dernière. Il met en application un contrat qu'il vient de signer avec le Gouvernement de la province de Corrientes, au nord de la République Argentine, prévoyant l'installation de cent familles d'agriculteurs. Cette province comporte un climat agréable, une terre riche et un ensemble de collines boisées qui la font comparer à notre Europe. Ce contrat est plein de promesses. Il prendra corps au printemps de l'année prochaine. Départ prévu au mois de mars à partir du port du Havre, arrivée à Buenos Ayres fin avril, remontée du grand fleuve Parana par bateau à vapeur, installation sur place courant mai ou début juin. Une immense concession est mise à la disposition des familles qui vont arriver. Ce sera l'hiver à cette époque-là, dans cette contrée australe, mais rassurez-vous, l'hiver là-bas n'a rien à voir avec celui d'ici.

Juste le temps de s'installer, construire ranch et maison de façon à être prêt pour le printemps, pour les labours et les semailles.

François Vouilloz déploya une grande carte de l'Argentine sous les yeux de Jean-François et de Maurice, attirés par la découverte visuelle de cette immense contrée. Il montra de son doigt l'emplacement de Buenos Ayres, suivit le cours du Parana en direction du nord, et s'arrêta à l'emplacement de Corrientes. Ainsi donc, la Providence leur avait donné rendez-vous et les attendait à cet endroit-là ! Un univers étrange s'étalait sous leurs yeux, composé de noms et d'appellations inconnus.

– M. Charles Beck a repris là un contrat signé entre les autorités de Corrientes et un nommé Jean Lelong, contrat qui n'a pu être honoré à temps pour des raisons indépendantes de la volonté des contractants.

Il a expliqué qu'il serait utile et bienfaisant d'employer une part des dépenses qui se font aujourd'hui, sans aucun résultat satisfaisant, à la fondation de colonies par le moyen de familles pauvres, mais capables de travailler. Elles deviendraient ainsi propriétaires agricoles au bout de quelques années et seraient mises physiquement et moralement en état de pouvoir développer leurs capacités et dans une situation pleine d'espérance pour leurs enfants.

M. Beck n'est ni un chevalier d'industrie attiré par des affaires d'argent, ni un philantrope utopique. Il sait concilier le souci d'une affaire avec le souci des personnes. J'aimerais vous le faire connaître.

Vous verrez, si vous vous décidez au départ, qu'il est à même de mener une entreprise à son terme, malgré toutes les difficultés inhérentes à ce genre d'affaire, et qu'il ne se reposera qu'une fois qu'il aura mis ses protégés dans les conditions prévues au contrat, les laissant en paix et toute tranquillité aux mains des autorités locales et provinciales.

– Quels sont les papiers nécessaires pour envisager le voyage ?

– Il vous faut un passeport établi par votre gouvernement pour le chef de famille, répondit François Vouilloz. Nous ferons ensuite un contrat, stipulant l'argent que vous apportez et le nombre de personnes que comprend votre groupe familial. À la suite de quoi, nous fournirons le billet de voyage portant mention du nom des personnes. À l'arrivée, vous trouverez tout ce que le gouvernement provincial a promis de fournir. M. Charles Beck se porte fort pour assurer à chacun des chefs de famille tout ce qui vient d'être dit.

– Quand vous parlez de groupe familial, vous entendez quoi ?

– Une concession de la nouvelle colonie sera promise à une famille comprenant cinq personnes, parents et enfants. Il faut cela pour la mettre en valeur. Un célibataire pourra être adjoint à ce groupe familial. Combien êtes-vous de cette paroisse de La Chapelle-des-Frasses ?

– Nous sommes deux familles, dit Jean-François. La mienne avec ma femme et mes deux enfants en bas-âge. Et celle de Maurice Vernaz, sa femme et deux enfants.

– Il vous faudra trouver chacun un célibataire, ou un autre couple sans enfant, qui veuille bien vous accompagner. Voyez-vous quelqu'un ?

– Nous allons réfléchir à cela et nous donnerons une réponse à la fête de Saint-Maurice, au moment de signer le contrat. Nous avons en main tous les éléments pour préparer ce voyage.

Les préparatifs du départ

Ce soir-là, Jean-François et Claudia se trouvaient chez Maurice et Péronne pour étudier les recommandations que le mandataire de la société Beck-Herzog leur avait laissées. Et tout d'abord, qui prendre avec eux pour former un groupe familial, comme leur avait suggéré François Vouilloz ?

Péronne proposa un de ses frères, Baptiste. Âgé de vingt ans, il était fort et en parfaite santé. Elle se portait garante de lui, à supposer que Maurice veuille bien l'accepter. Celui-ci donna son accord. Il connaissait le garçon car il l'avait embauché pour des travaux à l'alpage de la Cornaz. Jean-François, de son côté, hésitait. Il ne voulait pas enlever un de ses frères du domicile familial et ne tenait nullement à s'adjoindre quelqu'un d'étranger à la famille.

Ce genre d'association comporte trop de risques. Il demandait encore à réfléchir.

Quant à l'argent nécessaire pour le prix du voyage, ils avaient beau faire et refaire leurs comptes, la somme ne grossissait pas pour autant... Jean-François ne voulait rien demander à son père. Son départ le priverait déjà assez des espoirs qu'il avait mis en ce fils aîné !

Si Joseph Mariaz n'avait aucune dette, Dieu merci, il n'avait aucune avance non plus. Dans la famille Vernaz, la dot de Claudia, si maigre qu'elle ait été, et le mariage de Maurice avaient demandé aux parents de lourds sacrifices. François-Hyacinte Vernaz approchait des 63 ans. Dans sa jeunesse, il avait travaillé en Valais et en Val d'Aoste, et il avait continué après son mariage avec Marie-Joséphine Favre. Si bien qu'ils avaient pu s'établir et élever leurs enfants avec l'argent qu'il avait mis de côté. Mais à l'heure d'aujourd'hui, ce trésor était épuisé. Il fallait compter au plus juste.

Aucune autre possibilité donc que de compter sur les avances de la banque Herzog, avance qu'elle voudra bien leur faire en vue du voyage. Ils se disaient que le travail là-bas leur permettrait de rembourser. Ils ne doutaient ni de leurs forces, ni de leur santé, ni de leur étoile. Dieu, qui les avait toujours protégés, continuerait de les accompagner de sa Providence car, après tout, changer de continent ne changeait rien à la présence de Dieu. Partis pour d'autres cieux, ils mettraient la même ardeur au travail et la même confiance en la protection divine.

Restait maintenant à voir la liste des objets qu'il leur faudrait emporter. Jean-François prit le texte que François Vouilloz leur avait remis et lut à haute voix :

De la bonne literie. Du linge pour la maisonnée. De bons habits, y compris des vêtements d'hiver. Des chaussures solides, mais sans clous, attendu que le sol n'est pas pierreux. Les souliers que l'on pourrait acheter sur place sont ordinairement de très mauvaise qualité, car le cuir est livré à l'exportation.

La batterie de cuisine au grand complet, avec un fourneau de fonte ou de fer.

Les parties essentielles d'un bon char pas trop lourd. Une forte charrue et, si possible, une autre plus petite. Une bonne herse en fer, qui se démonte et s'emballe facilement.

Des selles et des harnais solides pour deux chevaux au moins. Des chaînes de différentes grosseurs et des cordes diverses.

Tous les outils nécessaires à une exploitation agricole : bêches, houx, pioches, faucilles, faux, fourches, râteaux, scies, etc. On trouvera sur place, à Santa Fe, à Parana ou ailleurs, des haches nord-américaines qui sont bien meilleures que celles d'Europe.

Des fusils de chasse et des carabines.

Des graines et des semences pour l'horticulture et pour les champs. Il faut les enfermer dans une boîte de zinc ou de fer-blanc soudée, afin de les préserver de l'humidité et du contact de l'air.

– Voilà des dépenses inévitables, dit Claudia. Il faudra se procurer tout cela de façon à être prêt au moment du départ. Toutes nos économies y passeront.

Les deux femmes avaient écouté attentivement. Claudia, qui était allée à l'école dès son enfance, l'écrivait pour Péronne. Celle-ci savait à peine lire et écrire. Ses parents, assez pauvres, avaient négligé son éducation. Mais elle était douée d'une intelligence vive et pratique.

C'est pourquoi elle demanda :

– Que peut-on cultiver là-bas ?

Jean-François prit le prospectus émanant de la société Herzog à l'usage de l'émigrant et du cultivateur :

– On y cultive du blé ; pour le semer, l'époque la plus favorable est du 15 juin au 31 juillet. Il mûrit fin novembre – début décembre, et la moisson a lieu dans le courant de décembre, puisque c'est là-bas le plein été. – Ce qui veut dire que Noël sera au plein cœur de l'été ? demanda Claudia. Vous vous rendez compte... Un Noël sans neige et sans froid sera-t-il encore un vrai Noël ? Est-ce qu'on y fait une messe de minuit ?

– On verra tout cela sur place, reprit Jean-François. On cultive aussi de l'orge, de l'avoine, du maïs. Ces denrées se vendent bien et apportent des rentrées d'argent intéressantes. De même les haricots et les petits pois, particulièrement les petits haricots blancs d'Amérique. De la luzerne, dont le rendement est au moins le double de ce qu'il est en Europe. Une plante que l'on appelle le sorgho, genre de canne à sucre chinoise. On peut s'en servir comme fourrage. Mais si l'on veut en utiliser le suc, il faut laisser mûrir la plante. En pressurant les tiges pour en extraire le suc et en cuisant ce dernier, on obtient une excellente mélasse, qui peut tenir lieu de sucre en bien des cas. On peut aussi s'en servir pour faire de l'eau-de-vie. La graine est une très bonne nourriture pour la volaille.

Des pommes de terre et toutes espèces de raves, carottes, betteraves, navets, comm on les trouve en Europe. On cultive également de l'arachide, du lin, du tabac, de la vigne. On trouve à l'état naturel du colza, du ricin, du coton.

Toute cette évocation dessinait les traits d'un pays inconnu. Fallait-il admettre toutes ces promesses ? Pourquoi pas ? Un pays neuf laisse toute possibilité aux occupants de gagner honorablement leur vie. Cette terre vierge les attendait... Chacun des deux hommes s'imaginait déjà en train de planter le soc de la charrue pour la retourner et la féconder par la suite.

Péronne ne se laissait pas prendre à ce rêve. Elle se leva, alla à la chambre et en revint tenant en main un jupon. Elle le posa sur la table et ouvrit l'ourlet avec un ciseau... Elle en sortit deux louis d'or, ceux-là même que la mère David lui avait remis en cachette ! Elle ne les avait pas touchés. Elle les posa au centre de la table et dit :

– Voilà ! Nous n'avons pas beaucoup d'argent. Si nous voulons nous en sortir, il faut faire cause commune. Je propose que tous les achats pour le départ soient réalisés ensemble. Nous resterons unis jusqu'à ce que nous soyons établis là-bas. Qu'en pensez-vous ?

Ils furent tous d'accord.

Ce départ s'annonçait sous les meilleurs auspices. Une entente parfaite régnait entre eux.

Quand Jean-François et Claudia rentrèrent à la maison de l'Essert, la nuit était fort avancée. Ils se couchèrent sans bruit. Une fois au lit, Claudia attira son mari vers elle, lui prit la main, qu'elle posa sur son ventre arrondi et lui dit à l'oreille :

– Tu n'auras pas besoin de chercher un cinquième passager pour notre groupe... Me voilà au quatrième mois de grossesse. Si telle est la volonté de Dieu, un passager s'embarquera sans avoir rien à payer pour sa traversée...

Jean-François garda la main de sa femme dans la sienne. Allongé sur le dos, il rendait grâce à Dieu du signe qu'il recevait de sa bonté et ne doutait pas que telle était sa volonté.

Il fut tiré de cette pensée par Claudia.

– La grand-mère me fait du souci. Depuis notre descente de la montagne, je vois qu'elle dépérit. Elle ne mange presque rien, et je l'ai surprise à pleurer. Je crois que notre projet lui déplaît, elle avait tant confiance en toi.

Jean-François, lui, n'avait rien remarqué. Pourtant, la grand-mère Mariaz était sa marraine. Toujours solide, les doigts agiles pour filer la laine, elle était dans sa quatre-vingt-sixième année. C'est vrai que depuis quelque temps, son visage avait changé. Jean-François se reprochait de l'avoir négligée. Le lendemain, alors qu'elle était dans la chambre à dire son chapelet, il s'approcha et s'assit auprès d'elle.

– Mon petit, lui dit-elle, j'ai eu beaucoup de peine quand j'ai appris que tu voulais nous quitter. Depuis ce moment-là, la vie s'est comme retirée de moi. Je suis vieille maintenant, et le Bon Dieu ne tardera pas à venir me chercher.

Je lui ai demandé, dans ma prière, qu'il me rappelle avant que tu ne partes. Je ne voudrais pas que ton départ de la maison entraîne mon départ vers l'éternité. Je crois bien que le Bon Dieu va m'exaucer. S'il daigne me prendre dans son ciel, de là-haut, je prierai mieux pour vous car il n'y aura plus de distance qui nous séparera. La présence de Dieu s'étend sur toute la terre. Je vous serai plus utile morte que vivante.

Et, joignant le geste à la parole, elle sortit de la poche de son jupon un petit paquet qu'elle remit à Jean-François.

– Voilà mon petit. Ce sont toutes mes économies. Je te les donne, car elles te seront plus utiles qu'à moi, désormais. Voici également une image de saint Joseph achetée à la dernière mission. Elle te rappellera mon souvenir.

Les deux enfants de Claudia entrèrent à ce moment-là dans la chambre de la grand-mère. Cette intervention joyeuse coupa court à toute démonstration portant à la tristesse. Jean-François remercia, mit ce petit paquet dans la poche de son veston, et souleva les enfants pour qu'ils embrassent la grand-mère. Il ne devait jamais oublier cette scène. Elle l'accompagnerait dans son voyage au Nouveau Monde.

Effectivement, Marie-Victorine allait en dépérissant. Joseph descendit au village pour demander à M. le Curé de bien vouloir lui apporter l'Extrême-Onction. Le sacristain arriva au presbytère pour accompagner le prêtre, comme à l'accoutumée. Préparer une âme à entrer en présence de Dieu était un grand événement de la vie paroissiale. Toute la paroisse était invitée à prier à cette intention. La sacristain alla sonner neuf coups à la petite cloche de l'église. Puis, il alluma une chandelle qu'il glissa dans un falot et prit la clochette.

Le long du chemin, il sonnait à intervalle régulier. Avertis, les gens s'arrêtaient sur le bord du chemin et se mettaient à genoux au moment où le prêtre passait. Quand celui-ci arriva à la maison, toute la famille Mariaz se tenait près de la porte d'entrée, chacun tenant une chandelle à la main. On l'accompagna en procession jusqu'à la chambre, auprès de la grand-mère, et on le laissa seul pour le temps de la confession. On revint pour l'assister au moment des onctions d'Huile sainte et pour la communion en viatique.

Marie-Victorine Mariaz était prête pour paraître devant Dieu. Elle pouvait dire son *Nunc dimittis* :

Maintenant, tu peux rappeler à toi ta servante, Seigneur, car elle a mis sa confiance en toi et elle sait qu'elle ne sera pas déçue.

Elle passa de ce monde à l'autre le lendemain. C'était le 27 septembre.

Le 28 septembre, à Saint-Maurice

Le 28 septembre, nombreux sont les paysans du Valais, de la plaine comme des vallées, qui descendent à Saint-Maurice fêter leur saint patron. Les femmes ont revêtu leur costume et ajusté leur coiffe. Un cortège, haut en couleur, parcourt les rues de la petite cité et se dirige vers l'église conventuelle, au pied du rocher. Les chanoines réguliers, qui veillent sur les reliques moyennâgeuses, ont sorti les châsses et les trésors. La procession se met en place pour honorer le vaillant martyr de la Légion Thébaine, patron du Valais et de la Savoie. Les paroissiens de La Chapelle-des-Frasses ne manquent jamais ce rendez-vous. Bannières en tête, ils accompagnent leur curé pour implorer leur saint protecteur.

À midi, la foule se disperse dans les auberges et les cafés. Chacun rencontre ses vieux amis des paroisses voisines. Et pour certains, la fête se terminera tard. Le fendant, ce vin blanc du Valais, réjouira le cœur de nombreux hommes.

François Vouilloz a donné rendez-vous, au café du Lion d'Or, à ceux qui sont tentés par le voyage en Amérique. Il se tient dans une arrière-salle où il a dressé sa table.

Se retrouvent là, des chefs de famille de la vallée d'Entremont, du Val de Champeiry, de la plaine du Rhône et des vallées adjacentes. Jean-François et Maurice ont rencontré Xavier et Jean Rey, après la messe. Ils sont tous là pour écouter François Vouilloz leur parler du nécessaire à prendre pour le voyage, des formalités à accomplir, de la date prévue pour le départ du port du Havre et du rassemblement pour aller prendre le train à Bâle.

– Il vous faudra, dit-il, un passeport pour sortir du pays. Vous le demanderez à votre syndic. Il vous faudra un billet pour le voyage de manière à ce que votre place et celle des personnes qui vous accompagnent soient dûment retenues sur le bateau. Il vous faudra une attestation de votre curé comme quoi il se porte garant de votre honnêteté. Cette attestation est absolument nécessaire pour ceux qui demandent à la société Beck-Herzog l'avance des fonds pour le voyage. Ceux-ci devront rédiger une demande indiquant quelle somme d'argent ils désirent emprunter pour leurs frais de voyage et d'installation. Cette demande sera obligatoirement rédigée à plusieurs, portant le nom des cinq personnes, dont le demandeur, accomplissant le voyage, de sorte que l'ensemble garantisse la solvabilité de chacun. On établira ensuite un contrat dit de colonisation pour préciser et faire foi à l'avenir.

L'anxiété se lit sur les visages. Les hommes, dont quelques jeunes mais la plupart dans la force de l'âge, ont la figure burinée des montagnards. Ils écoutent attentivement, essayant de deviner les pièges que la parole leur tendrait. De caractère naturellement méfiant, ils se tiennent sur leurs gardes. Pourtant, ceux qui sont là ont maintenant fait le choix du départ. Ils ont tracé une croix sur leur passé de paysan, ils ont affronté l'opposition de leur parenté, et celle de la communauté locale. Ils ont les yeux tournés vers ce pays lointain dont ils attendent tous une vie meilleure. On ne voit en eux, ni résignation, ni impatience. Simplement, une profonde détermination. Ils avancent pas à pas, et rien ne pourra arrêter leur marche.

– Qu'est-ce que tu penses de tout ce que l'on a entendu ? dit Xavier Rey à Jean-François. J'ai fait mes comptes... Je serai obligé d'emprunter pour payer le voyage. Une fois installé là-bas, je n'ai pas peur. Jean et moi, nous faisons une paire à toute épreuve mais, comme nous ne sommes que trois, avec ma femme, il va falloir nous trouver deux autres compagnons pour former un groupe de cinq personnes. Connaîtrais-tu deux garçons, ou bien un couple qui accepteraient de venir avec nous ?

À Champeiry, la mésaventure des colons d'Esperanza, malgré le témoignage de Pierre Mariétan, a découragé les quelques velléités. Même le beau-père, Aloïs Détraz, fait des difficultés pour laisser partir sa fille. Il voit pourtant bien que nous n'avons pas d'avenir sur place, mais il s'entête et nous refuse sa bénédiction. Il dit que nous voulons sa mort. La Léonie est d'accord avec moi. La seule solution pour élever les enfants que nous aurons, c'est de partir.

– Tu connais Joseph à Tienne, du Lancher ? Il est intéressé par l'idée d'aller aux Amériques, car il vit sur une terre trop restreinte. Seulement, voilà, sa femme n'a pas de santé et ils ont deux enfants. Je lui en parlerai, dit Jean-François.

Jean-François, Maurice et les frères Rey se sont approchés de François Vouilloz pour lui demander quelques explications sur le voyage et l'installation à la colonie, ainsi que sur les contrats à établir.

– Vous comprenez, nous ne sommes que des paysans et nous voulons avoir le plus de garanties possible concernant nos familles, le voyage et l'installation sur place. Nous voulons faire les choses sérieusement pour ne pas être la risée de notre entourage si nous allions à la catastrophe. Un voyage pareil, on le fait une fois, et c'est pour la vie !

– Mais je comprends très bien, dit François Vouilloz. Je vais vous expliquer. Asseyez-vous !

Quand vous aurez rempli les papiers dont je parlais tout à l'heure, si vous êtes toujours décidés à entreprendre ce voyage, vous revenez me voir. Alors, nous établirons un contrat de colonisation. Ce contrat, établi au nom de la Société Beck-Herzog, portera le nom du chef de famille et la liste de ceux qui l'accompagnent. Il indiquera la somme avancée par ces Messieurs de la Société pour les frais du voyage. Il faut compter une somme de 240 piastres fortes, monnaie du pays, soit environ 250 francs suisses. Il est entendu que ce contrat prendra valeur à partir du port du Havre, où aura lieu l'embarquement, jusqu'à l'arrivée dans la province de Corrientes, en République Argentine. Là, il sera remis à chaque famille un lot de 20 quadras soit 93 journaux, comme à chaque colon. Les avances que la Société aura versées pour les frais de voyage seront à rembourser en cinq annuités égales.

La première de ces annuités sera à payer à l'anniversaire de l'installation de la famille à la colonie, et ainsi pour chacune des quatre autres échéances. Pour chaque échéance, la famille signera une obligation séparée. Si elle paie régulièrement ses termes, elle n'aura point d'intérêt à bonifier. Mais si elle retarde le règlement de l'une ou autre échéance, elle aura à payer l'intérêt de son montant du jour de son échéance jusqu'au jour du versement, au taux du pays qui est un demi pour cent par mois.

Le présent contrat sera authentifié par le Consul de la République Argentine en Suisse.

– Mais nous sommes Savoyards ! dit Jean-François.

– Aucune importance, du moment que vous avez un passeport en bonne et due forme qui vous permettra de sortir du royaume de

Sardaigne-Piémont. Le contrat sera établi à Bâle, siège de la Société Beck-Herzog. Ces Messieurs sont en règle avec la Confédération Helvétique pour opérer toutes les transactions nécessaires à ce genre de voyage. Ainsi, vous n'aurez aucune difficulté pour traverser la France et vous embarquer au Havre.

– Comment se fera l'embarquement et quelles seront les conditions de la traversée ? Par exemple, la nourriture, les bagages.

– La Société a passé une entente avec une agence de voyage au Havre, l'agence Paul Morisse, en qui elle a toute confiance. Elle met à notre disposition un bateau à vapeur de bonne tenue en mer pour la ligne Le Havre - Buenos Ayres. Le billet et les places sont retenus à l'avance. Il vous faudra prendre avec vous les vivres nécessaires pour un voyage de deux mois. Comptez le nombre de personnes qui composera votre groupe. Vous pourrez emporter gratuitement 100 kg de bagages par adulte. Le supplément des bagages devra être réglé à part. L'agence fournira à chaque passager une place dans l'entrepont, une place non garnie pour la nuit, une place pour faire la cuisine, l'eau douce, le bois et le charbon pour la cuisine, l'éclairage ainsi que les médicaments en cas de besoin.

– 100 kg de bagages par adulte, cela fait 200 kg pour une famille, compte Maurice. La nourriture pour toute une famille, la literie pour le voyage ; les vêtements de rechange, le nécessaire pour la cuisine et les repas, sans compter les objets personnels, tout cela dépassera la charge prévue. Il faudra donc encore payer pour le supplément qu'on a prévu d'emporter !

– Vous pourrez demander un prêt à la Société. De toute façon, ce ne sera pas très élevé.

– Quand nous arriverons là-bas, reprit Maurice, nous serons chargés de dettes. Pourrons-nous tout rembourser et tenir notre parole ? Cela me fait peur et je me demande si c'est bien raisonnable. Que Dieu nous vienne en aide.

– Avec la santé que vous avez, le travail ne vous fera pas peur, dit François Vouilloz. Dieu vient en aide à ceux qui commencent par s'aider. Le pays est riche. En cinq ans, vous aurez tout remboursé. Je vous le garantis. Rendez-vous compte... Ensuite, ce sera votre bien et celui de vos enfants. Tandis qu'ici, en travaillant durant toute votre vie, vous ne pourrez rien mettre de côté.

Je vous engage à partir, vous ne le regretterez pas. Chaque année ajoutera à votre bien-être, et l'avenir de vos enfants est assuré, car ceux-ci, en se mariant et en s'établissant à leur tour, ne manqueront pas d'occasions favorables pour acheter du terrain. Votre prospérité future est solidement basée sur la propriété foncière. Là est l'avenir.

– Est-ce que nous n'aurons pas d'ennuis en débarquant dans cette République ? Comment serons-nous accueillis ? demanda Jean Rey, un peu anxieux.

– Le gouvernement de la province de Buenos Ayres a nommé, en 1854, une Commission pour protéger les immigrants au moment de leur arrivée.

Et cette année même, quelques négociants de Buenos Ayres ont fondé une société philantropique en faveur des immigrants, avec la protection et l'assistance du gouvernement. Cette société a ouvert un asile pour accueillir les immigrants pauvres.

Tous les immigrants pauvres arrivant à Buenos Ayres sont débarqués gratuitement avec leurs bagages, et ils sont hébergés gratuitement à l'asile dont je viens de vous parler pendant huit jours. Ils peuvent ainsi se reposer des fatigues du voyage en mer avant de continuer leur périple vers leur destination.

– Merci, Monsieur Vouilloz, de toutes ces explications.

– Il n'y a pas de quoi. Je reste à votre service. Et préparez bien votre départ ! C'est l'occasion unique de votre vie.

La maladie de langueur de Jeanne Mariaz

Octobre étend son voile de brume sur toute la vallée. On dirait un manteau de mélancolie qui recouvre la nature, englobant les bêtes comme les gens. L'hiver s'annonce déjà, les beaux jours sont finis. Reviendront-ils ?

Jeanne Mariaz est là devant son assiette, le regard fixe. Elle n'a aucun appétit, si ce n'est un immense dégoût de toutes choses. Même les rires de ses deux petits-enfants n'arrivent pas à la dérider. Elle ne s'est jamais ressentie comme cela. On dirait que la vie s'est retirée de son corps. Elle a terriblement maigri.

Toute la famille est en attente. Chacun sait bien que la maman ne s'est pas remise du choc ressenti au moment où elle a appris le départ de son fils. Celui-ci essaie de l'entourer de prévenances, mais rien n'y fait. Va-t-il à son tour sombrer dans la mélancolie et se donner mauvaise conscience pour avoir été la cause de tout cela ? Mais Jean-François domine sa peine. Il sait que sa mère est plus forte qu'il n'y paraît en ce moment. Elle a une conviction religieuse à toute épreuve. L'automne n'est pas favorable à ce passage de la vie... Il faudrait pouvoir trouver un remède à cette langueur.

La grand-mère Mariaz avait l'habitude de préparer des liqueurs avec les fleurs de la montagne. Elle même allait les cueillir : violettes, pensées sauvages, millepertuis, lys martagon, etc.

Depuis qu'elle ne pouvait plus sortir, elle chargeait sa belle-fille et ses petites filles de procéder à la cueillette. Elle se servait, en outre, des racines de gentiane que les hommes vont déterrer sur l'alpage. Vous savez qu'après avoir été nettoyées et coupées en lamelles, ces racines macèrent pendant deux mois. Au cours de l'hiver, elles passent à l'alambic et vont donner un alcool de qualité, l'eau-de-vie de gentiane. Chaque ménage a sa provision dont l'usage est principalement pharmaceutique, aussi bien d'ailleurs pour les bêtes que pour les gens.

Marie-Victorine mettait de côté quelques morceaux de racine de gentiane. Elles les faisait sécher, les râpait ensuite jusqu'à les réduire à une poudre grossière. Conservée dans une boîte de fer-blanc, elle était utilisée lors des ennuis digestifs récalcitrants. On la mettait alors dans une casserole d'eau bouillante et on laissait bouillir quelques minutes. Cette décoction, vilaine à voir et au goût amer, avait la propriété de dégager la vésicule biliaire, de libérer l'estomac et d'accélérer le transit intestinal.

On l'employait rarement, car il fallait en suporter les inconvénients. Comme on disait dans la vallée : Elle aurait ressuscité un mort.

Joseph se rappelle ce remède que sa mère employait quelques fois. Devant le visage presque éteint de sa femme, il se dit que si Marie-Victorine était là, sans aucun doute elle agirait ainsi. Et le voilà à refaire les mêmes gestes que sa mère. Il passe le liquide qui résulte de la décoction, attend qu'il soit un peu refroidi, et le donne à boire à sa femme. Un goût amer emplit la bouche de la malade. Des nausées la secouent violemment, et un flux de bile remonte dans la gorge. La malade, sans force maintenant sur son lit, rejette un liquide verdâtre.

Elle en est soulagée malgré la blancheur qui assimile sa figure à la couleur des draps de chanvre. Elle s'endort tranquille, et on tire sur son lit les rideaux de l'alcôve.

Un coup est frappé à la porte extérieure de la maison, suivi des pas de quelqu'un dans le couloir d'entrée. Deuxième coup frappé à la porte de la cuisine.

– Entrez, dit Joseph.

Et la porte s'ouvre sur la personne de Joseph Maxit, le beau-frère.

– Comment va Jeanne ? dit-il. Je suis venu aux nouvelles, et en même temps vous apporter du réconfort.

Joseph explique qu'elle dort tranquillement maintenant.

– Tant mieux ! dit le beau-frère. Cela lui fera le plus grand bien. Elle ne va pas à la mort, elle est solide. Seulement l'annonce du départ de Jean-François l'a brutalement secouée. Elle se reprendra, j'ai confiance.

Ils s'assoient tous les deux autour de la table, quand Jean-François entre.

– Bonjour, oncle. Votre visite nous fait plaisir. Que croyez-vous ? Faut-il que je retarde mon départ ?

– Non, dit Joseph Maxit, c'est inutile.

Le choc a eu lieu. Il faut attendre maintenant qu'elle se remette et qu'elle se fasse une raison. Pour cela, il faut du temps, mais remettre ton départ ne contribuerait qu'à prolonger l'état de choc... Ce serait pire. Il faut aller de l'avant.

Où en es-tu de ton projet ?

– Le passeport a été demandé. Il sera là dans quelques temps. Le contrat sera signé à ce moment-là. L'embarquement se fera au port du Havre début mars prochain. Nous prendrons à cet effet le train à Bâle et, pour nous rendre à Bâle, un voyage de voitures est prévu regroupant tous ceux qui émigrent par le même convoi vers l'Argentine. Nous quitterons la maison dans les premiers jours de février pour nous retrouver avec les autres à Martigny ou à Monthey. Le voyage sera assez long et l'attente au Havre imprévue. D'ici le départ, j'aurai pas mal d'achats à faire pour compléter nos bagages.

– Justement, dit l'oncle Maxit, j'ai pensé que ce petit quelque chose te serait utile. Inutile de me remercier ! Si j'avais ton âge, je ferais comme toi. Alors, courage !

Et il remet à Jean-François quelques pièces où la figure de l'empereur Napoléon tranche sur le métal or.

– Mets-les précieusement de côté. Elles te seront utiles là-bas, car elles sont mieux cotées que les pièces piémontaises. La guerre d'Italie nous coûte cher et notre monnaie s'en trouve dévaluée.

Jean-François ne peut s'empêcher d'embrasser son oncle.

– Rassure-toi, lui dit celui-ci. Nous ne laisserons ni ta famille, ni ta maison, ni ton alpage. À mon âge, on ne peut plus faire grand chose, mais je serai là, près de tes parents.

– Merci, dit Jean-François, auquel ces paroles viriles font le plus grand bien.

– Au fait, comment allez-vous faire pour le partage ? Gardes-tu tes droits d'aîné ?

– J'ai rencontré le notaire Favre. Il m'a conseillé d'abandonner tous mes droits sur la terre, la maison et l'alpage, au profit de mes deux frères. Je ne veux pas partager et je ne veux pas non plus leur demander de l'argent pour la part de propriété qui me reviendrait. Claudia est tout à fait d'accord avec moi. Ils sont libres et moi aussi. Il n'y aura entre nous qu'une dette d'amour et de reconnaissance, dette que j'espère bien ne retrouver qu'au ciel pour qu'elle me serve alors de créance dans la rémission de mes péchés.

À ce moment-là, Claudia entra avec les enfants. Elle les conduisit à l'oncle et celui-ci les prit sur ses genoux et les embrassa. Il aimait les agacer avec sa grosse moustache, même si, en contre-partie, les enfants lui en tiraient les poils. Cette scène familiale dérida Joseph Mariaz. Il avait de l'affection pour son beau-frère et appréciait sa présence discrète. Il savait l'influence qu'il avait eue sur son fils, et il espérait, au fond de lui-même, qu'il en aurait autant sur ses deux autres garçons.

Claudia apportait une bonne nouvelle à son mari, signe d'un heureux présage pour le départ prévu. Péronne, sa belle-sœur, était enceinte.

– Elle qui désespérait de donner un enfant à Maurice, la voilà comblée ! Je crois que le blocage qu'elle ressentait auparavant a disparu devant la perspective du départ. Elle a envie de quitter le pays et de reconstruire une autre vie, ailleurs. Elle qui était prostrée, elle déborde de joie maintenant. Elle voit dans cette grossesse une bénédiction de Dieu. Elle n'est plus jalouse de moi, dit Claudia en montrant à Jean-François son ventre qui s'arrondissait. Tous les deux partirent d'un grand rire.

– Comment va Jeanne ? demanda Claudia en baissant la voix.

– Elle dort toujours. Elle se repose. Pourvu qu'elle se remette, dit Jean-François, car cela me donne du souci.

Monsieur le Curé va venir la voir. Il a dit au père qu'il avait, dans son Rituel, une prière spéciale pour les personnes en proie à la nostalgie. L'eau bénite chassera toute emprise du mal, et la présence du prêtre la réconfortera et lui redonnera le goût de vivre.

– As-tu des nouvelles de Joseph à Tienne depuis la visite que tu leur as faite ? Comment va sa femme ?

– Il est d'accord pour partir. Il pense que le changement d'air fera du bien à sa femme. En ce moment, elle est toute prostrée. Elle ne se lève pratiquement pas. Joseph a dû prendre une bonne pour s'occuper des enfants et du ménage. Tu la connais... Elle n'a pas froid aux yeux et, pour ne rien gâter, elle a la taille bien faite ! Il faut reconnaître qu'elle s'occupe bien du ménage et des enfants. Elle tient tout très propre. Elle est gentille avec la femme de Joseph.

Mais les mauvaises langues la trouvent trop jolie pour demeurer la bonne. On dit dans le village qu'elle a de l'emprise sur Joseph...

– Tu sais, sa famille est mal vue. Sa mère l'a eue, avant le mariage, d'un bûcheron valdôtain à qui elle s'est donnée un soir, mais l'homme est reparti chez lui. Il s'appelait Luc.

Aussi a-t-elle appelé la petite, Lucie. Et Lucie n'a pas été heureuse dans le ménage que sa mère a fondé. Son beau-père était jaloux d'elle, je crois même qu'il a essayé de la violer. C'est pourquoi elle est partie chez les Sœurs, à la Roche, où elle est restée quatre ans. Elle est revenue au pays et elle s'est placée. Elle va à la messe tous les dimanches, mais pourvu qu'elle ne devienne pas une espèce de garce, pour le malheur de Joseph, de Félicie et des enfants !

Jeanne Mariaz allait mieux. Elle était sortie de son sommeil, le corps détendu, le regard meilleur. Seule une migraine lui tenaillait la tête. On ne saurait dire si cette migraine était la conséquence de la maladie ou du remède, car ce que lui avait administré Joseph Mariaz n'était autre qu'un remède de cheval. La forte constitution de Jeanne lui avait permis de supporter et la maladie et le remède. Maintenant qu'elle était sortie de sa torpeur, il fallait qu'elle boive de la tisane de simples afin de la faire uriner. Et tout rentrerait dans l'ordre.

Chez les Mariaz, on ne croyait pas au mal donné, à l'influence d'un mauvais sort ou aux agissements d'un sorcier. En d'autres maisons de la paroisse, quand la maladie frappe quelqu'un de la famille ou une bête à l'étable, on n'a point de repos jusqu'à ce que le prêtre soit venu faire une bénédiction. Il en est même qui sont assez crédules, assez naïfs pour s'adresser à des charlatans qui se donnent pour lever le maléfice. Chaque vallée a ses sorciers dont on se passe le nom sous le manteau.

M. Chevallier monta à l'Essert le dernier lundi d'octobre, juste avant la Toussaint. Il avait glissé dans les poches de sa soutane une fiole d'eau bénite, une autre fiole contenant un sirop de sa fabrication et un peu de pain béni de la veille. Toutes ces choses, unies à la visite et aux paroles de réconfort du prêtre, firent le plus grand bien à la malade, ainsi qu'à toute la famille.

La signature des contrats de colonisation

L'hiver avait amené dans sa besace une année nouvelle. L'almanach du Messager Boîteux de Vevey, que venait de recevoir Joseph Desportes, portait la date de 1857.

Jeanne Mariaz allait pour le mieux. Elle avait repris des forces. Elle ne voulait pas montrer à ses enfants la peine qu'elle ressentait au fond d'elle-même. La longue saison d'hiver lui permettait de profiter de la présence de ses petits-enfants à l'intérieur de la maison. François-Joseph allait sur ces cinq ans, et Marie-Henriette venait d'entrer dans sa deuxième année. Claudia, sa belle-fille, lui préparait un troisième petit Mariaz. Sa maternité se passait gentiment.

Chez les Vernaz, le départ s'annonçait sous les meilleurs auspices. Maurice avait été heureux d'apprendre la grossesse de sa femme.

Péronne se sentait enfin libérée de la malchance qui la poursuivait. Elle allait donner un enfant à Maurice. À elle aussi, la maternité allait bien. Elle raccommodait le linge qu'ils allaient emporter. Ses deux aînés ne quittaient pas leur mère. Tous les quatre allaient passer un hiver qu'ils n'oublieraient jamais...

Ils n'avaient pas d'argent, mais ils étaient heureux de la joie qui leur était donnée.

Dans les premiers jours de janvier, François Vouilloz est monté à La Chapelle-des-Frasses. Il apporte les contrats de colonisation revêtus de la signature de la Société Beck-Herzog, en bonne et due forme. Chaque partant doit apposer sa signature, le chef de famille se portant fort pour sa femme et les enfants mineurs.

Il s'arrête en premier lieu chez les Mariaz. Jean-François lit attentivement les deux articles que comprend le texte.

– Nous avons inséré, dit François Vouilloz, le nom de Jean Rey sur votre liste. Nous savons très bien qu'il ne fait pas partie de votre famille, mais il convenait de rajouter un troisième adulte pour être en règle avec l'administration argentine. J'espère que vous n'y voyez pas d'inconvénient ?

– Personnellement, non, dit Jean-François, je le connais très bien, mais lui-même est-il d'accord ?

– Je suis passé hier à Champeiry. Comme nous avons inscrit avec son frère Xavier et la femme de celui-ci la famille de Joseph Vuilloud, Joseph à Tienne comme vous l'appelez, cela faisait un trop grand nombre de personnes sur cette liste. II fallait trouver un modus vivendi. Je vous remercie d'accepter. Veuillez signer là.

Et il présenta à Jean-François les quatre exemplaires du contrat à signer.

– Je dois emporter ces exemplaires pour les faire authentifier par le Consul de la Confédération argentine en Suisse. L'exemplaire qui vous revient vous sera remis à Bâle, dans le bureau de la Société, au moment de votre embarquement. Il faudrait que vous soyez prêt à partir au début du mois de mars. Le rendez-vous est fixé à Martigny pour tous les émigrants du Valais central et de la vallée d'Entremont.

Ceux du Bas-Valais et des vallées adjacentes rejoindront l'ensemble à Monthey. Le voyage se fera en voiture jusqu'à Bâle et, de là, en chemin de fer jusqu'au port français du Havre. Le bateau qui vous transportera jusqu'à Buenos Ayres s'appelle le *Mary Mac Near* de l'agence Paul Morisse. Toutes les places y sont d'ores et déjà retenues. Je vous accompagnerai moi-même jusque-là. Je vous remettrai les billets de passage que l'agence de voyage aura préparés. Quant à M. Charles Beck, il vous attendra sur le port de Buenos Ayres pour vous saluer à votre arrivée et vous prendre en charge. Il faut compter pour cela une traversée de deux mois.

L'instant était presque solennel. Chacun, dans la famille Mariaz, ne disait mot, et tous retinrent leur souffle quand Jean-François apposa sa signature. L'irrémédiable était accompli.

François Vouilloz ramassa les papiers qu'il avait étalés sur la table, les glissa dans un sac de cuir qu'il portait en bandoulière et se leva.

– Je vous souhaite bonne chance dit-il, et s'adressant à Claudia: « Une heureuse délivrance ».

Après qu'il eut passé la porte, l'atmosphère se détendit à l'intérieur. Jeanne s'approcha de sa belle-fille et l'embrassa. Celle-ci paraissait fatiguée, car sa grossesse approchait du terne. Elle espérait que tout irait bien comme les autres fois, et qu'elle serait remise pour affronter le voyage.

François Vouilloz passa ensuite chez Maurice Vernaz et chez les Vuilloud pour les mêmes formalités. Il ne rencontra aucune difficulté, mais il trouva que Félicie, la femme de Joseph Vuilloud, avait une bien mauvaise mine.

– Pourra-t-elle supporter le voyage ? se disait-il intérieurement. La présence de la bonne, Lucie, qu'il jugea très avenante, le rassura quant aux soins des enfants.

Le mandataire de la Société Beck-Herzog était content de sa journée. Il avait l'habitude de mener les affaires rondement. Trois groupes de familles savoyardes étaient prêts à se joindre au convoi de Valaisans en vue de la terre accueillante de l'Amérique du Sud. Au moment où il prenait le chemin du retour vers la plaine, la neige s'était mise à tomber.

Félicie mourut vers le 20 janvier. Les soins qu'on avait pu lui prodiguer s'étaient révélés vains. Elle ne s'était pas remise des couches de son dernier enfant. Sa faible constitution n'avait pu supporter deux maternités trop rapprochées. Le glas étendait son voile de tristesse sur le paysage enneigé. Toute la paroisse accompagna le corps de la défunte à l'église et au cimetière. Elle venait d'avoir 24 ans... et laissait à son Joseph deux orphelins.

C'est dans ces jours-là que Claudia accoucha d'un garçon. Tout se passa bien, comme d'habitude. Au baptême, il reçut le prénom de Jules. Il aura juste deux mois au moment où il s'embarquera avec ses parents pour l'Argentine.

Chacun des trois chefs de famille candidats à l'émigration se préparait au départ. On arrangeait les outils, on mettait de côté la moindre pièce de monnaie. Les femmes tenaient à ranger elle-même le linge qu'elles voulaient emporter. Elles y joignaient un souvenir de leur mère, lien ténu à travers les océans, mais puissant pour les années à venir. Claudia avait reçu un mouchoir brodé aux initiales de sa mère. Elle avait en outre coupé une mèche de cheveux qu'elle voulait conserver avec soin, pliée amoureusement dans un papier de soie. Manière comme une autre d'amortir le choc de la séparation, semence mise en terre pour un mode de vie à la fois fidèle et différent. Péronne choisit pour ses enfants un souvenir de son premier mari, Charles David : un étui à poudre, qu'il avait aménagé dans une corne, et une tabatière allemande, cadeau de la mère de Charles.

Chez les Rey, l'ambiance n'avait pas changé. François, mis au courant du départ de ses deux fils, ne voulut pas les recevoir. Il refusa toute idée d'aménagement pour la succession ou d'avance sur le patrimoine.

– Ils ont voulu partir, qu'ils aillent ! marmonnait-il quand, par hasard, la conversation revenait à ce sujet. Et personne ne se serait avisé de dire autre chose !

Sa femme voulut revoir ses enfants en cachette. Elle s'en ouvrit à Jeanne Mariaz qui, comprenant combien une mère de famille peut souffrir en cette circonstance, lui ménagea une entrevue chez elle. Jean-François fit passer le mot à Xavier et à Jean. Tous les deux, plus l'épouse de Xavier, arrivèrent à l'Essert un dimanche après-midi.

Les Vêpres une fois terminées, Jeanne emmena Claudine Rey à la maison et la laissa dans le pèle en compagnie de ses enfants. La mère put enfin laisser épancher son cœur de toute l'affection qu'elle retenait. Elle pleura toutes les larmes de son corps, et il lui semblait que cela lui faisait du bien. À travers ses larmes, elle regardait obstinément le visage de Jean et de Xavier pour s'en imprégner jusqu'aux tréfonds d'elle-même avant d'en être séparée pour toujours.

Elle voyait pour la première fois la figure de Léonie, la femme de Xavier. Assise près d'eux, elle leur prenait les mains et les arrosait de ses larmes. Que se dirent-ils?... Peu de choses! Les mots étaient impuissants à exprimer la tension de la rencontre et de la séparation.

Au bout d'un moment, elle sortit d'un sac de toile qu'elle portait toujours avec elle, une maille, c'est-à-dire un gilet de laine, qu'elle avait tricotée en secret pour chacun d'eux.

A sa belle-fille, elle offrait une croix en or montée sur broche. Elle l'avait payée elle-même, sur ses économies, le peu d'argent que lui laissait son mari pour le ménage. Tous les quatre se mirent alors à genoux pour prier Dieu, mais les paroles de la prière ne purent pas sortir de leurs lèvres... Ils restèrent là un long instant, se tenant par les épaules et goûtant le bonheur d'être ensemble! Paradoxalement, une joie intérieure s'installa en eux. La mère, le visage rasséréné, se leva et prononça sur eux la prière de bénédiction. Elle tenait la place du père. Jeanne Mariaz leur avait préparé une collation. Claudine ne s'attarda pas car elle ne voulait pas rentrer trop tard à la maison... François Rey pourrait se poser des questions!

Tout en marchant vers le domicile conjugal, elle se dit qu'il faudrait qu'elle aille à confesse, car elle s'était surprise à souhaiter du mal à son mari, qui la privait de ses enfants.

– Les conversations lors des veillées de l'hiver abordaient chaque fois le sujet de l'émigration :

– Pourquoi partent-ils si loin ?

– N'ont-ils pas de respect pour leurs vieux parents ? Se plaisent-ils donc si peu parmi nous ?

– Que trouveront-ils là-bas ?

– Reviendront-ils un jour ?

Les avis étaient partagés, mais beaucoup n'arrivaient pas à comprendre... Ils les traitaient d'ingrats et d'aventuriers. Une fois rendus sur place, ils seront la proie des affairistes, ils perdront le peu d'argent qui leur reste et la honte les empêchera de revenir au pays !

Les conversations allaient bon train... sur le compte de Joseph à Tienne :

– Qu'est-ce qu'il va devenir ?

– Est-ce qu'il pourra encore partir ?

– Vous allez voir qu'il va marier la Lucie !

– Oh ! Si elle n'est pas déjà dans son lit...

– Elle sait y faire, la garce !

– Mais elle remplacerait la mère pour ces deux petits, et ce serait une bonne chose !

– Tu ne la connais pas... Elle, c'est l'homme qui l'intéresse. Joseph devrait s'en méfier !

À la fin janvier, Jean-François et Maurice se rendirent chez Joseph Vuilloud. Ils voulaient connaître sa décision après la mort de sa femme. Ils trouvèrent la maison bien rangée, les enfants propres, et la Lucie en train de ravauder quelques draps. Ils eurent vite l'impression que Félicie était déjà remplacée, et que personne ne s'en plaignait, surtout pas les enfants. Leur mère, du fait de sa santé chétive, les avait négligés et s'intéressait peu à eux.

– Tu nous excuseras de cette visite, Joseph, mais nous voulions savoir si tu es toujours disposé à partir avec nous. Qu'est-ce que tu en dis ?

– Oh, pour cela, il n'y a pas de changement. La mort de Félicie n'a rien changé à ma décision. Vous savez, je m'y attendais. La Lucie est décidée à venir avec moi pour s'occuper des enfants. Ici, elle n'a pratiquement pas de famille. Elle remplacera leur mère. Pensez-vous que cela soit possible ?

Jean-François avait tout de suite jugé la Lucie. Il pensait que c'était une bonne femme et qu'elle

ferait l'affaire et de Joseph et des enfants. Il ne voyait pas le pauvre Joseph tout seul...
Pas bien dégourdi, il ne pourrait faire face aux difficultés qui l'attendent et il risquerait de faire le malheur de ses enfants.

– Il faudrait, dit Jean-François, régulariser la situation, faire les papiers en règle, et pour cela revoir François Vouilloz.

– Est-ce que vous croyez qu'il est possible de nous marier avant de partir, lâcha Lucie tout-à-trac. Un silence gêné suivit. Joseph ne disait rien. Jean-François prit la parole :

– C'est bien un peu tôt après la mort de Félicie. Qu'est-ce qu'on va dire dans la paroisse ?

– On dira ce que l'on voudra. La mort, personne n'est allé la chercher, et ces deux enfants n'ont pas demandé à venir au monde. Joseph et moi, nous sommes d'accord pour nous marier avant de partir. Il vaut mieux être mari et femme pour entreprendre ce long voyage. Cela doit certainement être possible. Quitte à faire cela en secret devant Monsieur le Curé.

– Le mieux, ce serait de lui en parler, conclut Jean-François.

Le départ de La Chapelle-des-Frasses

Monsieur Chevallier ne fut qu'à moitié surpris de voir Joseph Vuilloud arriver chez lui, ce soir-là, et de l'entendre faire sa demande. Vu les circonstances, il pensa qu'il valait mieux brusquer les choses. Il avait le concubinage en horreur, et il ne l'aurait pas toléré dans sa paroisse. Rigide quant à la morale et à son application, il était bienveillant pour les personnes. Il dit à Joseph qu'il devait demander à Monseigneur les dispenses nécessaires, et qu'il allait le faire immédiatement. Il devait justement faire porter au Greffe de l'évêché les actes de l'année écoulée. Le mariage aurait lieu avant le départ pour l'Argentine, un matin en sacristie. Il ne fut pas surpris, non plus, de noter les noms des témoins de ce mariage improvisé : Jean-François Mariaz et Maurice Vernaz.

Il s'inquiéta si Lucie s'occupait bien des enfants et du ménage. C'était pour lui un critère de vérité. Il recommanda à Joseph de s'abstenir de toutes relations charnelles avec elle et de faire lit séparé. Connaissant la fille et son passé, il savait que cette recommandation n'était pas superflue. Ils auraient à se confesser et à communier avant le mariage... C'était la norme !

Un dimanche de février, M. le Curé annonça au prône que Joseph Vuilloud et Lucie Trabichet allaient recevoir le sacrement de mariage. Publication de ce mariage était faite pour la seule et unique fois, Monseigneur ayant dispensé des deux autres bans. Mais il ne dit rien de la date du mariage, il la gardait secrète. Pour l'essentiel, cette publication mettait au clair devant toute la paroisse l'état matrimonial de ces deux-là qui n'avaient pas eu le temps d'être fiancés. Aucun murmure ne parcourut l'assistance à l'église ; les commentaires devaient être pour après, le long des chemins et des maisons.

Et le mariage eut lieu comme prévu, un matin à cinq heures, avec l'unique assistance de Jean-François et de Maurice, témoins requis. La mère de Joseph avait accepté de venir garder les enfants pendant ce temps-là.

Soit à cause du secret, soit à cause de la mort récente de Félicie, les jeunes de la paroisse n'organisèrent pas de charivari.

Ainsi, tout était prêt pour le départ.

M. le Curé avait tenu à ce que ceux qui allaient partir pour un voyage aussi aventureux fassent leur devoir religieux... Ils devaient se confesser et communier. Le dernier dimanche de février, ils étaient à la petite messe du matin pour y faire la communion et recevoir la bénédiction de leur pasteur.

Après la messe, les trois couples de La Chapelle-des-Frasses, qui allaient partir pour l'Argentine, vinrent se mettre à genoux devant la table de communion. Ils tenaient en main un cierge qu'ils allaient offrir à l'église de leur village. Invocation de l'archange Raphaël qui accompagna Tobie dans son voyage – chant du *Benedictus*, le cantique qui accompagne le défunt lors de son dernier voyage pour l'éternité – longue prière du prêtre qui rappelle le voyage d'Abraham et celui des Hébreux vers la terre promise.

« Que le secours de Dieu vous protège sans cesse. Au nom du Père...»

Pour terminer, Monsieur Chevallier remit à chaque chef de famille une image de Jésus crucifié, portant au dos une prière.

– Gardez-la précieusement, leur recommanda-t-il, et dites cette prière tous les soirs. Dieu ne vous abandonnera jamais.

Lucie était là, à genoux, comme Claudia et Péronne, femme parmi les autres pour recevoir sa part de bénédiction.

Il n'y eut pas assez de soirées, au cours de ce mois de février, pour aller à la veillée ici et là, chez les cousins, les voisins, les amis. Chacun voulait les voir et les entendre une dernière fois. La veillée se passait en écoutant les vieux raconter des histoires du temps passé, et ceux qui allaient partir tâchaient de s'en imprégner pour ne pas les oublier. Ils les emporteraient avec eux, mémoire de leur passé savoyard, et ils les raconteraient à leur tour à leurs enfants.

On n'avait pas le cœur à danser... On savait que M. le Curé n'y tenait pas. Ce n'était pas le moment de lui désobéir ! La veillée passait vite. Avant de se séparer, quelqu'un de la maisonnée faisait la grande prière habituelle, et ajoutait quelques Notre Père et Je vous salue Marie pour demander la protection en faveur des partants.

Dans la nuit, la lumière des falots dirigeait les pas de ceux qui rentraient chez eux. Les pieds crissaient sur la neige, il faisait froid. Instinctivement, on rentrait la tête dans les épaules.

Chaque soirée était prise. Le temps passait vite. La journée était accaparée par la préparation du matériel ; celui que l'on emportait et celui qu'on laissait à la famille.

Joseph Maxit s'était réservé deux ou trois soirées par semaine pour les passer en compagnie de son beau-frère et de son neveu. Soit qu'il les invitât avec la famille, soit qu'il se rendit à l'Essert avec son épouse. Sous prétexte de s'inquiéter de ce qui allait se passer, il voulait par là manifester sa sympathie et les encourager. Il n'en aurait tenu qu'à lui, il se serait mis du voyage. Surtout, il apportait à Jeanne, sa sœur, un réconfort et un encouragement. Jean-François n'oublierait jamais la présence chaleureuse de son oncle.

Il fut convenu que le départ des trois familles de La Chapelle-des-Frasses se ferait en commun, le lundi 4 mars au matin pour rejoindre Monthey. Des voisins viendraient avec leur char et leur jument pour procéder au transport des personnes et des marchandises.

Joseph Mariaz et sa femme, ainsi que leurs enfants, se tenaient sur le devant de la maison. Joseph, très ému, tenait sa femme par le bras ; celle-ci agitait un mouchoir en direction des partants, au moment où ils descendaient le chemin. Elle le fit jusqu'à ce qu'elle les perde de vue. Claudia répondait à ce geste, ses enfants élevaient leurs petites mains en direction de l'Essert. Malgré toute l'agitation du départ, Jean-François garda présente en sa mémoire l'image de ses parents, appuyés l'un sur l'autre, lui disant : « Au revoir et bonne chance ! »

Il trouva sur la place du village un groupe d'hommes qui faisait cercle autour d'un char attelé. Il y avait là François Cruz, le syndic, Joseph Desportes, l'instituteur, l'oncle Joseph Maxit, le vieux Adolphe Vuilloud, et d'autres. Le char était déjà prêt pour la route. Il portait les affaires de Joseph à Tienne, de ses enfants et de sa nouvelle femme. Ces derniers étaient entrés au cabaret Marchand pour se réchauffer. Jean-François aida Claudia à descendre. Elle portait le petit Jules bien emmitouflé dans un couffin. Tout ce petit monde entra au cabaret, en attendant l'arrivée de la voiture qui était montée chercher les affaires de Maurice Vernaz.

Il ne faisait pas bon rester dehors, ce matin-là. La neige crissait sous les souliers. Un ciel entièrement dégagé, d'un bleu foncé, ourlait les crêtes des montagnes. Le soleil n'était pas encore levé. Ses premiers rayons frappaient la cime des Cornettes. Le cours de la rivière se drapait d'un halo de brume. La journée s'annonçait belle.

Le bruit des grelots d'un cheval fit tourner la tête des hommes qui piétinaient sur place. Célestin Revuz arrivait avec son char, portant les affaires de Maurice Vernaz. Ce dernier se tenait assis au milieu des caisses, protégeant Péronne des heurts possibles et donnant la main aux deux enfants. Péronne sauta à terre sans difficulté ; sa grossesse ne la gênait pas.

Elle semblait radieuse... Elle ne pouvait masquer sa joie de partir ! Même sa grossesse lui donnait de l'avantage ! Elle attrapa ses enfants et s'engouffra avec eux au cabaret Marchand. Elle y retrouva Claudia et Lucie et les embrassa. Ces trois jeunes femmes étaient devenues des amies. Elles allaient avoir à affronter ensemble les épreuves du voyage. Claudia, plus réservée, donnait un coup d'œil à l'ensemble et ne perdait rien de ce qui se passait. Péronne se trouvait en pleine forme, elle réchauffait le cœur de ses compagnes par ses réparties et ses rires. Quant à Lucie, elle se faisait toute petite, tenant près d'elle les deux enfants de son mari apeurés par tout ce remue-ménage. Elle se contentait de sourire. Son regard allait de l'un à l'autre, des mamans aux enfants, leur portant un sourire. Elle n'avait pas froid aux yeux. Ce sourire réconforta le cœur de Claudia.

Célestin Revuz étendit une couverture sur le dos de son cheval, et tous ces hommes entrèrent chez Marchand. L'ambiance monta d'un cran. Joseph Maxit paya une tournée. Le syndic ne voulut pas être en reste.

Joseph Desportes fit de même, ainsi que le vieux Vuilloud. On se congratula, on souhaita « Bonne chance ! » aux partants, et on promit de s'occuper, en leur nom, des familles qu'ils laissaient. Les émigrants promirent de leur côté de donner des nouvelles une fois qu'ils seraient installés là-bas... Ils diraient la vérité sur la situation qui sera la leur.

Et ce fut le départ. Les femmes et les enfants furent bien installés, habillés chaudement de peaux de renard. Le trajet serait long et le froid était vif. Les hommes montèrent sur le devant du char à côté du conducteur. Chacun de ceux qui partaient tournait la tête vers les maisons de la vallée, regardant chaque chalet, pour s'en imprégner profondément. Ce qu'ils trouveraient en Argentine ne ressemblerait en rien à ce qu'ils laissaient derrière eux.

Les chars glissaient sur la neige. Malgré la lourdeur du chargement et la pente du chemin, les chevaux avançaient bon train. Quand on serait de l'autre côté du col, au village des Verrières, on changerait de chars. À cet endroit-là, la route n'est plus encombrée de neige et les patins de bois deviendraient inutiles. Il faudra prendre un char avec des roues.

Pendant toute la montée, Jean-François et Maurice regardaient la vallée sans rien dire. La neige recouvrait la prairie et la forêt, s'étendant à toute la montagne. Ils devinaient les passages des chemins, les chalets d'alpage parsemant la neige ici et là. Un spectacle féérique s'étalait sous leurs yeux. Jamais la nature ne leur avait paru ausi belle !

Dieu leur faisait-il ce cadeau en guise d'au-revoir, au moment où ils quittaient cette vallée ? Une bouffée de joie et de reconnaissance les saisit à l'égard du Créateur. Ils ne doutaient pas de sa Providence.

À un moment donné – mais Jean-François l'attendait ce moment-là – il se retourna pour apercevoir, tout là-haut sur la crête, le chalet d'alpage de La Callaz. Le soleil l'illuminait entièrement et faisait ressortir, même à distance, le toit recouvert de lauzes et les murs de rondins. Il lui faisait ainsi un dernier adieu... Il lui en coûtait de le quitter car il l'avait redressé après l'incendie, et il s'y était attaché. Il y avait passé des jours heureux à poursuivre les marmottes, les bouquetins ou les chamois. Il connaissait par cœur tous les lacets du sentier. Une partie de sa vie y resterait accroché. Mais, plus encore, il savait que ce chalet serait d'une grande utilité pour sa famille. Non, il ne regrettait rien !

Quand ils arrivèrent sur la place de Monthey, une foule était déjà là... Paysans en chapeau, femmes habillées de noir, enfants qui couraient çà et là. Xavier et Jean se détachèrent pour venir les saluer et les accueillir, ils les conduisirent au lieu prévu pour le rassemblement. Il fallait décharger tous les bagages pour libérer les chars et permettre à leur conducteur de prendre le chemin du retour.

Comme il allait être midi, on s'installa pour manger. Tout le monde d'ailleurs fit de même.

À côté du groupe formé par Jean-François Mariaz, Maurice Vernaz, les frères Rey, Joseph Vuilloud, s'installèrent des familles venues de la vallée d'Entremont. On fit connaissance et des liens s'établirent rapidement. Unies par le même destin, ces familles n'avaient pas d'autre richesse que leur confiance en l'avenir radieux qu'on leur promettait et leur foi en la Providence divine. Embarquées pour le même voyage, elles se sentaient déjà solidaires.

Chacune avait son histoire qui l'avait conduite, après bien des détours, sur cette place de Monthey, avec armes et bagages, maris, femmes, et enfants en route pour l'Argentine.

Voici la famille de Cyprien Bruchez, venue d'un village de la montagne, avec sa femme et ses cinq enfants. Lui est dans la force de l'âge : 43 ans. La propriété qu'il cultivait n'arrivait pas à donner du pain pour chacun. L'endettement le terrassait. Il a pris avec lui son père, âgé de 76 ans, et un oncle célibataire qui vivait avec eux. La maison et les quelques terres de la propriété ont été vendues à des voisins.

Cyprien, la mort dans l'âme, a de la peine à se remettre de cette vente. Il est très attaché à son village. Il connait tous les sentiers de la montagne. Il les parcourait avec son fusil à la découverte des chamois, des coqs de bruyère, des perdrix et des lièvres. Son père lui avait enseigné cette science et communiqué cette passion. Mais, maintenant que la Confédération a restreint le droit de chasse, sa liberté s'en trouve amputée. Il a soigneusement empaqueté son fusil... Il pourra s'en servir là-bas.

Jacques Favre est là, avec sa femme et ses deux enfants, venus d'un gros village de la vallée d'Entremont. On le sent un peu plus à l'aise que les autres. Son père s'était enrôlé au service du roi de Naples, et avait rapporté, à son retour, une certaine somme d'argent. Jacques n'est nullement dans l'obligation d'émigrer car sa situation le met à l'aise, mais son esprit curieux lui fait entreprendre le voyage.

« Qu'est-ce qu'il y a de l'autre côté de l'océan Atlantique ? »

Sa famille a essayé de le retenir : peine perdue !

Jean Donnet a été garde du Pape, dans la Garde Suisse au Vatican. Licencié après 1848, il fut contraint de regagner son village natal. Il n'attendait qu'une occasion pour repartir et s'établir ailleurs. À son retour, il avait épousé Marie Zermatten, de dix ans plus jeune que lui. Elle n'avait jamais quitté sa maison familiale.

Ce jour-là, elle tenait ses trois enfants auprès d'elle pendant que Jean s'occupait des formalités. Elle avait le visage défait, les yeux rougis. À Claudia qui s'approcha d'elle pour lui parler, elle dit qu'elle s'était cachée la figure avec ses mains au moment de quitter la maison et qu'elle était restée ainsi prostrée jusqu'au fond de la vallée. Elle ne voulait pas voir son village s'en aller... Elle y laissait sa jeunesse, sa famille, ses amies ! Elle avait pleuré durant tout le parcours.

Quelqu'un s'approcha de Maurice et demanda à Péronne si elle n'était pas trop fatiguée. Il avait remarqué la grossesse de la jeune femme.

– Je m'appelle Joseph Damian, dit-il, et je suis médecin, natif d'Entremont où j'exerce ma profession. Au cours des voyages et de la traversée que nous ferons tous ensemble, si vous avez besoin de mes services, n'hésitez pas à venir à moi. Je ferai tout ce qui sera en mon état pour vous soulager.

– Merci, dit Péronne. Je ne manquerai pas de suivre vos conseils. J'en suis au quatrième mois de ma grossesse. Et voilà mes deux premiers enfants que j'ai eu d'un premier mariage.

– Ils paraissent en bonne santé, dit le médecin, et vous de même. Tant mieux !

Joseph Damian, né en 1823, a suivi les cours de l'école de médecine de Lyon et il a exercé, un temps, à l'Hôtel-Dieu. Revenu dans son pays natal, il a mis sa science médicale au service de ses compatriotes. Quand il a appris qu'un certain nombre d'entre eux allaient partir pour l'Argentine, il décida avec sa femme de se joindre à eux. La philanthropie animait toute sa vie et donnait à sa figure un air rayonnant de bonté. Une belle barbe auréolait son visage.

Tout ce monde attendait avec plus ou moins d'anxiété la suite des événements. Un bruit sourd émanait de cette foule rassemblée. Les hommes causaient entre eux des questions en suspens, les femmes demeuraient assises auprès des bagages comme pour les surveiller, et les enfants ne quittaient pas les jupons de leur mère.

En route pour le Havre

Un coup de fouet claque, et on entend les pas des chevaux qui avancent dans la rue, tirant les lourds chars du pays valaisan. Les têtes se tournent dans cette direction. Le premier char s'arrête devant l'auberge, le conducteur retient ses deux chevaux par la bride. Antoine Coquoz, le voiturier de Martigny, a été chargé de fournir les voitures, les chevaux et les hommes d'accompagnement jusqu'à Bâle. François Vouilloz discute avec lui des conditions du voyage, le temps prévu pour chaque étape, les relais pour les chevaux et l'hébergement pour les hommes.

Il est onze heures du matin. La grande-rue de Monthey est encombrée par les quelques quarante chars qui forment le convoi. Les hénissements des chevaux, les cris et les appels des conducteurs, les pleurs des enfants, le bruit des caisses et des outils que l'on dépose sur les voitures, l'effort et les paroles échangées par les hommes pour le rangement du matériel, tout cet ensemble constitue un spectacle inhabituel. Une grande quantité de curieux s'est attroupée. Les hommes donnent la main et des conseils, les femmes plaignent ces pauvres émigrants. Bien que sceptiques sur le résultat de cette opération, ils gardent devant eux une attitude de respect. Ils ne veulent ni se compromettre ni les décourager, ils les trouvent seulement téméraires et courageux.

Les familles grimpent sur les voitures et prennent place au mieux, dans l'espace laissé libre par les caisses et les outils. Il faut s'installer convenablement car le voyage va être long et particulièrement incommode. Pourvu qu'il ne pleuve pas ! Les mamans ont trouvé un endroit où mettre leurs enfants pour qu'ils puissent dormir tranquillement. Claudia a emporté le berceau de bois familial et elle le cale comme il faut ; elle y dépose son petit Jules bien emmitouflé sous des couvertures et croise sur lui les attaches qui vont d'un point à un autre du berceau pour l'empêcher de verser. L'enfant dort les poings fermés, insensible au bruit et au mouvement qui l'entourent. Maurice a installé Péronne pour qu'elle puisse s'étendre si elle se sent fatiguée ; les roues des chars sur le dur gravier de la route risquent de l'ébranler. Il veut protéger la grossesse de sa femme et permettre à l'enfant qu'elle attend de faire tranquillement le voyage vers l'Amérique. Les enfants ont tous rejoint leur mère. Les hommes donnent un dernier coup d'œil à l'ensemble, resserrant une corde d'amarrage, poussant une caisse pour prendre sa place, et quand tout est paré, sautent sur le char rejoindre femmes et enfants.

Antoine Coquoz donne un ordre, le conducteur du char de tête prend ses rênes en mains et les fait claquer sur le dos de ses chevaux : « Hue ! Bijou et Riquet en avant ! » Et ceux-ci enlèvent la lourde voiture dont les roues de bois cerclées de fer roulent bruyamment sur la chaussée. Un coup de fouet en l'air fait tendre la nuque des deux bêtes qui tirent de toutes leurs forces sur le collier d'attelage. À leur suite, les autres voitures s'ébranlent et le cortège se forme. Les gens de Monthey font la haie des adieux... Les hommes lèvent leur chapeau et les femmes agitent un mouchoir. Beaucoup d'entre elles pleurent.

La colonne des chars quitte maintenant le Valais. Elle s'engage sur le pont qui traverse le Rhône et entre en pays de Vaud. Une page se tourne pour tous ces émigrants. Quelques-uns lèvent la tête une dernière fois vers les montagnes enneigées. Reverront-ils la neige ? Mais la plupart regardent droit devant eux, par-delà la voiture qui les précède, par-delà la route qui sinue, vers un avenir qu'ils essaient de scruter et de deviner. Certains, instinctivement, plissent les paupières comme s'ils voyaient déjà quelque chose dans le lointain ; d'autres serrent la mâchoire pour exprimer leur détermination. Tous sont tendus, et ne veulent pas s'avouer leur inquiétude.

L'après-midi est déjà bien entamée quand le cortège des voitures longe les bords du lac Léman, aux abords de Villeneuve. Le temps s'est levé et les eaux du lac brillent sous un soleil de printemps. La plupart de ces voyageurs en partance pour l'Argentine n'ont jamais quitté leur village de montagne. Ils contemplent bouche bée les rives du lac. Les yeux des enfants regardent avec étonnement les cygnes, les mouettes, les poules d'eau, toute une faune ignorée d'eux. Avec l'insouciance de leur âge, ils posent des questions à leurs parents qui n'en peuvent plus mais pour eux, le voyage va de surprise en surprise.

Mais le lac s'éloigne et la route monte dans l'avant-pays. Le soir tombe au moment où la colonne s'arrête près d'une grande bâtisse. Pendant que les chevaux sont conduits à l'écurie, hommes, femmes et enfants descendent des voitures et font quelques pas pour se dégourdir les jambes. Les bagages restent sur place. Ils seront surveillés pendant la nuit. Une soupe est servie avec du pain et du lard. À chaque famille est attribué un endroit pour passer la nuit dans la grange.

– Interdiction de faire du feu et de fumer ! crie le chef du convoi. Départ demain matin à sept heures. Si tout va bien, nous arriverons à Bâle après-demain. Bonne nuit à tous !

Jean-François est étendu sur le dos. Il a placé entre lui et Claudia le berceau de Jules. Claudia a profité de l'obscurité pour dégraffer son corsage et donne le sein au petit. Pendant que celui-ci est en train de têter avec gourmandise, Jean-François pense à tous les événements qui viennent de se passer. Il se fixe dans la mémoire les traits de ses parents, l'image du chalet familial : « Que font-ils à cette heure ? se demande-t-il. Sûrement qu'ils ne dorment pas non plus ! Pourvu qu'ils tiennent ! »

Un moment d'angoisse l'étreint. Il fixe la nuit et perçoit les bruits qui proviennent de tous ces corps rassemblés. La première nuit sur le chemin de l'émigration ! Quand Claudia repose Jules dans son berceau, leurs mains à tous les deux se rejoignent et se croisent au-dessus de l'enfant, comme pour le protéger. Cette jonction de mains les calme. Il entend la respiration régulière de François-Joseph et de Marie-Henriette qui dorment près de leur mère. Alors, Jean-François s'endort à son tour.

Le lendemain matin tout ce monde s'ébroue. On enlève les brins de paille et de foin qui restent attachés aux habits et on fait une toilette sommaire au bachal. Les garçons d'écurie ont brossé les chevaux, fait le pansage et donné l'avoine. Tous s'affairent pour que le départ ait lieu à l'heure dite ; les chevaux sont attelés. Chaque chef de famille compte et recompte le nombre de ses objets pour bien s'assurer, avant le départ, qu'il ne lui manque rien. Et la colonne s'ébranle dans le cri des voituriers qui poussent leurs chevaux, le bruit des chars sur le pavé et les aboiements des chiens.

– Combien sommes-nous ? demande Jean-François au chef du convoi.

– Trois cent-soixante-sept personnes en tout, répond celui-ci, dont deux-cent-quatre-vingt-dix-huit grandes personnes et soixante-neuf enfants. Tous viennent du Valais et partent pour l'Amérique du Sud. À Bâle, nous rejoindra un groupe de vingt-trois personnes en provenance de Suisse alémanique ; ils parlent le suisse-allemand. L'effectif complet du voyage vers l'Argentine comprendra trois-cent-quatre-vingt-dix personnes, soit trois-cent-douze grandes personnes et soixante-dix-huit enfants.

Quand le cortège traverse un village, tous les habitants sortent sur le pas de la porte de leur maison et regardent ce défilé pittoresque.

– D'où viennent-ils ? Où vont-ils ? se demandent les gens.

– Ce sont de pauvres laboureurs de la montagne que le Gouvernement envoie aux Amériques pour se débarrasser d'eux, entend-on parfois.

Et le bruit se colporte. Si bien que les émigrants n'ont qu'une hâte... terminer ce périple harassant pour ne plus être exposés aux sarcasmes des populations !

La première partie du voyage s'achève devant la gare de Bâle. Quel événement ! Ils avaient bien entendu parler du chemin de fer, de la voiture qui roule sur des rails métalliques, mais ils étaient loin d'imaginer la réalité. La ligne de chemin de fer de Paris s'arrête à Bâle ; elle passe par Strasbourg. Justement, entre en gare un train composé de plusieurs wagons tirés par une locomotive. Celle-ci a de quoi faire peur ! Elle émet un panache de fumée, crache de tout côté de la vapeur et fait un bruit sourd d'une machine en ronflement. Sa masse impressionne les nouveaux arrivants.

Ils voient les grandes roues de fer reliées les unes aux autres par un jeu de bielles et, sur la galerie à l'arrière, deux hommes noirs de charbon et de fumée. Ils entrent dans le monde de la mécanique, et cela les change totalement du monde rural où ils sont nés. Instinctivement, ils ont peur de ce monstre qui les fascine.

Devant la gare, François Vouilloz les attendait. Il fait décharger les voitures et tout le matériel passe à l'intérieur de wagons en bois.

Il remet à chaque chef de famille les billets nécessaires au voyage. En attendant l'heure du train, chacun s'installe pour se reposer ou fait quelques pas pour se dégourdir les jambes. La fatigue se fait sentir. Mais ils se rendent compte qu'ils ne partent pas à l'aventure.

Tout a été bien réglé, et cela les conforte dans leur assurance. Ils restent entre eux. Tout autour d'eux, il n'entendent que le parler allemand, langue à laquelle ils ne comprennent rien.

Le train qui va les conduire au Havre vient de se former en gare. Ils regardent les wagons de bois qui vont les accueillir pour ce premier voyage en chemin de fer. Chaque wagon comporte plusieurs compartiments où l'on se tient face à face, assis sur une banquette. Une porte, dominant quelques marches de bois, ouvre sur l'habitacle.

Au moment de quitter le sol de la Confédération et de grimper à l'intérieur des wagons, dont les roues reposent sur des rails, il leur semble tourner définitivement le dos à leur petite patrie. De l'autre côté de Bâle, c'est la France. C'est déjà un pays étranger.

Et pourtant chacun d'eux monte allègrement à la place qui lui a été réservée, famille par famille. Jean-François et Maurice se trouvent dans le même compartiment. Ils installent leur femme et leurs enfants le mieux possible. Ni Claudia ni

Péronne ne paraissent fatiguées. Les frères Rey partagent le compartiment voisin avec Joseph Vuilloud et sa famille.

Le comportement de Lucie, la femme de Joseph, a fait l'admiration des autres tout au long du voyage par la route. Elle s'occupe des enfants comme s'ils étaient les siens – d'ailleurs ceux-ci le lui rendent bien – Elle est toujours à sa place là où il faut, à la fois discrète et attentive. Péronne veut profiter de ce qu'elle se trouve seule avec Claudia pour lui en faire la remarque :

– Tu vois, on aurait été tentées de la repousser auparavant... On la connaissait mal ! Le voyage m'apprend beaucoup de choses.

– Tu as raison, dit Claudia, et je crois que nous n'avons pas fini d'en apprendre. En tout cas, nous formons un bon groupe. Pourvu que cela continue et que Dieu nous vienne en aide !

Elle se signa dévotement et fit un signe de croix sur le front de Jules qui remuait dans son berceau. Elle fit de même pour ses deux autres enfants. À son tour, Péronne l'imita.

On ne sait pas si elle fit ce geste à cause de la phrase qu'elle venait de prononcer ou bien à cause de l'ébranlement du train, car au même moment le train se mettait en route. Un coup de sifflet strident avait été émis par la locomotive qui crachait une fumée noire et rejetait sa vapeur d'eau autour d'elle.

Les wagons roulèrent tranquillement sur la voie ferrée, dans un bruit de ferraille, puis prirent de la vitesse. À travers la fenêtre, chacun essayait d'apercevoir le pays traversé et les cultures qui l'ornaient.

On s'arrêta à Strasbourg pour permettre au convoi de changer de locomotive. Le trajet reprit en direction de Paris, où l'on arriva dans la soirée. Une halte était prévue pour la nuit, avec interdiction de sortir de la gare. Mais l'interdiction était inutile... Paris, la ville de l'insurrection de 48, faisait trop peur à ces montagnards pour qu'ils aillent s'y perdre !

Le lendemain matin, le train repartait en direction du port du Havre où il arriva au début de l'après-midi.

Une forte odeur de mer et d'eau salée arrivait à leurs narines. Quand le train s'immobilisa, ils virent, à quelques mètres seulement, des bateaux qui dansaient sur l'eau. Ce spectacle, tout nouveau pour eux, enchantait petits et grands. Il leur faisait oublier la fatigue du voyage. En mettant pied à terre sur le quai de la gare, six jours s'étaient écoulés depuis qu'ils avaient quitté La Chapelle-des-Frasses.

Ils n'en revenaient pas de leur étonnement.

– Tu vois, Lucie, dit Joseph Vuilloud à sa femme, j'en ai vu plus que mon père et ma mère. Si je retourne au pays, je pourrai en raconter des choses !

– Eh bien, moi, répondit-elle, je n'ai pas l'envie de retourner ! Je n'ai qu'une hâte, c'est d'arriver là-bas pour nous établir.

Pendant que les commis du port déchargaient tout leur matériel et l'entreposaient dans des docks, les arrivants furent logés dans des maisons de bois qui venaient d'être construites à l'intention des émigrants pour le Nouveau Monde. Les locaux étaient propres. Ils purent ranger leurs affaires, s'occuper de leur toilette, préparer le repas et se détendre. La plupart se ressentait des courbatures dues à la fatigue du voyage en chemin de fer. Ils allaient pouvoir dormir et se reposer en attendant de prendre la mer.

À bord du Mary Mac Near

Le port du Havre était en plein essor. L'arrivée de Napoléon III sur le trône de l'Empire français avait favorisé son commerce avec l'Angleterre, les États de la Mer du Nord, et l'ensemble du Nouveau-Monde, en particulier les États-Unis d'Amérique du Nord. La voie ferrée le mettait en lien avec Paris, Lyon et les pays Rhénans. Son activité incessante attirait la curiosité des nouveaux venus. Ceux-ci se trouvaient plongés dans un monde inconnu.

Pendant que les femmes s'occupaient de laver du linge et de préparer le repas, Jean-François, Maurice, Joseph et les frères Rey voulurent découvrir le port. Ils s'approchèrent de la tour François Ier qui marque l'ouverture vers le large. À son faîte, se dresse le mât des signaux pour la manœuvre des bateaux qui entrent et qui sortent. Deux voiliers sont justement en train de manœuvrer pour s'approcher. Ils admirent la précision de la manœuvre. De nombreux bateaux sont là, amarrés le long des quais, attendant on ne sait quoi. Nos hommes sont tellement intimidés devant cet univers toujours en mouvement qu'ils n'osent rien demander. Ils ont peur d'être rabroués, car ils ne connaissent rien de tout cela. Ils passent ensuite sur la jetée, face au large. Le vent leur apporte le goût des embruns. On a édifié là des baraquements qui attirent la curiosité des passants : ménageries, marchands d'oiseaux exotiques, tirs à la carabine, guinguettes où l'on déguste les huîtres de la rade accompagnées d'un petit vin blanc. Nos hommes se contentent de passer... Ils n'ont pas d'argent à dépenser.

Au retour, ils admirent le nouveau bâtiment de la Compagnie des docks-entrepôts, signe de la prospérité du Havre. Ils se hasardent à poser une question à un vieillard assis sur un banc, en train de fumer sa pipe.

– Ce bâtiment a été inauguré il y a quelques jours, exactement le 9 mars de cette année 1857, leur dit-il. Et vous, à ce que je vois, vous n'êtes pas des marins ! Où vous rendez-vous comme ça ?

Et ils lui expliquent la raison et le but de leur voyage.

– Eh bien, mes pauvres enfants, j'aime mieux ma place que la vôtre... Qu'est-ce que vous allez faire dans ce foutu pays ? Allez, bonne chance !

Ils reviennent à leur point de départ. Le repas est prêt, et déjà les familles sont réunies pour manger. Un mot de salutation à ceux que l'on commence à mieux connaître. Les liens se sont soudés entre ces montagnards issus de villages épars, une conscience commune commence à naître. Elle va prendre corps durant les six jours qu'ils vont passer au Havre dans l'attente de prendre la mer. Six jours de monotonie et de longue durée... Quelques-uns en profitent pour faire des achats, des denrées pour l'ordinaire du voyage, des vêtements et de la quincaillerie. Les prix sont bien meilleur marché qu'à Monthey ou Martigny !

Heureusement, le moment du départ est arrivé, mettant fin à cette longue attente qui use les nerfs. Le *Mary Mac Near* est accosté au quai, voiles repliées.

Chacun regarde ce bateau qui va les conduire vers l'Amérique du Sud. Il danse sur l'eau tranquille du port. Que sera-ce en haute mer ?

Ce frèle esquif pourra-t-il tenir ses promesses ? Ou, au contraire, ne va t-il pas sombrer au cours des tempêtes de l'océan, les entraînant tous, corps et biens ? Durant tous ces jours, ils ont entendu pas mal d'histoires de naufrages racontées complaisamment par les matelots du Havre. Ils ne sont pas rassurés du tout.

François Vouilloz a rassemblé les chefs de famille. Il leur donne ses dernières instructions et leur rappelle les conditions du voyage sur le bateau. Il leur distribue ensuite les billets de passage comportant le nom du chef de famille et le nombre de personnes qui demeurent avec lui. Le billet porte l'en-tête de la Compagnie P. Morisse, quai Casimir Delavigne, au Havre. « Départs réguliers pour New York et Buenos Ayres ». Il surveille l'embarquement de tout le matériel : caisses de toutes grandeurs, malles bardées de cuir, machines agricoles, fourneaux. Cet ensemble est si hétéroclite qu'un ouvrier mal intentionné aurait vite fait de soustraire quelque chose... Un pauvre trouve toujours un plus pauvre que lui qu'il peut dépouiller de ses quelques hardes !

Quand tout a disparu dans les entrailles du navire, François Vouilloz fait aligner les trois-cent-quatre-vingt-dix personnes, famille par famille, devant le *Mary Mac Near* rangé à quai.

– Je vous présente Monsieur Martin Schaffner, de la maison Beck et Herzog, qui vous accompagnera pour toute la traversée. C'est à lui que vous aurez à faire pour toute demande ou réclamations. Il est responsable de vos personnes et de vos biens jusqu'à l'arrivée à Buenos Ayres. Il vous remettra, alors, directement entre les mains de Monsieur Charles Beck. Il va contrôler vos papiers au moment où vous monterez à bord, et vous indiquera votre place. Je vous souhaite une heureuse traversée et une bonne arrivée en République Argentine.

Un tonnerre d'applaudissements lui répond de la part de toute cette foule rassemblée là. François Vouilloz était un honnête homme et il avait pris soin de chacune des familles embarquées dans cette aventure. Ce qui n'était pas le cas de Martin Schaffner.

– Tu vois la tête de ce Suisse-Allemand, dit Maurice à Jean-François, à voix basse. M'est avis qu'il ne sera pas commode avec nous une fois que le navire aura largué ses amarres. Pour l'instant, il fait une drôle de grimace !

Le capitaine du voilier assistait à l'embarquement. Les matelots aidaient au rangement de tout ce monde. Et quand chacun eut pris place dans l'entrepont, Jean Rey nota dans son calepin : « 18 mars 1857 : embarquement à bord du *Mary Mac Near* pour l'Argentine ».

On fit connaissance avec l'intérieur du bateau, on rangea ses affaires dans la cabine affectée à chaque famille pour faire sa cuisine et pour dormir. Les enfants s'en donnaient à cœur joie pour monter et descendre les escaliers qui reliaient l'entrepont à la surface.

La première journée passa ainsi. On essayait de questionner les hommes de bord. Aucun ne répondait. Schaffner s'isolait dans sa cabine. L'attente recommençait et l'entassement, jointe à la promiscuité de tous ces gens, faisait surgir entre eux des points de friction, des disputes pour une place ou pour une sortie sur le quai. L'attente dura quatre jours !

Le matin du cinquième jour, le dimanche 22 mars, ils sentirent le bateau bouger et craquer de toute part ; on avait retiré les glissières de passage et tout le monde était consigné à bord. La marée était haute et le vent venait de se lever. Les voiles furent larguées, dans un bruit qui s'unissait aux cris du capitaine qui commandait la manœuvre. Elles se tendirent et prirent le vent. Le bateau ahanait entre cette force qui le tirait en avant et les cordages qui le retenaient à quai. Ceux-ci largués à leur tour, le navire fila dans la rade, passa près de la tour François Ier où le drapeau du sémaphore claquait au vent et gagna rapidement la haute mer. La terre de France s'éloignait dans la brume... La véritable aventure commençait.

Pendant cette opération, les émigrants s'étaient réunis par groupe pour confier à Dieu-Tout-Puissant leur vie et leurs espoirs. Ils n'oubliaient pas que ce jour-là était un jour de dimanche et se rappelaient la messe à leur église paroissiale d'origine. Plus ils s'éloignaient matériellement, plus ils s'en rapprochaient moralement. Les Valaisans chantaient leurs cantiques traditionnels. Leur voix forte emplissait tout l'intérieur et réjouissait leurs compagnons. L'un d'eux fit une prière à Dieu et à la Vierge Marie au nom de tous ceux qui partaient en voyage. Il exprima le regret qu'un prêtre ne soit pas présent parmi eux pour célébrer la messe, et il leur dit que le curé de sa paroisse avait promis de penser à eux chaque dimanche à la messe paroissiale.

Les paroissiens de La Chapelle-des-Frasses, petit groupe au milieu de cette troupe de Valaisans, se retrouvaient autour de Jean-François. Celui-ci lut la grande prière sur le livre que sa grand-mère lui avait remis avant le départ, et on pria en pensant aux parents que chacun avait laissés là-haut. – Que faisaient-ils en cette matinée ? Sûrement ils parlaient d'eux – Cette pensée nostalgique provoqua quelques larmes aux yeux de Claudia et de Léonie. Elles revoyaient, presque à les toucher, leur père et leur mère. Seules, Péronne et Lucie ne pleuraient pas. Elles avaient tiré un trait sur leur passé, car il n'évoquait pour elles ni joie ni affection.

À genoux, à même le plancher, elles tenaient leurs enfants par les épaules, comme pour les protéger, et les serraient contre leur taille. Lucie, qui enviait le ventre déjà arrondi de Péronne, fit une prière instante à Dieu pour qu'il la bénisse et qu'elle ait un enfant de Joseph. Et au moment même où elle faisait cette prière, comme elle fermait les yeux, elle tomba lourdement sur le sol. Les autres femmes se précipitèrent auprès d'elle pour la relever, mais elles virent qu'elle avait eu un malaise. Elle était blanche comme une morte ! Elles l'étendirent sur une paillasse, dégrafèrent un peu le haut du corsage pour qu'elle puisse respirer et lui frottèrent les tempes avec de l'eau d'oranger. Au bout d'un moment, Lucie revint à elle, tout effarée de voir les visages de ses compagnes penchées sur elle.

Cela n'avait été qu'une alerte. Elevée d'une manière rigoriste chez les Sœurs et nullement préparée à son rôle de femme, Lucie ignorait une part du mystère du corps féminin. Pour elle, les règles, ou périodes, comme on disait, étaient un embêtement passager et désagréable dont il ne fallait rien dire tout en se protégeant au mieux par un amas de chiffon. Elle ne s'était pas aperçue, du fait du voyage et de l'accaparement de tant de choses nouvelles, que ses règles n'étaient pas revenues. Elle portait encore l'insouciance de la jeunesse. Joseph, lui, était tout apeuré.

Claudia, en femme avisée, avait deviné que la cause de ce malaise pouvait se trouver là. Elle attendit qu'elle se remette et que les enfants soient occupés ailleurs. Elle n'eut pas à attendre longtemps car, d'un seul coup, la voix d'un Suisse s'éleva et emplit toute la partie de l'entrepont. Une voix bien timbrée qui chantait la louange de Dieu et la complainte de l'émigrant.

Tous écoutèrent, dans le recueillement, ce chant écrit à leur intention.

« Préparons-nous, chers amis du voyage,
le jour du départ est enfin arrivé.
Disons adieu aux amis du village :
Pour l'Amérique il faut nous embarquer.
Pourquoi pleurer et nourrir la tristesse,
puisqu'ici bas il faudra tout quitter ?
Dieu mêmement nous a fait la promesse
De nous revoir dans la Sainte Cité.
Pour quelque temps, nous ne verrons plus la terre ;
Certainement nous ferons de grands yeux,
Souvent aussi tempêtes et tonnerre
annonceront la puissance de Dieu.
Soyons sans crainte de rien ni de personne,
Car Dieu lui-même dictera notre sort ;
Par nos prières très humbles et très bonnes,
Tous nous serons conduits jusqu'au bon port ».

Des applaudissements saluèrent la péroraison. Ce chant allait droit aux cœurs de tous ces émigrants. Maintenant, embarqués sur le même bateau et liés par le même destin, ils se sentaient tous frères. Ils firent le serment de s'entraider en toute circonstance, dans le présent et dans l'avenir, jusqu'à la mort. Tous s'étaient levés pour prêter le serment.

Claudia profita de cet instant où les regards étaient dirigés vers le groupe, pour s'approcher de Lucie.

– Quand as-tu eu tes périodes pour la dernière fois ? lui demanda-t-elle.

– Je ne m'en souviens pas. Il y a déjà pas mal de temps.

– Essaie voir de te rappeler !

– Peut-être au début du mois de février ! Tu n'as rien eu depuis ?

– Non ; ça, je m'en serais rappelé.

– Je crois que tu es enceinte, lui dit Claudia à mi-voix. C'est pourquoi tu as eu ce malaise.

Lucie, dans sa joie, prit la tête de Claudia dans ses bras et l'embrassa. Elle pleurait, cette fois de bonheur. Elle aussi, elle attendait un enfant de l'homme qu'elle aimait.

Dans l'après-midi, les émigrants eurent l'autorisation de monter sur le pont. Toute terre avait disparu, l'océan s'étendait à perte de vue. Seul, au milieu de cette immensité, le bateau allait, poussé par le vent. Que ferait-on s'il venait à sombrer ? Seuls sur l'Atlantique, qui pourrait nous secourir ? Les mères, instinctivement, rapprochèrent leurs enfants près d'elles.

La mer était calme. Le soir, après avoir mangé la bouillie qui servait de soupe, tous se retrouvèrent sur le pont, à l'arrière du bateau. Ils étaient suspendus entre le ciel et l'eau, comme une coquille de noix, mais la beauté du soir balayait toute peur. La lune brillait et éclairait la mer tranquille. Des poissons phosphorescents jouaient avec les vagues et trouaient l'eau noire. Alors un chant s'éleva de ces fortes poitrines pour rappeler le pays natal : chant folklorique, chant religieux. La prière du soir termina, comme à regret, ce moment d'émotion intense, et chacun regagna sa paillasse.

La nuit fut mauvaise. Le bateau roulait et tanguait, la tempête s'était levée. Au matin, grand nombre d'entre eux étaient malades. Le mal de mer venait de faire son apparition et il ne relâcherait pas de sitôt. Au milieu de la chambrée se tenait une bassine, arrimée au plancher, destinée à recevoir les déjections des passagers malades. Mais le roulis empêchait d'arriver jusqu'à elle à temps, même en se cramponnant aux à-côtés ; les vomissements allaient sur le sol...

Certains, pris de vertiges et de nausées, n'arrivaient même pas à se lever et rendaient tout sur place. En quelques instants, l'odeur de l'entrepont soulevait l'estomac. Une puanteur régnait de partout, car il était interdit d'ouvrir les hublots, ne serait-ce que pour changer l'air.

Lucie faisait peine à voir. Livide, elle demeurait immobile sur sa paillasse. Le mal de mer la tenaillait et ne lui laissait aucun répit. Ses compagnes se tenaient près d'elle pour lui passer un peu d'eau sur la figure avec un linge mouillé. Elles l'encourageaient comme elles pouvaient, car elles non plus n'étaient pas très brillantes. Les enfants, pris de panique, se mirent à pleurer. Ce n'était que sanglots et gémissements dans le groupe des émigrants.

Le docteur Damian passait près de chaque malade. Sa médecine était démunie. Il veillait surtout à maintenir l'hygiène et la propreté et s'acharnait à remonter le moral des troupes. Il avait besoin pour cela d'eau propre pour nettoyer les visages et les rafraîchir. Il se dirigea vers la porte de sortie, mais celle-ci était fermée de l'extérieur. Il frappa et appela.

Au bout d'un long moment, deux matelots ouvrirent... Ils apportaient un chaudron rempli d'un liquide noirâtre qui pouvait ressembler à du café. Ils le déposèrent au milieu de la chambrée, y joignirent quelques bouts de pain, et s’en allèrent sans mot dire. Au moment où ils fermaient la porte, un coup de roulis emporta le chaudron qui glissa vers le bastingage ; il heurta au passage un montant de bois et se renversa, répandant le liquide noirâtre sur le plancher...

Tous étaient consternés d’être ainsi parqués comme des bêtes dans l’entrepont, mais aucun n’aurait voulu revenir en arrière.

TROISIÈME PARTIE

LA FONDATION
DE LA COLONIE SAN JOSÉ

En pleine mer

Les jours alternaient avec les nuits, le beau temps avec la tempête, et l'océan apparaissait identique à lui-même. Jean Rey, imperturbable, notait chaque jour de la semaine sur un calepin de voyage, avec la date et les quelques événements qui trouaient la monotonie de l'espace et du temps.

Le plus gros problème que ces émigrants avaient à résoudre était celui de l'eau. On leur en donnait tellement peu que la soif devenait intolérable, sans compter le manque d'hygiène que cette parcimonie entraînait. Le Docteur Damian demanda un rendez-vous au représentant de la Société Beck-Herzog à bord, le sieur Martin Schaffner.

– Il conviendrait, Monsieur, qu'une plus grande quantité d'eau douce soit accordée à tous ces gens. Ils sont dans un état des plus critiques. Si cela continue, quelques-uns ne pourront pas tenir et vont perdre la vie. Je fais appel à votre honneur pour venir en aide à ces compatriotes malheureux et je vous demande d'intercéder auprès du capitaine.

– Ceux qui ont choisi de venir travailler en Amérique, répondit Schaffner, et qui, pour cela, ont quitté leur terre natale, doivent savoir ce que c'est que la fatigue, le dénuement, le courage. Il faut qu'ils apprennent à résister à toutes les fatigues car ils vont au-devant de grandes difficultés. Ceux qui risquent de mourir durant la traversée ne sont pas très solides... De toute façon, ils auraient fait de mauvais colons. Du monde pour prendre leur place là-bas, il y a en aura toujours assez. Allez le leur dire de ma part.

Cette cruauté d'un homme dépassait toute imagination. Il faisait sentir qu'il était seul maître à bord, après Dieu... et il avait dit qu'il ne craignait ni Dieu ni diable !

Lucie restait toujours malade, elle ne pouvait se lever. Son teint livide la faisait ressembler à une morte. Les jours de beau temps, on la portait sur le pont, installée sur une couchette pour qu'elle puisse respirer l'air du large.

Alors, elle reprenait quelques couleurs, ses pommettes rosissaient. Joseph et ses deux enfants n'abandonnaient jamais la malade. Son début de grossesse la mettait à l'épreuve, mais sa forte constitution et les soins de l'entourage lui permirent de garder la vie.

Il ne fut pas de même d'une jeune fille originaire du Valais. Elle avait perdu tout appétit, et rien n'y faisait pour la remettre sur pied. Le bateau ne possédait ni médecin à bord, outre le Dr Damian à qui sa qualité d'émigrant ne donnait aucune autorité sur Martin Schaffner, ni pharmacie. Impossible également d'obtenir pour elle une nourriture meilleure et plus adaptée. Le pire arriva... Elle mourut un matin après d'atroces souffrances. Ses parents étaient effondrés. Il n'y avait pas de prêtre pour lui donner les derniers sacrements, aucune messe de Requiem ne pourrait être célébrée ! Qu'allait-on faire de son corps ? On avertit le capitaine. Celui-ci fit donner un peu d'eau en vue de la toilette funèbre. « Un broc suffira, dit-il, pour la figure et pour les mains. La mer se chargera du reste ! »

Deux matelots arrivèrent avec un grand sac en toile de chanvre. Ils glissèrent le corps de la jeune fille à l'intérieur et cousirent les bords du sac.

Tous les émigrants qui pouvaient se tenir debout accompagnèrent le corps sur le pont; l'équipage se tenait nu-tête, accompagné du capitaine et de Martin Schaffner. Un émigrant dit la prière de l'absoute: *Libera me Domine de morte aeterna*, et tous les hommes continuèrent en chœur. Les matelots prirent le corps et le jetèrent par dessus bord. Un bruit de l'eau répondit à ce geste, et le silence de la mer enveloppa la scène qui se terminait.

Le voilier, lui, continuait sa route. À ce moment, un goéland passa au-dessus de la foule rassemblée, si près qu'il aurait pu toucher quelqu'un.

– C'est son âme qui monte vers le ciel! dit alors un enfant.

Le frère de Péronne, Baptiste, avait donc accompagné sa sœur et son beau-frère. Âgé de vingt-deux ans, il était en bonne santé; d'un tempérament calme, il demeurait souvent à part, se contentant d'une simple parole ou d'un sourire. Françoise, une jeune fille de la vallée d'Entremont, l'avait remarqué; elle avait le même âge que lui. Elle s'était dit qu'elle pourrait faire un heureux ménage avec lui et que, une fois arrivés en Amérique, ils se marieraient. Ils trouveraient bien un prêtre dans ce nouveau pays pour célébrer leur union. Elle cherchait toutes les occasions pour se tenir près de lui, mais il lui fallait agir par ruse, car ses parents n'auraient peut-être pas été d'accord avec cette fréquentation. « On n'épouse pas un étranger ! », disait-on au village. Baptiste, lui, n'avait rien remarqué. Parler de choses et d'autres ne mettait nullement dans la confidence...

Jusqu'au jour où, penché sur le bastingage à regarder la mer, il sentit le corps de la jeune fille près de lui. Il ne l'avait pas vue venir. Elle ne dit rien tout de suite, mais le coude de Françoise appuyait fortement contre le sien, sur le balustre. Il se rendit compte que ce geste voulait dire pas mal de choses ; il se sentait mi-heureux mi-angoissé au-dedans de lui-même, mais il ne répondit pas à cette pression du coude. Il attendit, sans bouger.

– J'ai vingt-deux ans, dit Françoise, et j'aimerais bien me marier. Comme vous, j'ai quitté mon village et je voudrais fonder une famille là où nous allons. Qu'en pensez-vous ?

Elle a profité du bruit du vent dans les voiles pour hasarder cette conversation ; elle tient à rester discrète. « Qui est ce jeune homme ? »

– C'est tout à fait votre droit et de votre âge, répond Baptiste. Seulement, pour se marier, il faut être deux. Vous aviez un promis dans votre pays ? Il est resté sur place ? Il n'a pas voulu vous accompagner ?

– Non, je ne m'étais promise à personne. J'ai rencontré des garçons à la veillée, ou à l'alpage, mais je ne leur ai rien donné. J'attends celui qui sera mon époux. Et si c'était vous ?... Vous avez quel âge ?

La pression du coude se faisait insistante. Baptiste retira le sien. Il se sentit plus à l'aise pour répondre.

– J'ai vingt-deux ans également, comme vous ! Je n'ai pas encore songé au mariage, car à La Chapelle-des-Frasses, mon village d'origine, ma famille était pauvre et je n'avais rien à donner pour nourrir une famille. Maintenant, j'ai encore moins. Je n'ai que l'espérance d'arriver en Argentine et d'y travailler pour m'établir à mon tour. Je ne puis rien promettre pour le moment à celle qui serait ma femme plus tard !

– Nous sommes tous les deux au même point, reprit Françoise, aussi pauvres l'un que l'autre. Vous avez lu dans la Bible l'histoire de Tobie et de Sarah ? Dieu vient en aide à ceux qui mettent en Lui leur confiance et il bénit leur union. Si vous voulez être mon Tobie, je serai bien votre Sarah... Je vous laisse, mes parents m'appellent.

Elle l'avait planté là, et Baptiste en était tout retourné. Il ne savait que penser de cette confidence... jamais une jeune fille ne s'était déclarée de la sorte ! Mais le trouble qu'il ressentait en lui-même l'étonnait : « Serait-ce ce qu'on appelle l'amour ? » Il chercha à se distraire, retrouva le groupe des Chapellans, mais la parole et le visage de la jeune fille revenaient obstinément à lui. La nuit suivante, il se prit à rêver à elle.

Il faut dire que Baptiste était toujours resté dans le cercle familial et qu'il n'avait fréquenté aucune jeune fille.

Il n'en parla à personne. Il se demandait s'il devait fuir cette fille, quelle attitude adopter à son égard, car l'exiguïté du bateau les mettait l'un en face de l'autre. Il s'aperçut que les yeux de Françoise parlaient plus que sa bouche, et même, parfois, un rapide sourire ornait sa figure à son intention. Leurs regards se cherchaient.

Les jours passaient lentement au milieu de l'océan. Pour tuer le temps, un garçon du groupe, un nommé Félicien, âgé de quinze ans, gravait, avec son couteau, ses initiales sur le rebord du bateau. Un matelot l'aperçut. Il vint vers lui, lui dit des injures, le frappa à la tête et lui envoya nombre de coups de pieds dans le bas-ventre. Le jeune homme hurlait de douleur.

Il fallut les séparer, sinon l'autre l'aurait tué sur place, tellement sa colère était furieuse.

On descendit Félicien pour l'étendre sur une paillasse ; il était blême et souffrait atrocement. La fièvre se déclara et il tomba dans le délire. Il mourut trois jours plus tard.

Jean Rey, révolté par un pareil comportement, alla frapper à la porte de la cambuse du capitaine. Il trouva celui-ci en train de banqueter avec Martin Schaffner. La vue des bouteilles vides qui jonchaient le plancher lui indiqua le degré d'ébriété des convives. Il fut plutôt mal reçu. Après s'être plaint des mauvais traitements que subissaient les émigrants de leur part et de la part de l'équipage, il les accusa de gaspiller les vivres, le vin et l'eau qui leur revenaient de droit. Le capitaine, furieux, s'était levé mais l'état d'ivresse qui le tenait le fit rouler à même le sol. Jean Rey restait là, imperturbable, le visage ourlé de colère. Schaffner, qui n'arrivait pas à se lever, donna la main à son compagnon de beuverie pour l'aider à se remettre debout.

– Disparaissez de ma vue, cria ce dernier, sinon je vous fais mettre aux arrêts, les fers aux pieds.

– N'essayez surtout pas de me toucher ! répliqua Jean Rey. Vous n'avez aucun droit sur moi.

Et lentement, pour marquer sa détermination, Jean sortit et ferma la porte. Sur le pont, les émigrants s'étaient rassemblés en silence pour soutenir celui des leurs qui les défendait. Le capitaine eut le temps, par l'entrebaillement de la porte, de voir toute cette masse d'hommes.

Les conditions de nourriture ne s'améliorèrent pas, mais du moins les voies de fait cessèrent.

Le 24 avril, le bateau arrivait sur l'équateur. La chaleur commençait à se faire sentir. Les matelots préparèrent une fête pour ce passage, selon la coutume.

– Attention, disaient-ils aux émigrants, nous allons passer sous l'équateur... Il faudra tous vous baisser pour passer sous la ligne et vous subirez le baptême de la ligne.

Le lendemain, hommes, femmes, enfants furent rassemblés sur le pont. Le baptême consista, pour les hommes, à recevoir quelques seaux d'eau sur la tête et, pour les femmes, à se déchausser et à tremper les pieds dans un baquet d'eau froide. Chaque chef de famille signa sur le grand livre l'acte de baptême le concernant. Ils pouvaient ainsi entrer dans l'hémisphère sud. Alors la fête se déroula, le capitaine offrit de l'eau-de-vie, on chanta et on dansa.

Françoise avait profité de l'occasion pour se rapprocher de Baptiste. Au cours de la farandole, elle lui tenait les mains et lui souriait. Péronne, fatiguée par sa grossesse, se tenait près de Lucie, étendue sur une couchette. Elle remarqua le manège des deux jeunes gens et elle se dit que l'amour les avait touchés. Elle s'en ouvrit à Baptiste ; celui-ci rougit au lieu de répondre... Il ne pouvait cacher à sa sœur qu'il aimait Françoise. Il chercha à s'excuser, disant que c'était elle qui l'avait cherché.

– Ta ra ta ta ! dit Péronne, il faut mettre les choses au clair. J'en parlerai à Françoise et à ses parents.

Le lendemain, Péronne posait la question à la jeune fille. Celle-ci lui répondit sans ambage :

– Je voudrais me marier et Baptiste me plaît. Je l'ai regardé depuis que nous avons quitté le Havre. Il a l'air honnête et travailleur. Je suis prête à lui donner mon cœur et ma foi. Parlez-en à mes parents.

Péronne vit les parents de Françoise, Jules et Félicie Arbin, de modestes laboureurs, originaires d'un village des Alpes suisses. Ils lui dirent qu'ils n'avaient présentement aucune dot à donner à leur fille ; celle-ci avait toujours été pour eux une fille douce et obéissante.

Ils ne voyaient pas d'inconvénient à ce mariage à condition que Péronne se portât garante de l'honnêteté de son frère. De toute façon, ajoutèrent-ils, le mariage ne pourrait avoir lieu avant l'installation au lieu où ils allaient et après de longues fiançailles.

Il fut convenu que l'on fêterait les fiançailles de Baptiste et de Françoise le prochain dimanche, en pleine mer. On consulta Jean Rey pour connaître la date du prochain dimanche et on lui demanda de faire une prière à cette occasion. Le jour dit, toute la troupe des émigrants entourait les deux jeunes gens. On avait sorti des caisses les habits de fête pour cette circonstance.

– Françoise, dit Baptiste, je promets de te garder ma foi et de t'épouser le temps venu quand tu me le demanderas.

Françoise s'inclina devant ses parents pour leur demander l'autorisation. Jules Arbin prit la main de sa fille et la mit dans celle de Baptiste en disant :

– Vous êtes fiancés devant Dieu. Conduisez-vous honnêtement. Et quand ce sera le moment, nous célébrerons votre mariage en présence d'un prêtre. Que Dieu vous vienne en aide et qu'il vous bénisse.

L'instant était solennel. Loin de leur patrie et avant de s'installer dans un nouveau pays qu'ils ne connaissaient pas, au milieu de l'océan, deux fiancés échangeaient leurs promesses. On devait les appeler les fiancés de l'Equateur.

L'arrivée à Buenos Ayres

Le capitaine déclara que l'on se rapprochait du continent sud-américain et que, dans quelques jours, on arriverait à Buenos Ayres. De fait, une terre apparut à l'horizon. Il leur dit que c'était le Brésil ; bientôt on longerait la côte de l'État de l'Uruguay et on entrerait ensuite dans le Rio de la Plata. Cet estuaire est formé du débouché de deux grands fleuves, le Parana et l'Uruguay, qui traversent du nord au sud la partie septentrionale de l'Argentine.

– Vous savez, leur dit-il, les Espagnols ont baptisé cet estuaire, large comme une mer, du nom de Plata, ce qui veut dire dans leur langue l'argent, mais je crois qu'il n'y a jamais eu d'argent dans cette eau. En tout cas, si vous comptez en pêcher, vous arrivez trop tard !

Et il partit d'un grand éclat de rire.

Le 25 mai, sur l'heure de midi, le *Mary Mac Near* entrait dans les eaux du Rio de la Plata, après 64 jours passés en pleine mer.

Au moment où le voilier approchait de Buenos Ayres, tous les émigrants montèrent sur le pont. Ils contemplaient le spectacle de cette ville australe qui dressait ses maisons sur la rive. Là était le but de leur voyage, le premier pas sur cette terre d'Argentine dont ils rêvaient depuis des semaines. Leur cauchemar allait prendre fin, après une traversée aussi éprouvante.

Chacun redescendit à l'entrepont pour arranger ses bagages, les contrôler et les mettre de côté. Les secousses de la tempête n'avaient fait aucun mal. Mais il convenait de se méfier des matelots. Ils étaient capables, au milieu de l'effervescence générale de l'arrivée, de s'approprier des objets, vêtements ou autres, pour les revendre sur les quais de la ville. Jean-François et Xavier décidèrent de monter la garde jusqu'à ce que leurs biens et ceux de leurs compatriotes soient hissés sur le pont avant d'être déchargés.

Au fur et à mesure que le *Mary Mac Near* s'approchait du port, une foule de bateaux et d'embarcations de tous tonnages allaient et venaient. Une activité de chaque instant illustrait l'importance que le port de Buenos Ayres s'était acquise. La profondeur de la rade étant assez inégale, le voilier ne pouvait accoster à quai. Aussi, des baleinières de tous genres s'approchèrent-elles de lui pour offrir leurs services aux arrivants.

Mais Martin Schaffner avait reçu des consignes et l'approche des autorités qui l'avaient mandaté l'incitait à se montrer plus humain envers les immigrants. Il voulait faire oublier son attitude tyrannique pendant la traversée. Il les réunit sur le pont et leur dit :

– Tous les immigrants pauvres arrivant à Buenos Ayres sont débarqués gratuitement avec leurs bagages par les soins de la Commission centrale d'immigration. Les baleinières chargées par la Commission d'aller chercher, à bord des navires arrivés en grande rade, les immigrés et leurs bagages, pour les transporter à terre, portent un pavillon blanc avec une rose des vents, bleu et rouge, au milieu. Au centre se lit l'inscription inmigrantes, en langue espagnole.

Repérez ce signe et cette inscription, afin de ne pas tomber entre les mains de bateliers qui voudraient vous surprendre et profiter de votre ignorance.

Une fois à terre, vous vous rendrez à l'asile des immigrants où vous serez hébergés gratuitement. Mais d'abord, groupez-vous sur le port, comptez-vous afin que personne ne manque, et faites cercle autour de vos bagages pour les protéger. M. Charles Beck sera là pour vous attendre et vous accueillir. Je vous souhaite bonne chance pour la suite de votre voyage.

Nul applaudissement ne répondit à cette allocution. Les immigrants étaient trop contents, maintenant arrivés à bon port, de se débarrasser de la présence de ce Schaffner.

Chaque chef de famille fait descendre dans la baleinière ses bagages ; l'opération est hasardeuse. Les deux bâtiments tanguent dangereusement l'un contre l'autre, et toute caisse tombée à l'eau serait irrémédiablement perdue. Or, ce sont là tous leurs trésors. Ils y tiennent comme à la prunelle de leurs yeux et ils ont veillé sur eux durant toute la traversée. Ces objets viennent de leur famille et de leur village natal ; ils feront le lien entre l'ancien et le nouveau monde.

Ensuite, les personnes descendent, les femmes tenant leurs enfants. Lucie est si faible qu'il faut la porter pour enjamber la rambarde et la recevoir au milieu des bagages.

Joseph veille, inquiet : « Sa Lucie arrivera-t-elle en même temps que lui au rendez-vous fixé ? »

Quand la baleinière est remplie, Jean-François saute à bord pour rejoindre ses amis. Rien, ni personne ne manque. Le petit Jules, dérangé par tout ce transbordement, n'arrête pas de pleurer dans les bras de Claudia. Celle-ci n'ose lui donner le sein en public, elle attend d'être à terre.

La baleinière ne peut accoster du fait du peu d'eau ; la plage va en descendant lentement vers la mer. Le port de Buenos Ayres souffre de ce handicap. Aussi, de hautes charrettes tirées par d'énormes bœufs prennent le relais des baleinières. Nouveau transbordement... La plage est couverte de ces charrettes dont l'eau arrive au moyeu des roues et qui vont et viennent sans arrêt. Leur mouvement incessant, l'eau qui gicle en gerbes le long des roues, l'attitude des picadors qui aiguillonnent leurs bœufs, tout cela apporte un nouveau sujet d'étonnement aux arrivants.

Finalement, on met le pied sur la terre accueillante de l'Argentine, et chacun pousse un ouf de soulagement. Les familles se regroupent autour de leurs bagages. On attend. La fatigue et l'émotion sont telles qu'un peu de répit est le bienvenu.

Un monsieur de belle stature s'approche, accompagné de Martin Schaffner; il s'agit de M. Charles Beck. Tous avaient entendu ce nom sur les lèvres de François Vouilloz, et voilà que l'homme est là, devant eux. Une figure où se lit à la fois la compétence de l'entrepreneur et l'honnêteté du gentilhomme, des yeux pleins de bonté, une barbe qui orne le menton. Vêtu à l'anglaise, il tranche sur la foule qui déambule autour de lui.

Charles Beck avait créé sa société, avec l'aide de Aquilès Herzog, pour l'accompagnement des émigrants européens qui désiraient rejoindre le nouveau monde. La défection de Aaron Castellanos à Santa Fe, puis celle de Juan Lelong à Corrientes avaient orienté son action vers la République Argentine. L'organisation de sa société en Europe avait été minutieusement réglée et la Confédération Helvétique, si soucieuse de l'intérêt de ses concitoyens, avait passé un accord avec lui. Des relais existaient qui contactaient utilement les candidats au départ, et qui les prenaient en charge pour les formalités et pour le voyage.

Ceux qui arrivent cet après-midi sur les quais de Buenos Ayres s'en étaient rendus compte; ils forment le premier groupe d'immigrants dirigés par la Société.

Mais Charles Beck ne se contentait pas seulement des intérêts de sa Société. Son côté philantropique l'amenait à s'intéresser aux personnes elles-mêmes, à leur installation au sein de la colonie projetée, à leur avenir en quelque sorte. L'histoire allait le démontrer. Son état d'esprit pragmatique et son souci des problèmes humains avaient permis de nouer des liens de confiance réciproque avec les autorités provinciales et le gouvernement de Parana. Celui-ci, qui avait émis le principe du peuplement du pays et la colonisation à partir de familles européennes, avait été déçu des quelques projets récents. Il n'avait pas pensé que le sujet était aussi difficile à cerner... Aussi fut-il heureux de pouvoir compter sur un homme comme Charles Beck. Ce dernier venait d'écrire, dans un quotidien de Santa Fe :

« À mon point de vue, il serait très utile et bienfaisant d'employer une part des dépenses qui se font impérativement aujourd'hui, sans aucun résultat satisfaisant, à la fondation de colonies par le moyen de familles pauvres, mais capables de travailler. Elles deviendraient ainsi propriétaires agricoles au bout de quelques années. Nous les mettrions physiquement et moralement en état de pouvoir développer leurs capacités et en même temps dans une situation pleine d'espérance pour leurs enfants. »

Dans cette action humanitaire, Charles Beck fut beaucoup aidé par sa femme, Lina Beck-Bernard, européenne comme lui et écrivain. Tous les deux étaient arrivés en Argentine dans le courant du mois de mars de façon à être à pied d'œuvre pour étudier les contrats de colonisation, visiter les terres réservées à cet usage et accueillir les convois des immigrants. Ils s'étaient installés à Santa Fe, capitale de la province du même nom. Charles Beck venait de signer un contrat avec le gouvernement provincial pour l'établissement d'une colonie sur des terres abandonnées.

Au moment où il accueille ces Suisses et ces Savoyards, venus généreusement en Argentine à la demande du gouvernement de la province de Corrientes, il garde au fond de lui-même un secret qui lui fait mal. Il ne peut rien dire pour l'instant. Il doit laisser tous ces pauvres gens se remettre des fatigues du voyage et refaire leurs forces. Il fait diriger tout ce monde vers l'asile des immigrants, au numéro 8 de la rue Corrientes.

Cet asile vient à peine d'être ouvert au public et il offre un confort sommaire. Il a l'avantage de fournir aux immigrants pauvres un toit et une nourriture gratuite pendant huit jours.

Les couchettes sont en planches ; chacun est tenu d'apporter sa literie et de garder la place numérotée qui lui a été assignée. Les dortoirs des hommes sont séparés de ceux des femmes ; après le coucher du soleil, il est interdit de passer de l'un à l'autre. L'heure des repas est annoncée par la cloche. La nourriture est composée comme suit : le matin, du café avec du sucre et du pain ; à 11 heures, du potage, de la viande, des légumes et du pain ; à 5 heures du soir, un second repas de même nature. Chacun est tenu de laver tasses, écuelles, etc. et de garder le local propre. Chacun sera chargé à son tour d'aller chercher les vivres. On placera sa malle au pied de sa couchette ; le surplus sera porté au magasin.

On s'installe. Enfin on va pouvoir dormir tranquille, sans ressentir le mouvement que la houle imprimait au bateau, sans entendre les cris et les pleurs des enfants, sans respirer cet air infect où toutes les odeurs humaines se mêlaient.

Cet asile leur apparaît comme un paradis. Le moral devient meilleur, la santé de Lucie s'améliore ; elle reprend à manger et peut maintenant se lever. Jean-François et Maurice voulurent aller faire un tour dans les quartiers environnants. L'activité de cette ville les surprend ; à côté de belles demeures, circule un peuple bigarré dont la plus grande partie à cheval. Un grand chapeau couvre la tête des cavaliers et une courte pèlerine leur recouvre les épaules ; ils montent de petits chevaux noirs. On leur dit qu'il s'agit de gauchos, ceux qui conduisent les immenses troupeaux dans la pampa. Ils viennent ici faire leurs courses, dépenser leur argent dans la boisson et le commerce avec les femmes. Puis ils repartent pour plusieurs mois.

Buenos Ayres leur apparaît comme une ville commerçante où la vie est chère. Jean-François et Maurice remarquent qu'on embauche des domestiques pour maisons bourgeoises, des femmes de chambre, des cuisiniers, à des prix élevés, mais pour tout l'or du monde, ils n'auraient voulu rester là. Ils rentrent à l'asile contents de retrouver leurs compagnons. Mais l'atmosphère n'est pas à la joie. Un bruit commence de courir parmi eux comme quoi le projet d'installation à la province de Corrientes est annulé. Que vont-ils devenir ?

De fait, le lendemain, M. Charles Beck venait rencontrer les immigrants pour leur faire part de cette mauvaise nouvelle, mais il avait, entre-temps, réussi à trouver une solution de rechange.

Que s'était-il passé ?

Le gouvernement de la province de Corrientes avait signé, le 25 février 1853, un contrat avec Jean Lelong lui attribuant le privilège d'installer 10 à 12 000 colons aux abords de la capitale provinciale. Ce Lelong, de citoyenneté française, était consul général de la République de l'Uruguay en France. Voyait-il les choses trop en grand ? Le démarcheur n'était-il pas à la hauteur ? Le contrat prévoyait que le commencement de la colonisation devait se faire dans un délai de vingt mois à partir de la pacification des États du Rio de la Plata. Au cas où rien n'aurait été fait, le contrat deviendrait nul.

Lelong a perdu son temps en palabres, en voyages inutiles ; il ne sait ni convaincre ni organiser. Or, le 20 décembre 1853, un traité est signé entre les États de la République Argentine et Buenos Ayres, établissant l'harmonie entre eux. Vingt mois plus tard, soit le 20 août 1855, aucun colon n'a été établi à Corrientes.

Le gouvernement de la province déclare, en raison de la clause, que le contrat passé avec Jean Lelong est nul et non avenu. Mais celui-ci ne veut pas en démordre... il se dit que la province sera toujours assez heureuse d'accueillir de nouveaux colons et il se porte fort auprès d'agences européennes pour leur faciliter les conditions d'immigration.

C'est ainsi que cette négligence allait jeter sur le pavé du port de Buenos Ayres des familles que personne n'attendait. En outre, elle mettait M. Charles Beck dans le plus grand embarras.

D'une part, tout le problème de la colonisation en Argentine était remis en cause ; il y avait loin de la coupe aux lèvres, et les bonnes intentions ne suffisaient pas. Déjà, l'installation des pauvres Suisses à Esperanza, dans la province de Santa Fe, avait soulevé les passions.

D'autre part, M. Charles Beck craint pour la considération de la Société qu'il a fondée s'il ne réussit pas à mener à bien l'opération. L'argent qu'il a versé au canton du Valais à titre de caution risque d'être perdu : il ne s'agit pas moins d'une somme de 10 000 francs ! Et la suite des projets de colonisation qu'il envisage sera compromise. Qui voudra encore lui faire confiance après cette infortune ?

Il pense aussi à tous ces immigrants qu'il a pris en charge ; il ne peut ni les laisser eux-mêmes chercher du travail et un gîte, ni les renvoyer en Europe. De quelque côté qu'il se tourne, la situation lui apparaît catastrophique.

Alors il se dit qu'il vaut mieux s'adresser au Bon Dieu qu'à ses saints et il se présente au Président de la Confédération Argentine, le Général Justo José de Urquiza, dont le gouvernement est à Parana.

– Monsieur le Président, dit Charles Beck au général Urquiza, je vous remercie de me recevoir, malgré votre emploi du temps très chargé. La défection du gouvernement de la province de Corrientes me met dans le plus grand embarras. J'ai sur les bras une soixantaine de familles européennes venues pour fonder une colonie. Elles ont tout quitté dans cette intention. Il m'est impossible, moralement, de les reconduire dans leur pays...

Le gouvernement que vous avez l'honneur de présider ne pourrait-il pas trouver une solution de rechange ? Dans l'étendue de votre immense pays, où tant de contrées restent inhabitées, ne pourriez-vous pas m'indiquer un lieu propice à une installation pour ces familles ?

– Monsieur Beck, je comprends la difficulté de votre situation, mais le gouvernement national a déjà fait des sacrifices importants pour faciliter l'œuvre de colonisation. Le budget de la nation se trouve déjà amputé des fonds inhérents à la reconstruction du pays suite à la guerre que nous avons menée. D'autre part, je ne peux pas intervenir dans la conduite des affaires intérieures des provinces ; celles-ci sont maîtres de leurs terres.

– Je me permets d'insister, mon Général. Il y va de l'honneur de la parole donnée, la mienne bien sûr, mais aussi celle de votre pays. Si nous renvoyons ces familles en Europe, on va dire là-bas que l'Argentine est incapable d'accueillir les gens qu'elle a fait venir.

Cela fera un effet désagréable dans le domaine des relations extérieures et nuira à la bonne réputation de votre pays.

– Je vais réfléchir à cela, Monsieur Beck. Revenez me voir.

Charles Beck attendit impatiemment le rendez-vous que lui fixerait Urquiza. Il tournait comme un lion en cage, et sa femme n'arrivait pas à le distraire. Il savait que le voilier qui transportait les immigrants approchait des côtes de l'Argentine.

Quand il retrouva le général Urquiza au Palais présidentiel de Parana, il vit un homme à côté de lui.

– Monsieur Beck, dit Urquiza, je vous présente le setior Carlos Sourigues. Monsieur Sourigues est un architecte français émigré en

Argentine ; c'est un bon républicain. Ses qualités d'architecte et de Français lui permettront de travailler utilement avec vous. Il s'est spécialisé dans l'arpentage des terres. Il vous sera donc de grand service pour l'établissement de la future colonie. Enfin, il est le préfet du département du Gualeguay, dans la province de Entre Rios. Or, il se trouve que j'ai acheté personnellement, il y a quelque temps, des terrains agricoles situés dans le département du même nom. Je les mets à votre disposition. Ce que ne peut faire le Président de la Confédération, le général Urquiza, lui, peut le faire à titre personnel. Voilà ma proposition. Vous convient-elle ?

– Je vous remercie, mon général, tant en mon nom personnel qu'au nom des familles d'immigrants.

C'est pourquoi, soulagé du fardeau qui l'oppressait jusqu'alors, Charles Beck s'adressait ce matin-là aux chefs de famille rassemblés à l'asile des immigrants de Buenos Ayres.

– À mon grand regret, dit-il, le contrat d'établissement à Corrientes a été rompu. Il est donc impossible de vous conduire à l'endroit prévu.

Un murmure parcourut la foule des hommes rassemblés.

– Qu'allons-nous devenir, nous et nos familles ? dit Jean-François Mariaz. Nous avons fait confiance à votre Société et nous vous avons suivi, en abandonnant tout derrière nous. Il nous est impossible de revenir en Europe. Que diraient de nous ceux que nous avons laissés là-bas ? Il aurait mieux valu sombrer en mer ; ainsi, tout serait fini !

– Gardez confiance, reprit Charles Beck. Je me suis entendu avec le Président de la Confédération. Il a mis à notre disposition de bonnes terres pour vous accueillir et établir une autre colonie. Dans quelques jours, on vous conduira à cet endroit.

La calera de Espiro

Les immigrants étaient prêts pour le départ. Ils avaient bouclé les bagages, refait les caisses et assuré leur fermeture. Ils embarquèrent alors sur deux goélettes qui s'étaient approchées du quai.

Le fleuve Uruguay sépare l'Argentine de l'État voisin de l'Uruguay. Son cours est large et son débit majestueux ; il coule au milieu d'un immense bassin, dont les rives apparaissent revêtues des frondaisons de la forêt. Le vent avait tourné au nord. Les goélettes eurent de la peine à remonter la force du courant. Elles mirent trois jours pour rejoindre le lieu où elles se rendaient.

Tous les passagers avaient hâte d'arriver. Depuis le temps qu'ils bourlinguaient d'un côté et de l'autre... !

On était le 1er juillet. Cela faisait quatre mois aujourd'hui qu'ils avaient quitté leur village et ils étaient toujours à attendre une hypothétique installation !

La goélette *el Rey David* accosta la première. Jean-François, Maurice et les frères Rey se tenaient au bastingage pour découvrir le lieu qu'on leur réservait. Or, il n'y avait sur la rive qu'une forêt dense, quasi impénétrable, composée d'arbres inconnus, des résineux aux méchantes épines. La colère leur monta au visage, ils s'en prirent à Alfred Curty.

– Pourquoi nous avoir conduits là, en ce lieu quasi désolé ? Où sont les terres vierges que l'on nous promettait au moment du départ ? Où sont les maisons qui devaient nous accueillir ? Où sont les orangers qui nous étaient promis ?

Une immense clameur monta de ces hommes et de ces femmes, une nouvelle fois déçus dans leur espérance. Ils avaient tout quitté et ils poursuivaient une chimère ! Le mensonge, la fourberie les accompagnaient ; le malheur était leur lot. Ils décidèrent alors de rester sur le bateau tant qu'on ne leur aurait pas trouvé un lieu d'accueil plus favorable.

Le chef de l'expédition veut parlementer et leur expliquer que la terre se trouve derrière le rideau d'arbres. Rien n'y fait. Ils sont déterminés. Les bateliers avaient mis en place une passerelle pour relier le bateau au rivage ; le petit François-Joseph Mariaz, âgé de cinq ans, se tenait près de son père. Echappant à la surveillance de celui-ci, il grimpe les marches qui donnent accès à la passerelle, enjambe le bord et court jusqu'à terre. Il fut le premier immigrant à débarquer à cet endroit... Jean-François veut ramener son fils, et pour cela il le suit et met à son tour le pied sur le sol. Surpris et confondus par ce geste de l'enfant, les immigrants voient là un signe de la Providence. C'est donc là que Dieu les attend, là qu'il leur a donné rendez-vous de toute éternité. Alors, les uns après les autres, ils enjambent le bord et se retrouvent sur le rivage.

C'était le 1er juillet 1857.

L'endroit est désert. Seule une construction apporte un signe de vie : un four à chaux qui avait cessé toute activité. En langue espagnole, four à chaux se prononce calera. Ce terme, accolé au nom du lieu, donne l'appellation Calera de Espiro.

La rive offre une possibilité d'accoster aux embarcations de fort tonnage. Au-delà de la forêt qui borde le fleuve, la terre est accueillante. Il fallut établir un campement sur place, pour manger, s'étendre et passer la nuit.

Et l'installation de fortune commença à l'aide de machettes et de couteaux que le patron du Rey David, ému devant ce dénuement, avait consenti à leur prêter. Il les reprendrait plus tard. On coupa des branches pour faire des huttes, on fit un tapis de sol avec de l'herbe sèche et des feuilles. Sur les soixante familles qui avaient embarqué ensemble au Havre, 8 ou 9 avaient trouvé de l'embauche à Buenos Ayres. Ainsi une cinquantaine de familles européennes s'apprêtaient à passer leur première nuit sur cet endroit de la terre argentine. On alluma un feu où l'on fit cuire des énormes quartiers de viande qui avaient été livrés sur la goélette à leur intention. On s'assit autour du feu et quand le soir descendit, un chant monta dans l'air serein.

Tout le monde s'endormit du sommeil du juste. Peu importait le manque de confort car chacun était écrasé de fatigue. Deux hommes restèrent auprès du feu pour l'alimenter de façon à éloigner les bêtes sauvages ; ils devaient se relayer tout au long de la nuit.

Péronne commençait à ressentir les premières douleurs de l'accouchement, les contractions se multipliaient et devenaient plus fortes. Cette journée avait fini de l'épuiser. Elle demanda à Claudia de ne pas la quitter. Etendue à l'abri d'une haie, sous un couvert de branchages, elle mordait un linge pour ne pas crier. Maurice lui tenait la main.

– Comment allons-nous faire en pleine nature ? dit Maurice, angoissé par la perspective de cet accouchement improvisé. Nous n'avons pas de sage-femme à notre disposition... Pourvu que la délivrance se fasse sans gravité ! Il faudrait faire prévenir le Dr Damian.

– Je vais le chercher, dit Jean-François.

– Un instant... lui dit Claudia. On ne peut laisser Péronne accoucher sur un tas d'herbes ! Il faut trouver quelque chose. Si on allait voir du côté du four à chaux... elle y serait à l'abri !

Viens, lui dit Jean-François ; laissant Maurice auprès de sa femme qui gémissait, ils s'approchent du four à chaux. Devant la porte, un vieil indien fumait sa pipe ; un chien dormait auprès de lui. Ce dernier, voyant les arrivants, se mit à grogner, mais son maître, d'un mot, le fit taire.

Claudia essaye de lui expliquer, en lui montrant son ventre, ce qu'elle cherchait. L'Indien éclate de rire, et montre la porte, croyant que la femme voulait passer la nuit avec lui. Elle fait signe non avec la tête, prend l'Indien par la main et le conduit au campement, près de Péronne. Alors il comprend ; il se frappe la tête, et l'air très grave, il ramène Claudia et Jean-François vers le four à chaux. Un désordre inexprimable règne à l'intérieur et, ce qui n'arrange rien, une odeur à peine supportable de tabac et de viande boucanée. Mais il y avait une couchette ! Il la montre et fait comprendre qu'on peut y déposer la parturiente. Claudia et Jean-François repartent trouver Maurice et Péronne pour leur proposer cette solution... Malgré l'inconfort, il n'y en avait pas d'autres ! Les deux hommes soulèvent délicatement Péronne et la portent à l'intérieur du four à chaux ; pendant ce temps, l'Indien avait fait le ménage et sorti ses hardes.

Péronne accoucha sur les une heure du matin ; elle mit au monde une fille en parfaite santé. Le cri de l'enfant traversa la nuit. Le médecin coupa le cordon ombilical et prit toutes les précautions nécessaires pour que l'hygiène et la propreté soient respectées au maximum. Il avait fait préparer des linges propres et tenait à sa disposition de l'eau bouillie. Pendant qu'il s'occupait de la maman, Claudia fit la toilette de la fillette.

Péronne possédait une robuste constitution. L'émotion d'un accouchement en pleine nature accentua en elle la montée du lait. Elle reçut des mains de Claudia son enfant, l'enserra de ses bras et l'attira contre sa poitrine, d'abord pour l'embrasser et ensuite pour lui donner le sein. Maurice, agenouillé près d'elle, rabattit la couverture sur le corps de la mère et sur l'enfant ; il restait là, tout ébahi, à les contempler... Intérieurement, il priait.

– Regarde, dit Claudia en aparté à Jean-François, ne se croirait-on pas à la crèche de Bethléem ? Il ne manque que le bœuf et l'âne...

Ainsi naissait sur le sol argentin, en pleine nuit, au milieu d'un campement improvisé, le premier enfant de la colonie qui s'annonçait. Après l'angoisse des moments difficiles, la joie de cette naissance irradiait les cœurs.

– On l'appellera Françoise-Josèphe, dit Péronne, du nom de nos parents respectifs. Si Jean-François et Claudia veulent être ses parrain et marraine, cela nous ferait plaisir, à Maurice et à moi.

Au lever du jour, le docteur Damian revint voir l'accouchée. Il trouva la mère et l'enfant en parfaite santé et félicita Claudia du beau travail qu'elle avait réalisé comme mère-sage improvisée. Il recommanda à Maurice de veiller au repos de sa femme et de lui donner une nourriture variée : « pas trop de viande, dit-il, elle risquerait de l'échauffer et de gâter son lait ». Facile à dire dans l'état où ils se trouvaient ! Seul le tempérament solide des montagnards pouvait permettre de faire face à tant de difficultés ! La petite avait de qui tenir.

Baptiste était allé chercher Françoise Arbin, sa fiancée, et tous les deux contemplaient le nouveau-né.

Cette promesse d'avenir leur ouvrait des perspectives pour le projet qui leur tenait à cœur. La jeune fille regardait la maman en souriant ; elle ne savait que dire. Ses yeux allaient de la mère à l'enfant, et se posaient à la dérobée sur Baptiste. Ne voulant pas déranger plus longtemps, elle embrassa la petite, puis Péronne, et en se relevant, elle prit Baptiste dans ses bras pour déposer un baiser sur chaque joue. Elle retourna auprès de ses parents et dit à sa mère la joie qu'elle avait ressentie à cette occasion ; elle espérait bien devenir maman à son tour.

La journée du 2 juillet fut consacrée à l'aménagement du camp. Les hommes coupèrent du bois, firent un peu de place autour d'eux, parcoururent la forêt qui s'étendait parallèlement au fleuve. De l'autre côté des taillis, la plaine reprenait ses droits pour étendre ses vallonnements entre deux ruisseaux, affluents de l'Uruguay. La terre leur apparut bonne, l'herbe suffisamment grasse ; cela les réconforta. Mais nulle trace d'habitation. Seuls des chevaux paissaient ça et là.

Les abords du fleuve regorgaient d'oiseaux de toute sorte, que l'arrivée de ces humains avait à peine dérangés. On sortit les fusils de leur sac de cuir et Cyprien Bruchez fit là son premier carton.

En fin de matinée arriva Charles Sourigues. Il s'inquiéta si tout allait bien. Le bateau qui l'amenait apportait pour les immigrants des tentes de l'armée ; elles allaient relayer avantageusement les huttes de branchages. La pluie risquait de tomber et de perturber la vie des familles.

Sourigues venait faire l'arpentage pour l'installation de la nouvelle colonie, au nom du général Urquiza. Il vint vers Jean-François pour lui demander de l'assister dans cette opération; Jean-François prit avec lui Baptiste qui restait inoccupé. Le travail consistait à tracer sur le terrain des lignes droites, se coupant à angle droit, selon un plan que tenait en main le géomètre.

– On dirait le plan d'un camp romain, dit Jean-François, se souvenant des études qu'il avait faites autrefois.

– Tout à fait exact, reprit Sourigues. Les Espagnols, en occupant ce pays, nous ont appris à bâtir une ville ainsi. En Argentine, à la différence de l'Europe, chaque ville est une ville neuve.

Le travail à réaliser demandait du temps et la collaboration de toute une équipe. Il fallait d'abord se rendre à quelques distances de la rive du fleuve; l'endroit choisi pour l'édification de la colonie mettrait celle-ci à l'abri des inondations. Un terrain plat avait retenu l'attention des fondateurs.

Deux jours après, les embarcations apportèrent l'ensemble des bagages. il ne manquait rien. Aucun voleur n'était passé par là et ceux qui montaient la garde n'avaient pas eu besoin de se servir de leurs armes.

Le travail d'arpentage avançait ; bientôt les lots pourraient être attribués à chaque famille. Tous étaient maintenant réunis. La personnalité de Charles Sourigues avait redonné confiance. Pour la première fois, depuis longtemps, le groupe des immigrants vivait dans l'espérance.

L'installation

Pendant que Sourigues délimite le terrain, les immigrants découvrent avec étonnement le pays qui va être le leur. Un moutonnement de petites collines s'en va à l'infini, coupé de ruisseaux bordés d'arbres. L'horizon est à perte de vue, et personne, ou presque, ne vit dans le pays. Ils voient de loin en loin quelques troupeaux gardés par des gauchos à cheval. Eux qui arrivent de vallées de montagne où la vue s'arrêtait rapidement à la pente d'en face, où il fallait lever la tête pour voir le soleil et où la surface des champs était chichement mesurée pour que chacun puisse en disposer d'un morceau, ils n'arrivent pas à comprendre qu'une telle étendue puisse rester quasiment en friche. Ils restent là à regarder la ligne du ciel qui se confond avec la terre, bouche bée...

L'eau qui circule entre les collines leur laisse entendre que la sécheresse n'est pas à craindre.

Le campement s'est organisé avec l'aide des tentes de l'armée ; les outils reçus avec les bagages permettent de couper le bois, de dresser tables et bancs et même d'établir quelques couchettes isolées du sol. Péronne a quitté la demeure du vieil Indien. Maurice lui a aménagé, ainsi que pour l'enfant, une tente où elle peut se reposer, nourrir et langer sa fille. Un foyer de cuisson a été bâti sur l'emplacement du feu du premier jour, et l'eau du fleuve sert aux ablutions, au lavage du linge et de la vaisselle.

Le troisième jour, quelques cavaliers arrivent au lieu d'implantation de la colonie. L'un d'eux se détache, descend de cheval et se présente aux hommes qui sont là réunis.

– Je m'appelle Alexis Peyret, dit-il dans un excellent français. Le général Urquiza m'a chargé de prendre la direction de votre colonie. J'arrive avec quelques hommes pour vous aider à porter tous vos bagages ; pour cela, un convoi de chars me suit à quelques distances. Je sais combien vous avez souffert pour arriver jusque-là.

À partir d'aujourd'hui, je vous prends en charge et ensemble nous allons faire œuvre utile.

Le nouveau venu s'avance et salue les hommes qui sont là, presque au garde-à-vous. L'instant est solennel ! Cette poignée de main fait d'eux des citoyens à part entière. Ils ne sont plus des mendiants, des émigrés que l'on se renvoie d'un endroit à un autre ; les voilà reconnus dans leur dignité d'hommes.

Peyret reprend la parole :

– Je remercie Charles Sourigues pour le travail d'arpentage qu'il a réalisé. Sa fonction de chef du département de Gualeguay l'appelle d'urgence, mais avant qu'il ne vous quitte, je vais procéder au tirage au sort des lots de terre qui vont vous être attribués.

Alexis Peyret est né en France en 1826. Fils d'un officier des armées de Napoléon, il a été acquis dès sa jeunesse aux idées républicaines et démocratiques. Il a participé activement à la Révolution de 1848 qui mettait fin au régime monarchique du roi Louis-Philippe et qui donnait naissance à la Seconde République. Il militait pour la régénération de la société, en particulier par le travail dans les domaines de l'agriculture et de la colonisation. Il s'agissait, pour cette dernière, de la terre d'Algérie. Il n'admet pas le coup d'État de Louis-Bonaparte, en décembre 1851 ; déçu, il quitte la France avec quelques amis pour émigrer en Amérique du Sud. Il espère y travailler utilement au bien-être de la société, en mettant en pratique ses idées sur la colonisation. Après un séjour à Montevideo, dans la République voisine de l'Uruguay, il est recommandé à Urquiza qui le nomme au collège de la ville de Concepcion, dans cette province de l'Entre Rios. Lorsque le même Urquiza le choisit comme directeur de la colonie qu'il vient de fonder, sur les bords du Rio Uruguay, Peyret se trouve comblé. Il va pouvoir mettre en pratique ses idées.

Quand tous furent réunis, on procéda au tirage au sort des lots tels qu'ils avaient été délimités selon la grandeur de chaque famille. Ensuite, chacun put aller reconnaître la part qui lui revenait. Peyret s'établit comme juge pour recevoir les doléances de ceux qui s'estimaient lésés, et pour faire l'arbitrage. Le lendemain, chacun se mettait au travail et se faisait maçon, charpentier, cantonnier, avant de prendre le manche de la charrue.

La concession de Jean-François Mariaz est bien située, sur une petite élévation de terrain ; il y construit un petit rancho pour abriter sa famille. La maison en dur viendra plus tard ; pour l'instant, il faut parer au plus pressé.

Avec Maurice, Baptiste et Joseph, ils forment une équipe que ne rebute pas le travail. Depuis plus de quatre mois maintenant, aucun d'eux n'avait travaillé, et il était temps de s'y remettre. Les premiers jours, les muscles font terriblement mal.

Le taillis, le long du fleuve, ne peut fournir du bois de construction. Il faut aller le chercher un peu plus loin, dans la forêt. Des montants de bois, solidement fichés dans le sol, serviront d'armature ; les murs seront montés en pisé avec la terre argileuse tirée des bords des ruisseaux. Les roseaux cueillis sur la rive seront alignés pour faire le toit. L'intérieur est composé d'une seule chambre. On tendra une couverture en guise de porte. L'ensemble est tout ce qu'il y a de plus sommaire, et il faudra bien s'en contenter, au moins provisoirement.

Quand la cabane de Jean-François est terminée, les trois femmes se serrent à l'intérieur, avec les enfants. Elles sont devenues presque des sœurs.

– Quel beau trio cela fait ! s'exclame Maurice une fois que tout ce petit monde s'est rangé à l'intérieur. « Dieu nous a bénis avec deux nourrissons et un troisième à venir ! »

C'est vrai qu'il a fallu faire une place pour Jules qui va sur ses sept mois et pour la petite Françoise-Josèphe.

Les deux autres cabanes, celles de Maurice et de Joseph sont édifiées à leur tour et chaque famille a maintenant un toit pour abriter son intimité.

Lucie est tout heureuse de retrouver son Joseph. Depuis que Claudia lui avait dévoilé sa grossesse, elle ne s'était jamais retrouvée seule avec lui. Elle attendait cette première nuit dans leur cabane pour partager avec lui son bonheur. Les deux enfants une fois endormis, elle s'étendit près de Joseph et lui prit la main pour la mettre sur son ventre ; celui-ci s'était déjà bien arrondi.

– Sens, comme il bouge ! Dans quatre mois il sera là... C'est merveilleux !

Elle nageait dans le bonheur, maintenant qu'elle allait tout à fait bien ; les cauchemars de la traversée en mer étaient oubliés.

Le mariage d'abord, la maternité ensuite faisaient d'elle une femme comme les autres !

Elle s'abandonnait aux caresses de Joseph qui promenait sa main sur son ventre ; cela lui faisait du bien. Elle l'embrassa avec fougue pour lui dire son merci. Ses baisers étaient pleins de chaleur. Joseph la prit délicatement dans ses bras

– il voulait surtout ne pas nuire à l'enfant qu'elle portait – et ils s'unirent dans un acte d'amour. La Croix du Sud brillait de tout son éclat dans la nuit étoilée.

– Tu te rends compte, dit Maurice à Jean-François, un lot de 27 hectares de terrain pour nos deux familles ! C'est incroyable cela ! Et d'un seul tenant. Ce que nous cultivions là-bas, à La Chapelle-des-Frasses, apparaît ridicule à côté...

Grand comme un mouchoir de poche ! S'ils voyaient tout cela, je crois qu'ils nous rejoindraient.

– C'est de la bonne terre. Elle n'a jamais été retournée ; aussi la récolte promettra. C'est ce que l'on appelle une terre vierge, qui ne demande qu'à être travaillée. Le blé lui conviendrait parfaitement.

– Oui, tu as raison. Mais il y faudra une bonne charrue, car le sol est dur. Il a été foulé par les sabots des chevaux qui pâturaient en toute liberté.

– Voilà qu'on nous amène le troupeau, dit Jean-François. Va le réceptionner. Pendant ce temps, je vais terminer avec Baptiste la délimitation du lieu où les bêtes seront à l'abri ; une haie de branchages suffira pour l'instant.

Et Maurice va accueillir les bêtes qu'on amène pour les deux familles: 4 bœufs de labour, 2 chevaux, 2 vaches laitières et leur veau. Nullement habitué aux bœufs, il en aurait presque peur. Hauts sur leurs pattes solides, avec un poitrail largement ouvert qui supporte une tête impassible et deux grandes cornes, ils attendent leur maître tout en ruminant tranquillement. Ils sont là deux par deux, liés par un joug dont les lanières de cuir enserrent les cornes. Ces immigrants n'ont jamais vu de bêtes pareilles... Pourront-ils leur mettre le joug? Il s'agit là d'un art qu'ils ignorent totalement.

Pendant qu'un employé leur explique et leur fait une démonstration, ils se tiennent à distance. Cette paire de cornes ne leur dit rien qui vaille. Elle donne même à la bête une aspect farouche...

Et quand Jean-François essaie à son tour de poser le joug sur la nuque des bœufs et de serrer les lanières autour des cornes et du front – il a bien retenu la leçon – il est stupéfait de voir que chacun d'eux ne bouge pas. Ils se laissent faire comme des agneaux. Drôle d'agneaux pourtant, car attelés à une charrue, ils doivent tirer droit et arracher la terre du sillon! Il a hâte de les essayer!

C'est ce qu'il fait le lendemain, avec l'aide de Maurice et de Baptiste. Le terrain est choisi, délimité. Les bœufs sortent de l'enclos et attendent patiemment qu'on leur mette le joug. Maurice et Baptiste s'y emploient. Il faut le poser bien à plat sur la nuque, tirer sur les lanières pour qu'elles ne lâchent pas au cours du travail et pour que les bêtes tirent toutes les deux ensemble.

Ils font leur première expérience ; Baptiste reste méfiant et se tient à bout de bras. À la fin, il faut reprendre tout le travail. Le joug est mal assuré, les lanières, insuffisamment serrées, ont bougé quand le bœuf que laçait Baptiste a relevé la tête.

Voilà qui est fait maintenant. On passe le bout de la chaîne qui tracte la charrue dans le pivot fixé au joug. Jean-François empoigne les mancherons et Maurice conduit l'attelage ; il s'est taillé un aiguillon dans une branche de résineux. Le soc de la charrue s'enfonce dans le sol, les bœufs tirent de tout l'effort de leur encolure, la terre se soulève et se renverse. Là-bas, au bout du champ qui va être labouré, Baptiste se tient en attente, un bâton en main ; il marque le but de la ligne choisie. Les bœufs avancent lentement, la charrue tremble entre les mains de Jean-François et Maurice suit cette ligne imaginaire. Quand ils arrivent au point fixé, Maurice arrête les bêtes et Jean-François relève le soc de la charrue. Tous les deux se retournent et regardent le premier sillon qu'ils viennent de tracer. Ils sont fiers car la ligne n'a pas dévié. Le sillon est droit.

Maurice fait tourner les bœufs en donnant à chacun un coup d'aiguillon pour qu'ils le suivent ; il a tout de suite trouvé la technique. Il les place face au terrain, le bœuf de droite marchant dans le sillon qui vient d'être ouvert. Et la charrue recommence le travail du labour.

Au bout de deux heures, plusieurs sillons s'alignent côte à côte, laissant apparaître une belle terre pleine de promesses. Jean-François a les bras moulus et les mains irritées par le frottement des mancherons.

Avant de dételer, il prend une poignée de terre dans ses mains :

– Regarde, dit-il à Maurice, il n'y a pas une pierre, pas un caillou... C'est vraiment de la belle terre. Il aurait été dommage qu'elle reste inculte ! Elle est pleine de promesses pour nous et pour nos enfants.

À ce moment-là, François-Joseph arrive près de son père. Celui-ci lui montre la terre qu'il tient dans ses mains et la fait couler dans les siennes, puis il prend son fils dans les bras et l'embrasse devant la partie du champ qui vient d'être labourée.

Quel nom donner à cette nouvelle colonie ?

Tous les chefs de famille se trouvaient réunis en présence d'Alexis Peyret. Celui-ci les avait convoqués pour une assemblée générale, la première assemblée de la colonie. Si quelqu'un, dans ce monde de la colonisation, n'avait pas la mentalité de colonisateur, c'était bien lui !

Il ne tenait nullement à les asservir, mais il voulait faire d'eux des hommes libres. La confiance du général Urquiza lui permettait de mettre en pratique les idées qu'il avait toujours défendues et il trouvait là un terrain de choix.

Sa liberté d'action allait à la rencontre d'hommes marqués par la liberté qu'ils vivaient dans leurs vallées de montagne. Ceux-ci avaient toujours été libres de toute sujétion et ils avaient l'habitude de régler eux-mêmes leurs problèmes communaux.

Peyret leur expliqua le mode de remboursement du cheptel qu'ils avaient reçu et des semences qui allaient leur être fournies pour ensemencer cette première année. En cinq annuités, si tout allait bien, tout devrait être réglé. La terre était d'ores et déjà la propriété de chaque famille qui la travaillerait ; celle-ci pourrait la transmettre en toute légalité à ses enfants.

Il leur dit ensuite qu'ils auraient à gérer eux-même les affaires communales. Pour cela ils allaient élire un Conseil municipal composé de cinq personnes. Ce Conseil serait habilité à prendre les décisions concernant la vie en communauté ; Peyret avait en horreur le mot collectivité. En cela, il était le digne fils de la Révolution de 48. Mais, pour commencer, le Conseil aurait à se prononcer sur le nom à donner à cette nouvelle colonie.

Peyret demanda si, dans l'assemblée, des hommes se portaient volontaires pour accepter cette charge. Quelques-uns acquiescèrent. On procéda ensuite au choix de chacun des cinq conseillers par mains levées. Cette procédure de la démocratie par voie directe entre les mains du peuple souverain convenait aussi bien aux idées de Peyret qu'à la pratique des communiers suisses et savoyards. Jean-François Mariaz fut choisi, ainsi que le docteur Damian et trois autres immigrants originaires du Valais.

Le Conseil entra en service immédiatement. Convoqué par Peyret lui-même, il devait élire un bureau avec à la tête un Président. Pour ce faire, Peyret se retira et laissa les cinq hommes délibérer. Ils proposèrent la charge au docteur Damian, mais celui-ci refusa :

– Ma vocation de médecin ne peut se conjuguer avec cette charge. Il faut que je dispose de tout mon temps pour soigner les malades éventuels, m'occuper des accouchements et des nouveau-nés, surveiller l'hygiène de la colonie et de tant d'autres choses qui concernent chacune des personnes qui la composent. Je vous remercie de votre confiance, mais le fait que je sois médecin ne me met nullement à part des autres.

Il faut élire quelqu'un que vous sentez capable de porter cette charge pour l'avoir vu vivre au milieu de vous depuis le départ jusqu'à aujourd'hui.

Les yeux de ceux qui étaient réunis se portèrent sur Jean-François Mariaz.

Ils l'avaient vu à l'œuvre et ils se reconnaissaient en lui. Jean-François avait fait des études au collège de l'abbaye de Saint-Maurice, en Valais ; il avait une manière qui tranchait sur l'ensemble du groupe. Au nom de tous, le docteur Damian posa la question :

– Monsieur Mariaz, acceptez-vous cette charge ? Nous serons à vos côtés pour œuvrer ensemble au bien de tous.

– Dans ces conditions et pour un nombre d'années qui restera à déterminer, j'accepte.

Ainsi fut élu le premier président de cette nouvelle colonie sur la terre argentine. On appela Alexis Peyret pour le mettre au courant de cette décision et lui présenter celui que ses pairs avaient élu. Peyret le félicita et souhaita bonne chance au Conseil ; il était manifestement heureux.

– Vous aurez à délibérer pour le choix d'un nom à donner à la colonie. Consultez tous ceux qui sont ici, sans oublier les femmes ; elles ont leur mot à dire, car elles portent une grosse part du travail. Ne négligez pas non plus l'avis des jeunes ; ce sont eux qui auront à vivre ici et qui porteront ce nom pour les années à venir. Ne tardez pas trop, car le général Urquiza va venir vous rendre visite prochainement et il faudra que votre colonie ait un nom qui lui soit propre, à l'image de chaque ville ou village. Ce nom indiquera que vous êtes passés du stade provisoire à l'installation définitive. Ainsi vous ne serez plus des immigrés parqués sur un coin de terre... Vous serez citoyens de la Nouvelle Argentine, celle que le général Urquiza est en train de bâtir à la suite de sa victoire de Caseros.

De grandes discussions eurent lieu entre eux car l'enjeu était d'importance. On ne donne pas un nom comme cela, au hasard. Le nom veut dire quelque chose. D'autre part, ce nom serait porté à l'avenir, pendant des années, peut-être des siècles.

Cela ne leur était jamais arrivé; dans leurs montagnes, chaque village, chaque hameau, chaque lieu même avait un nom propre.

Ils n'avaient même pas cherché ce que ce nom voulait dire. Ils l'avaient reçu des vieux qui, eux-mêmes, l'avaient hérité de leurs ancêtres, de génération en génération. Ils auraient été bien en peine d'en découvrir le sens ancien, maintenant qu'ils en étaient partis.

Différentes propositions furent faites, mettant la nouvelle colonie sous la protection d'un saint : saint Maurice, saint François, saint Blaise, saint Théodule, etc... Ils ne firent pas le tour des saints du paradis, il y en avait trop ! Mais ils se rappelaient le culte d'un saint local, patron d'une paroisse ou protecteur d'une région.

En quelque sorte, ils voulaient, plus ou moins inconsciemment, marquer le lien entre le pays d'où ils venaient et celui où ils auraient à vivre dorénavant.

– Cette proposition est vénérable, dit le docteur Danian, loin de moi l'idée de la critiquer. Mais, à mon humble avis, nous n'avons pas à vivre dans la nostalgie du passé... Nous sommes ici dans un pays neuf. Je crois qu'il faut marquer cette nouveauté, la création d'une ville là où il n'y avait rien, une ville nouvelle tournée vers l'avenir.

– Je me rappelle, dit un Valaisan originaire du village de Bagnes, village perdu dans la montagne : Lorsque nous sommes partis, nous sommes entrés en pays de Vaud et là, au bord du lac Léman, nous sommes passés dans une bourgade appelée Villeneuve. Elle a été construite à l'état neuf, pour une raison que j'ignore, il y a quelques siècles. Le prince qui l'a baptisée ainsi pourrait nous inspirer. Je me joins à la suggestion du docteur Damian et je propose de donner ce nom de Ville-Neuve à notre colonie.

– Sans vouloir maintenir parmi nous la nostalgie du passé, reprit un autre, je pense qu'il est préférable de mettre cette colonie, nos maisons, nos familles, nos personnes, sous la protection d'un saint. Nous avons été protégés tout au long du voyage. Il faut le reconnaître et demander que cette protection se continue pour le chemin qui nous reste à vivre.

– Vous avez sans doute raison, dit le docteur Damian, avec un sourire un peu malicieux. Mais l'Argentine n'a pas encore de saints qui lui soient propres. S'il y en avait eu, ce serait parmi eux qu'il conviendrait de choisir. Et le temps que nous devenions des saints reconnus et portés sur les autels, je crains que l'éternité ne suffise pas pour combler ce vide... Alors, notre colonie risque d'attendre longtemps !

Les membres du Conseil restaient perplexes, sans savoir quelle solution prendre.

– J'ai une idée à vous proposer, dit le président Jean-François Mariaz. Nous devons cette fondation à la bienveillance et à la générosité du général don José de Urquiza.

En quelque sorte, il est notre fondateur, notre patron, au sens vrai du terme. Si, pour lui marquer notre reconnaissance, nous choisissions le nom du saint qu'il porte ? Notre colonie aurait saint Joseph comme patron et elle porterait, en langue castillane, le nom de San José. Elle bénéficierait de la protection de ce grand saint, et elle serait un hommage rendu à la personne de notre bienfaiteur. Qu'en pensez-vous ?

L'intervention de Jean-François eut l'heure de plaire aux membres du Conseil. Ceux-ci délibérèrent et demandèrent la possibilité de consulter leur famille et leur entourage. Pour un choix aussi conséquent, il fallait obtenir l'avis de l'ensemble des colons. On convint de se retrouver le lendemain.

À l'heure dite, la discussion reprit et le Conseil se rangea à la proposition de son Président. On passa au vote et cette proposition fut adoptée. Cette colonie qu'ils venaient de fonder s'appellerait donc officiellement Colonie SAN JOSÉ.

Alexis Peyret, à qui ce choix fut proposé, ne fit aucune objection. La décision reflétait le choix du peuple. Et tout de suite, un homme fut chargé de confectionner une pancarte, à l'aide de quelques planches, pour y inscrire le nom de Colonie San José.

Mais où poser cette pancarte ?

L'ensemble apparaissait comme un immense chantier, aucune rue n'était encore tracée ; à proprement parler, il n'y avait pas d'entrée de village, ni de sortie non plus. La campagne encerclait largement le tout. Il avait été convenu, au moment de l'arpentage des terres, qu'un centre serait réservé à l'édification des bâtiments officiels, nécessaires à toute vie collective : l'église, la mairie, les écoles. Et ce centre existait sur le plan et au sol. En attendant les constructions futures, il fut décidé que la pancarte serait plantée au milieu de cet emplacement encore vide. Tout le monde la verrait.

Péronne, la femme de Maurice Vernaz, veillait sur sa petite Françoise-Josèphe.

– Dire qu'il n'y a pas un prêtre ici pour baptiser la petite, disait-elle à Claudia, sa belle-sœur. J'ai toujours peur qu'il lui arrive quelque chose ! La nuit, quand je me réveille, je regarde si elle est toujours en vie...

– On serait à La Chapelle-des-Frasses, reprit Claudia, la petite serait déjà baptisée depuis longtemps. Si notre curé, M. Chevallier, voyait cela, il en serait scandalisé.

Mais il faut faire avec les moyens du bord et Dieu t'a donné une enfant en excellente santé. Ni la traversée de l'océan, ni ton accouchement en pleine nature ne l'ont marquée ; on dirait même qu'elle en a été revigorée.

– Cela ne fait rien. Je ne serai vraiment tranquille qu'une fois Françoise-Josèphe baptisée.

– Dieu ne peut pas t'en tenir rigueur. Sûrement qu'il va nous envoyer un prêtre prochainement ! répondit Claudia. S'il arrivait que la petite soit malade, notre curé nous a toujours dit que, dans ces cas-là, chacun pouvait baptiser. Au moment de partir, je me suis rappelé toutes ses consignes.

M. Chevallier était un homme sage. Il nous manque !

– Dans un pays perdu comme celui-là, les prêtres doivent être rares, dit Péronne et les distances sont telles qu'il ne doit pas être possible d'aller à la messe le dimanche. Qu'allons-nous devenir ?

Le tourment ne quittait pas Péronne. Pourtant elle s'occupait de faire le ménage de la malheureuse cabane qui leur servait de maison provisoire, de faire la cuisine et la lessive, de raccommoder le linge. Maurice, Baptiste et les deux garçons se salissaient beaucoup, ces derniers en particulier, qui s'amusaient constamment dehors.

Comment auraient-ils fait pour jouer à l'intérieur ? Il y avait à peine de la place pour s'asseoir. Péronne avait hâte que le soir arrive.

Elle était heureuse d'avoir près d'elle ses deux garçons et sa petite dernière et la présence de Maurice lui apportait la sécurité. La soirée se passait en famille ; pendant qu'elle donnait le sein à Françoise-Josèphe, elle bavardait de bon cœur et Maurice lui racontait les événements de la journée.

– Après demain, c'est dimanche, dit-il. Il y aura une assemblée de prières pour remplacer la messe. Jean-François a demandé à Jean Rey de trouver quelques prières à réciter et un groupe de Suisses s'occupera des chants. Ils sont quelques-uns à avoir apporté un carnet de chants.

– Si c'est pas malheureux ! répliqua Péronne, un dimanche sans messe... Quand est-ce que l'on trouvera quelqu'un pour s'occuper de nous ? En tout cas, dimanche nous irons tous à cette assemblée et nous prierons de bon cœur. Je sortirai les habits du dimanche.

Et le dimanche arriva. Les familles avaient répondu présent car elles étaient toutes catholiques. On avait choisi pour ce rassemblement le point central de la colonie, le lieu où ils avaient planté le panneau Colonie San José. Jean Rey avait une voix forte ; la prière qu'il récita alla droit au cœur des participants. Un silence religieux, c'était le cas de le dire, enveloppait la foule. Chacun se remémorait l'église de son village, la place que sa famille y occupait et, en pensée, il revoyait ses parents se rendre à l'église paroissiale en ce même dimanche. L'émotion de se trouver là, sur cette terre étrangère, en union avec leur famille restée en Europe, leur nouait la gorge.

Quand le chœur des Suisses troua ce silence, une voix immense s'envola vers les cieux pour louer le Créateur :

La terre et le ciel t'appartiennent.

Partout tu étends ton règne.

De tous les points de l'univers, les cœurs droits te vénèrent.

La visite du général Urquiza

Jean-François rencontra Alexis Peyret à la suite d'une réunion de la Commission municipale. L'administrateur lui dit que le général Urquiza avait projeté de venir visiter la colonie. Il lui tardait de voir le travail réalisé et d'apporter ses propres encouragements aux colons.

– C'est grâce à Son Excellence que nous avons pu nous établir, répondit Jean-François. Sans lui, nous serions demeurés des parias, refusés de tous côtés, et victimes de marchands d'esclaves. Cela, nous ne l'oublierons jamais... Aussi, nous tenons à lui dire toute notre gratitude et nous l'exprimerons en cette circonstance. Nous organiserons une fête pour lui.

– Ce que vous ferez sera très bien, dit Peyret. Le général n'attend pas quelque chose d'extraordinaire ; l'important, que cela vienne du cœur de tous ces hommes qui l'accueilleront. Il se méfie des discours trompeurs, des compliments perfides, des promesses vaines. Il a eu l'occasion, dans sa vie d'homme, de percer la cuirasse de ceux à qui il avait affaire. Il se méfie des politiciens, des arrivistes. Ce qu'il veut sincèrement, c'est le bonheur du peuple. Avec vous, tel que j'ai appris à vous connaître, il ne sera pas déçu.

– Nous aurons à lui parler. En quelle langue faudra-t-il le faire ? Nous ne connaissons pas la langue du pays ; est-ce que le général entend notre langue ?

– Son Excellence entend et parle le français. Toute la classe aisée et cultivée d'Argentine entend et parle la langue française, couramment, et je dirais même avec perfection. La France a ici un rayonnement extraordinaire. C'est avec les idées françaises de liberté, de justice et de démocratie que le peuple a conquis son indépendance. J'ai enseigné le français au collège de Concepcion de l'Uruguay. Vous aussi, et vos amis Valaisans, bien que vous ne soyez pas de nationalité française, vous parlez le français avec perfection ! Vous voyez, il n'y aura donc pas de problème.

– Pensez-vous qu'il soit possible qu'un prêtre catholique puisse venir célébrer la messe, un dimanche et donner les sacrements ? Nous habitons loin de toute église.

– Son Excellence amène avec lui l'aumônier de sa maison personnelle, Don Feliciano. Il sera à votre disposition ce dimanche pour célébrer le culte. Lui aussi entend et parle le français.

– Merci, M. Peyret, de toutes ces précisions. Nous allons nous préparer pour faire à S.E. le général Urquiza l'accueil qu'il mérite.

La Commission municipale a convoqué les hommes de la colonie pour prévoir avec eux ce qui pourait être fait en vue de cette réception. Et le lendemain 21 juillet, tout le monde est sur le pied de guerre.

Les femmes ont sorti leurs plus belles robes, leurs plus jolies coiffes, et elles ont habillé les enfants. Elles se sont préparées pour assister à la messe célébrée par le *Padre*. La plupart d'entre elles auraient bien aimé se confesser auparavant, mais ce ne sera pas possible cette fois. Elles attendront une prochaine fête religieuse. Quant à Péronne, elle est toute à la joie de faire baptiser sa petite Françoise-Josèphe ; elle avait gardé précieusement, dans cette intention, la robe de baptême que lui avait remise sa propre mère, avant de quitter la maison familiale de La Chapelle-des-Frasses. Ce souvenir baignait de larmes son beau visage.

Les hommes ont nettoyé les abords de la colonie et coupé des branches pour orner le chemin qu'empruntera le cortège du Président. On se serait cru à la procession de la Fête-Dieu dans leur village natal ! La pancarte « Colonie San José » est mise en évidence, entourée de feuillages. Elle sera inaugurée officiellement car c'est devant elle qu'auront lieu les discours. Enfin, on a apporté une table pour la célébration de la messe en plein air et on a dressé une croix.

Le dimanche matin, une grande activité règne sur le campo. Il faut que tout soit prêt pour l'arrivée du général. Les enfants courent çà et là ; ils n'ont jamais connu, depuis des mois, que voyages, embarquements, débarquements, où ils étaient à l'étroit et surveillés de près. Maintenant, ils s'en donnent à cœur joie au grand détriment des adultes parce qu'ils dérangent ce que leurs parents ont tant de peine à monter.

Une dizaine de Valaisans ont emporté dans leurs bagages leur tenue de parade du temps où ils étaient soldats à l'étranger, avec sabres et fusils. Les voilà qui sont en train de briquer tout cela, ils brossent les habits, font reluire les cuivres et briller les ors. Dans un moment, ils seront sous les armes et présenteront les honneurs.

Il est 10 h 30 quand débouche de la plaine un contingent de cavaliers... ils arrivent au galop de leurs chevaux et soulèvent la poussière de la terre. Ce sont des Indiens qui composent la garde personnelle d'Urquiza. En grande tenue, ils précèdent le général et sa suite. La couleur basanée de leur peau contraste avec le rouge de leur tunique et le bleu de leur pantalon bouffant. Ils montent de petits chevaux noirs, et tiennent en main une lance en bois de bambou.

À leur suite, arrive un groupe de personnes, elles aussi à cheval, entourant un homme de haute stature montant un cheval bai. On reconnaît Alexis Peyret à la gauche de ce dernier ; à la droite, une dame qui se tient en amazone sur son cheval, son ample robe lui cachant les pieds et remontant sur la croupe de l'animal. À ses côtés, facilement reconnaissable, un prêtre dont le chapeau, semblable à celui des gauchos, porte une attache qui se noue sous le menton. Quelques cavaliers ferment la marche.

L'avant-garde se range sur deux files. Chaque cavalier tire son sabre du fourreau et le présente de la main droite, tandis que de la main gauche il tient sa lance fixée dans un coin de l'étrier. Le général Urquiza s'avance seul, le premier, au-devant de la foule des colons rassemblés.

Il met pied à terre, tandis qu'Alexis Peyret tient son cheval par la bride. Ceux qui le suivent font de même. En un éclair, les cavaliers de l'escorte descendent de cheval, prennent en main les montures qu'ils confient à la garde de deux ou trois d'entre eux et viennent prendre place auprès des invités.

Au moment où Urquiza s'approche, accompagné par l'administrateur, un commandement claque : « Garde à vous ! » Les Valaisans relèvent fièrement la tête et présentent les armes. Le général s'arrête, stupéfait. Il contemple ces immigrants qui n'ont rien perdu de leur dignité militaire, malgré les tenues différentes dont ils sont revêtus et malgré le mélange des sabres et des fusils. Alors, il se met au garde-à-vous, lui aussi, et d'un ample geste militaire salue à son tour ceux qui l'accueillent. Quand il repose le bras, on entend le commandement : « reposez armes ! » Il vient vers chacun d'eux pour leur serrer la main. Une poignée de main chaleureuse qui les réconforte et qui tire à quelques-uns une larme au coin des yeux.

Sur cette terre où ils vienent tout juste d'arriver, après maintes et maintes difficultés, c'est le cri de la victoire... Pour un peu, ils se croiraient les grognards de la Grande Armée accueillant leur Empereur, tant la légende napoléonienne remue encore les cœurs !

Alexis Peyret présente à Urquiza les cinq membres du Conseil Municipal de la nouvelle colonie San José, à commencer par son président, Jean-François Mariaz. Celui-ci a préparé un discours :

–Monsieur le Président, nous sommes heureux de vous accueillir aujourd'hui sur cette terre que, grâce à votre générosité, nous pourrons bientôt dire nôtre. Vous savez que nous sommes venus de loin, et après bien des aléas. Ce n'est pas par goût de l'aventure, ni par appétit de lucre, que nous avons quitté notre pays, notre village de montagne, nos familles et nos amis. La condition était telle qu'il nous était très difficile de vivre et de faire vivre notre femme et nos enfants. Nous ne savions pas de quel côté nous tourner. Mais la Providence divine veillait sur nous ; elle nous a indiqué le chemin qui conduisait dans votre pays, terre d'accueil et de liberté. Ce n'est pas sans mal que nous avons pu arriver jusqu'ici.

Grâce à vous, nous sommes maintenant installés. Le travail ne nous fait pas peur. Les labours ont déjà commencé ; les semailles vont suivre, et l'année prochaine les moissons. Alors nous construirons, toujours avec votre aide, nos maisons. Vous aurez ainsi contribué à faire de nous des hommes et des femmes heureux de vivre, de bons citoyens de votre patrie. De cela, nous vous serons éternellement reconnaissants. Vive le Général Urquiza ! Vive la République Argentine !

Un tonnerre d'applaudissements salue cette péroraison. Une décharge de mousquetterie part des rangs des anciens soldats suisses qui ont dirigé leurs fusils vers le ciel.

Et Madame Damian, accompagnée de son mari et de ses enfants, s'avance vers le général. Elle fait devant lui une profonde inclination avant de lui offrir un magnifique bouquet de fleurs des champs, fleurs toutes simples de cette contrée mais arrangées avec goût.

– Monsieur le Président, dit-elle, je me fais l'interprète de toutes les femmes qui m'entourent en ce jour solennel pour vous dire notre reconnaissance et notre attachement. Nous avons quitté notre pays et notre famille ; cela nous a coûté bien des larmes et des chagrins.

Nous avons cru succomber au milieu de l'océan, tant de la violence de la tempête que de la méchanceté des hommes. Nous voilà maintenant arrivés au port. Le ciel qui est au-dessus de nos têtes est le même que celui que nous avions en Europe.

De là-haut, Dieu nous regarde et nous bénit. Pour le rejoindre dans les cieux, la distance n'est pas plus grande ici qu'ailleurs. C'est Lui qui vous a choisi pour être notre protecteur et notre père. Qu'Il soit loué pour ce choix et qu'Il vous apporte longue vie sur la terre ! Qu'il accorde à votre nation la paix et le bonheur.

Elle offre la gerbe de fleurs à Urquiza. Celui-ci la reçoit et la remet aussitôt à sa femme. La sefiora, surprise de ce geste, reste là un moment à sourire à cette femme européenne, cette immigrante qui vient de prendre pied sur la terre argentine. Plus aucune distance ne les sépare.

Alors elle se dirige vers la pancarte qui porte le nom de la nouvelle colonie « San José » et dépose à ses pieds la gerbe de fleurs. Puis elle revient devant le Dr et Mme Damian et leur donne sa main à baiser ; elle prend ensuite chacun de leurs enfants dans ses bras et les embrasse.

Devant tant de simplicité et de chaleur, les applaudissements redoublent.

En un instant les souvenirs douloureux du voyage se dissipent et laissent la place à la joie de se sentir accueillis au sein de la grande nation Argentine.

La cérémonie officielle

Quand les applaudissements se furent tus, le général Urquiza prit la parole :

– Je vous remercie, Messieurs, de votre accueil ainsi que des mots et des gestes que vous avez manifestés à mon endroit. Je sais quelles ont été vos épreuves pour arriver jusque-là ! Aussi ai-je tenu à soulager vos peines et vos difficultés. Monsieur l'Administrateur a pris soin de chacune de vos familles. Il a veillé à ce que rien ne vous manque pour cette installation de fortune, il m'a tenu au courant du travail qui a été réalisé. Je le remercie de tout cœur pour la peine qu'il a prise dans la fondation de cette colonie.

À la vérité, je ne pensais pas intervenir personnellement dans le partage des terres pour assurer le peuplement de notre pays.

Mais l'annonce de vos malheurs et la description de vos qualités humaines m'ont profondément ému. Voilà pourquoi je me trouve aujourd'hui au milieu de vous. Vous êtes mes protégés et vous êtes mes amis. En votre sein, je suis en sécurité. Nul doute que vous deviendrez bientôt de vrais et de bons citoyens de la République Argentine.

La terre attend votre labeur. Elle saura vous rendre le fruit de votre travail au centuple. Cette terre vierge ne demande qu'à être travaillée ; les siècles l'ont enrichie de l'apport des saisons. Soyez de bons laboureurs et d'honnêtes citoyens. C'est ce dont notre pays a le plus besoin. J'ai été heureux de vous rencontrer et de me sentir accueilli par vous avec tant de démonstration de joie. Je reviendrai vous voir en ami... Et je continuerai à vous protéger. Vous pouvez compter sur moi.

Urquiza s'approcha de chacun de ceux qui étaient là à l'écouter pour leur serrer la main, leur disant qu'il les considérait comme de vrais citoyens de la République. Quand il fut en présence du vieux Cyrille Bruchez, âgé de 76 ans, il vit que des larmes coulaient sur ses joues. Bruchez, raidi dans le garde-à-vous, ne faisait rien pour les empêcher ni aucun geste pour les essuyer. Alors le général le prit dans ses bras et l'embrassa.

Quand il revint à son point de départ, Alexis Peyret lui remit un drapeau aux couleurs de l'Argentine, bleu et blanc. Il le déplia et le montra à la foule des immigrants :

– Voilà, dit-il, votre nouveau symbole, le drapeau de la Patrie. Soyez-en fiers et faites lui toujours honneur.

Pendant qu'il le tenait déployé, les anciens soldats suisses le saluèrent d'une décharge de rnousquetterie. Urquiza planta les couleurs bleue et blanche à côté de la pancarte Colonie San José. Par ce geste symbolique, il reconnaissait la colonie qu'il avait fondée sur ses propres terres et lui donnait la citoyenneté argentine.

La matinée touche à sa fin, c'est maintenant l'heure de la messe en plein air. Les Indiens de la cohorte ont installé un foyer à quelques distances ; munis de piques, ils font griller les quartiers de viande qu'ils ont apportés. L'odeur de *l'assado* arrive aux narines de tous les assistants.

Mais, pour l'heure, Don Feliciano a revêtu les habits liturgiques et monte à l'autel.

Jean Rey dirige la chorale qui s'est formée autour de lui. Le prêtre bénit l'eau que deux enfants lui présentent dans une bassine en cuivre et en asperge l'autel, le lieu qui l'entoure et la foule présente.

Asperges me Domine, entonnent les chantres.

Benedic, Domine, hanc locum et omnes habitantes, dit le prêtre. Et tous font le signe de croix dans une intense ferveur. Dieu est avec nous, se disent-ils intérieurement. Il ne nous a pas abandonnés... cette messe dans ce lieu en est le signe.

« Pour que Dieu soit vraiment chez nous, pense Jean-François, nous lui édifierons une église le plus tôt possible » et il en fait le serment dans sa conscience.

Chacun attend le moment de la prédication. Don Féliciano a préparé un sermon de circonstance.

– Soyez les bienvenus ici, fidèles chrétiens de l'Église catholique romaine. Je suis heureux de vous accueillir en temps que prêtre de notre sainte Église, au nom de Monseigneur l'Évêque de Parana et au nom de S.E. le général Urquiza, Président de la Confédération des provinces unies d'Argentine.

Vous avez quitté votre terre d'Europe et vous avez laissé vos villages et vos familles, vous avez erré sur l'immense océan et, à votre arrivée, vous avez frappé à des portes qui se tenaient obstinément fermées. Mais, heureusement, Dieu vous a envoyé un sauveur : le général Urquiza, le fédérateur de notre pays. C'est lui le nouveau Moïse qui vous a conduits jusqu'ici à l'image des Hébreux qui erraient dans l'étendue du désert. Vous avez crié vers Dieu, et vous avez mis devant lui vos soupirs et vos gémissements. Il s'est laissé fléchir ; il a arrêté son courroux et il vous a confiés à un homme de son choix pour qu'il vous conduise vers la Terre Promise. Il vous a sauvés des eaux de la mer et des pièges du désert ; le démon n'aura plus sur vous aucune prise. Heureux êtes-vous de célébrer les fastes et les louanges du Dieu des armées ! Il a vaincu les empires et devant lui les potentats mordent la poussière.

Dans sa grande miséricorde, il vous a confiés à celui-là même qui a vaincu l'hydre de nos ennemis, le vainqueur de la bataille de Caseros, le fédérateur des provinces. Vous ne pouvez être en de meilleures mains, lui que la Nation peut comparer à Cincinnatus, l'illustre romain qui, après avoir sauvé sa patrie, reprit le chemin de sa maison et empoigna de nouveau les mancherons de sa charrue... Honneur à de tels hommes ! Leurs noms traversent les siècles !

Celui dont je parle et qui vous a accueillis sur ses terres, je le comparerai au Cid Campeador qui combat pour la justice et le droit. À qui le comparerais-je encore ? Il est pour nous tous un autre Washington, le combattant de la liberté.

C'est à lui que Dieu, dans sa grande miséricorde, a bien voulu vous confier. Que sa mémoire soit bénie éternellement ! Vous savez que le péché du premier homme fait de nous, ses descendants, des victimes innocentes. La terre sera dure à travailler, la coupe sera quelquefois amère à boire, vous aurez de la peine à extirper les ronces et les épines, mais vous attendez le salut que Dieu a promis à ses fidèles enfants. Le ciel sera votre récompense éternelle et dans les cieux, une foule innombrable vous attend.

Ne perdez pas confiance, soyez de bons chrétiens. Pour gagner le ciel, le chemin n'est pas plus long ni plus dur d'ici que de votre pays d'origine. Et ceux que vous avez quittés en pleurant, vous les retrouverez en paradis, si Dieu veut bien les y mettre. Mais le Souverain Maître, roi du ciel, de la terre et de tout l'univers, sait écouter les prières de chacun de ses enfants.

Quand vous travaillerez votre terre, vous lèverez de temps à autre votre regard vers le ciel. C'est là que Dieu vous attend, là qu'est votre vraie place. Vous allez découvrir une autre terre, et d'autres cieux, mais Dieu, lui, est toujours le même. Si vous gardez foi et confiance en lui, vous serez heureux dans ce monde et dans l'autre.

Ces paroles allèrent droit au cœur des assistants. Beaucoup de femmes pleuraient à l'évocation des familles restées au pays, mais à ces larmes se mêlait une joie secrète... celle d'entendre ce prêtre étranger leur parler dans leur langue ! Un jour, elles auraient une église et un curé.

A la fin de la messe, Don Feliciano annonça qu'il allait procéder au baptême de deux enfants, nés depuis le départ d'Europe. Maurice Vernaz et Péronne s'avancèrent, tout émus, accompagnés de Jean-François et de Claudia ; cette dernière tenait dans ses bras la petite Françoise-Josèphe enveloppée de la robe de baptême. Une autre famille, originaire du Valais, apportait un enfant pour le baptême ; la mère avait accouché quelques jours après l'arrivée au port de Buenos Ayres.

Alexis Peyret s'avance auprès des familles et leur annonce que le général Urquiza serait le parrain des deux enfants. Il voulait ainsi manifester une protection aux nouveaux colons.

– J'espère, dit Peyret, que vous n'y voyez aucun inconvénient ?

– Ce geste nous honore tous, répondit Jean-François au nom des deux familles. Veuillez dire à Son Excellence notre profonde gratitude pour tant de bonté à notre égard.

– Son Excellence, reprit Peyret, tient à assister au baptême, ainsi que son épouse. Il va sans dire que la Seniora sera considérée, à juste titre, comme la marraine des enfants. Mais ils laissent au parrain et à la marraine que vous avez primitivement choisis, le soin de les remplacer dans cette cérémonie et de tenir l'enfant à leur place sur les fonts baptismaux.

Ainsi fut fait. Don Feliciano avait apporté le livre officiel où sont consignés les baptêmes des membres de la maison d'Urquiza : familiers, employés, militaires de la garde, serviteurs. Il le présenta au général pour qu'il y appose sa signature ; il fit de même pour la Seniora.

Après avoir mis sa signature, celle-ci s'approcha de Péronne à qui Claudia avait rendu la nouvelle baptisée. Elle la félicita et lui remit, d'un geste qu'elle voulait discret, une obole de quelques pesos d'argent. Elle lui demanda si elle pouvait prendre l'enfant ; Péronne pleurait toutes les larmes de son corps, tellement l'émotion l'étreignait. Ne pouvant parler, elle fit signe « oui » de la tête. Alors, la Seniora enleva la petite Françoise-Josèphe dans ses bras puissants, l'embrassa sur les deux joues et lui fit un signe de croix sur le front. Après quoi, elle la rendit à sa mère. Elle se dirigea ensuite vers l'autre famille pour accomplir les mêmes gestes. Tous regardaient et n'en croyaient pas leurs yeux.

– Jamais, dit l'un d'eux, dans notre pays nous n'aurions vu chose pareille. Ceux qui nous gouvernent restent loin de nous et nous regardent à peine. Ici, ils se font proches et deviennent comme l'un de nous.

Les enfants étaient là, qui regardaient la Dame de leurs yeux grand ouverts ; ils ne manquaient rien du spectacle. La Seniora s'écarta un peu et se plaça face à eux, puis elle puisa dans sa bourse une poignée de petites pièces d'argent qu'elle lança en l'air en criant :

– Vive Dieu ! Vive l'Argentine !

Les pièces retombèrent et s'éparpillèrent sur le sol. Après un moment d'hébétude, voyant que personne ne bougeait, les enfants se précipitèrent tous ensemble pour les ramasser. Un cri s'éleva alors de la foule :

– Vive le général Urquiza !

Les quartiers de viande rôtis au feu avaient belle allure. Les Indiens de la suite du général, en fins connaisseurs, avaient surveillé la cuisson. Ils les apportaient maintenant du bout de leur sabre et les disposaient sur des tables préparées à cet effet. Alexis Peyret invita tous les présents à s'approcher. Il leur montra comment découper des morceaux de cette viande. Jamais ils n'avaient mangé une viande de cette qualité ; il leur semblait qu'elle leur fondait dans la bouche. De ce premier assado sur le sol argentin, ils gardèrent un souvenir inoubliable.

– Quel dommage, dit un Valaisan à son voisin, que nous n'ayons pas, pour accompagner cette viande, un verre de fendant !

– Oui, dit l'autre, quel dommage ! J'espère que d'ici deux ans j'aurai la possibilité de t'en offrir un verre. Tu sais que j'ai apporté avec moi un pied de vigne ; pourvu qu'il ait tenu jusque-là ! Demain, je le mettrai en jauge.

Avant de partir, Urquiza dit à Jean-François :

– Venez me voir à ma résidence dès que vous aurez le temps. J'ai à vous parler.

La nostalgie du pays

Le lot des frères Rey se trouve assez éloigné de celui de la famille Mariaz. Ils ont construit, eux aussi, une maison de fortune avec une seule pièce qui sert à la fois de cuisine le jour et de chambre à coucher la nuit. Il n'y a ni fourneau ni cheminée ; un âtre occupe un coin de l'ensemble et la fumée s'échappe par le toit. Mais avant de sortir à l'air libre, en particulier les jours de mauvais temps, la fumée s'étend à l'intérieur comme chez elle et caresse les murs. Son odeur les imprègne... On se croirait dans une cheminée d'un chalet des Alpes où l'on met à fumer jambons et saucisses ! Léonie, la femme de Xavier, a de la peine à se faire à cet intérieur. Elle avait rêvé d'une petite maison sud-américaine, proprette et facile à entretenir, et ses rêves l'avaient accompagnée tout au long de la traversée. Elle se rappelait le soin que prenait sa mère du mobilier de bois de la maison paternelle, là-bas à Champeiry. Elle n'était pas riche ; maintenant, elle était carrément pauvre !

Le soir venu, on suspendait une couverture qui faisait usage de rideau et qui partageait l'intérieur. Dans la partie la plus large, Xaxier étendait une paillasse remplie de foin sec. Ce serait le lit conjugal pour lui et son épouse. Le lit était habillé de draps de chanvre, qui sentaient bon leur pays d'origine... Quelle aubaine de les avoir apportés avec eux ! Ils étaient tout neufs au moment du départ, quand la mère de Léonie avait insisté pour que sa fille les emporte. Elle ne voulait pas, elle se serait contentée de draps usagés :

– Ils risquent de s'abîmer ou de se perdre au cours du voyage !

– Non, dit la mère Détraz, vous ne les perdrez pas. Xavier est attentionné pour tout ce qu'il fait. Il vaut mieux que vous ayez, pour débuter, des draps de première qualité ; ils vous feront de l'usage. Parce que d'ici à ce que vous puissiez en acheter une autre paire, de l'eau coulera sous les ponts... et puis, ils n'auront jamais la qualité de ceux-ci. Ce chanvre provient de la chenevière de l'Endroit. C'est la meilleure de la vallée.

Léonie se rappelait tout cela. Quand elle se glissait dans ces draps, auprès de son homme, il lui semblait que son enfance revenait à elle. Elle s'y sentait bien, elle se revoyait dans la maison paternelle de Champeiry, elle s'endormait tranquille.

Elle ne cherchait pas le corps de Xavier, malgré l'exiguïté du lit. Elle n'avait aucune envie de lui. Tout ce qu'elle demandait, c'était qu'il la laisse dormir. Xavier, lui, ne se posait pas de question. Le travail de la journée l'occupait entièrement et, quand il se mettait au lit, brisé de fatigue, il s'endormait immédiatement. il avait remarqué, dans les mois qui suivirent leur mariage et qui précédèrent leur départ, que Léonie ne répondait pas beaucoup à ses avances quand ils se retrouvaient, seuls, tous les deux, dans leur chambre. Lui, d'ailleurs, n'avait pas insisté. Son tempérament et son éducation avaient fait qu'il n'était pas porté, comme on dit, sur la chose. Léonie s'était donnée à lui parce qu'il fallait bien le faire... Sa mère l'avait dûment chapitrée. Mais ça n'avait pas été une réussite, loin de là! Au début du mariage, elle avait eu terriblement mal. Ils n'avaient pas recommencé l'expérience. Là-dessus, les tracas du départ avaient relégué la chose aux oubliettes. Xavier, qui respectait grandement son épouse et qui l'appréciait autrement pour le reste de l'existence, se disait que, plus tard, quand ils auraient construit une vraie maison, son épouse se détendrait et qu'elle lui reviendrait sur ce point.

Pour la nuit, Jean se contentait d'un petit coin. Il étendait une espèce de natte qu'il s'était confectionné avec des vieux sacs trouvés au fond de l'entrepont du Mary Nac Near. Il avait passé une partie du temps de la traversée à les défaire, mis de côté les fibres cassées et tissé les fibres en bon état, le tout à l'abri de ce vieux Schaffner. De toute façon, les sacs étaient perdus... ils auraient continué de pourrir dans l'entrepont. Jean ne se serait jamais permis de prendre quoi que ce soit à autrui ! Il avait pu débarquer cette natte sans histoire il s'estimait très heureux de la posséder. Elle l'isolait de l'humidité du sol. Ce devait être son seul lit des années durant. Il ne craignait pas de coucher sur la dure et comme il n'envisageait pas de se marier, il se disait que la femme qu'il n'avait pas ne pouvait pas lui reprocher son inconfort !

Alors, il s'enroulait dans une couverture, s'étendait de tout son long, posait la tête sur un havresac qui contenait ses quelques affaires personnelles et faisait sa prière. Il savait celle-ci par cœur. Le corps détendu et l'âme en paix, il s'endormait comme un enfant.

Le travail avait été harassant tout au long de ce mois de juillet. L'hiver austral régnait en maître dans un ciel rempli de nuages d'où la pluie tombe en averse et tout d'un coup s'arrête, dégageant le bleu du ciel. Les nuages sont partis ailleurs ; ils partent aussi brusquement qu'ils sont venus. Les nuits sont très fraîches ; le docteur Damian recommande aux mamans de veiller à ce que les enfants soient bien couverts. Il passe d'une maison à l'autre pour donner quelques potions de façon à lutter contre la dysenterie, les maux de ventre ou les refroidissements pulmonaires. Dire qu'au même instant, les parents restés au pays luttent avec la chaleur de l'été ! Chacun ne peut s'empêcher de penser que l'année dernière, à la même époque, il était à telle montagne, à tel alpage.

– Tu te souviens, dit Claudia à Jean-François, l'été passé nous étions à la Callaz. Ce n'est pas le même paysage ! Au moins, ici, les champs s'étendent calmement autour de nous.

Tu te rappelles le sentier qui monte à la Callaz et le nombre de lacets qu'il comporte ?

– Oui, répond Jean-François, il y en a exactement quatorze.

– Autant que les stations du chemin de la croix ! reprend Claudia. Quand j'arrivais en haut, je n'en pouvais plus. Cette montée me tuait. Quand je pense au chalet, je me dis que nous ne sommes pas plus gâtés par ici... le confort est le même !

Et elle part d'un grand éclat de rire à la pensée du manque de confort des chalets d'alpage.

– Mais il faisait beau, les jours étaient longs et on n'y demeurait que les trois mois de la belle saison. Tandis qu'ici, ne me parle pas du confort... Pourtant, tout compte fait, je préfère cent fois cette magnifique terre d'Argentine aux montagnes de notre Savoie.

– Tu vois, dit Jean-François, ce qui manque ici, eh bien, c'est justement la montagne... Plus exactement, les levers et les couchers de soleil sur les rochers des Cornettes et les montagnes alentour, quand elles brillent et qu'elles resplendissent ! Dans cette plaine, le soleil n'en finit pas de se coucher. Il reste comme une boule de feu suspendue entre ciel et terre. Quand il disparaît, c'est la nuit.

Il n'y a pas cette longue descente du crépuscule, comme chez nous, autrefois, où les choses qui composaient notre paysage habituel s'enveloppaient tout doucement de mystère !

– Tu as dit « chez nous » ! Où est-ce chez nous ? Ici ou là-bas ?

– Mais ici, bien sûr, idiote !

Et ce disant, il l'attire à lui, passe un bras autour de ses épaules et l'embrasse tendrement sur le front. Il l'entraîne vers les terres fraîchement labourées. Elle porte dans ses bras leur dernier-né, Jules, âgé maintenant de six mois. Les deux aînés jouent avec des camarades du voisinage. En approchant des labours, Jean-François enlève Jules des bras de sa mère pour s'en charger lui-même. Il se baisse vers le sol, prend une poignée de terre et la fait lentement glisser à travers ses doigts. On aurait dit qu'il savourait ce geste ; Claudia le regarde tout intriguée. Jean-François prend ensuite la petite main de son fils et la plonge dans la terre pour la lui faire remuer comme à plaisir.

– Tu vois, lui dit-il, cette terre si belle, si souple... Elle ne comporte aucune pierre, aucune racine, aucune mauvaise herbe. Tu as de la chance, mon petit Jules ! Tu ne passeras pas ton temps, comme ton père et surtout ton grand-père, à épierrer les champs pour les labours, à déraciner les arbustes qui envahissent la pâture, à nettoyer après le passage des avalanches. Tu n'auras pas connu ce genre de vie-là. Tant mieux pour toi ! Tu auras une vie belle si tu t'attaches au travail et à l'honnêteté. Parce que, même ici, il faut « gagner son pain à la sueur de son front ».

Il se relève et tenant toujours l'enfant, il entoure de l'autre bras les épaules de Claudia.

– Je te le jure, dit-il à son fils. Si nous arrivons à nous en sortir, et qu'il nous soit possible de mettre quelque argent de côté, je t'emmenerai à La Chapelle-des-Frasses, ce petit village perdu dans une vallée des Alpes, pour que tu puisses connaître le pays qui t'a vu naître et y embrasser ton grand-père.

– Puisses-tu dire vrai, répondit Claudia. Que le ciel t'entende.

Elle fait sur elle un signe de croix et prend son mouchoir pour essuyer les larmes qui perlent à ses paupières.

– Tu vois, dit-elle, je voulais être forte tout à l'heure, je croyais, mais le souvenir est toujours là. Il ne s'effacera jamais.

En guise de réponse, Jean-François serre un peu plus de son bras l'épaule de sa femme et l'attire contre lui. Ils rentrent ainsi tous les deux, appuyés l'un sur l'autre, en direction de leur cabane ; ils marchent en silence. Jean-François maîtrise son émotion car, à l'évocation de son père, la figure de Joseph Mariaz lui revient à la mémoire. En fait, elle ne la quittait jamais.

– Je me demande ce qu'ils deviennent, dit-il. Nous sommes sans nouvelles. J'ai comme un pressentiment... J'ai peur qu'il soit arrivé quelque chose à ma mère. Elle a très bien pu ne pas tenir le coup après notre départ... Demain, j'écrirai une lettre. Voilà un mois que nous sommes installés ici. Je leur donnerai des nouvelles qu'ils doivent attendre impatiemment, ainsi que notre adresse. M. Peyret vient demain et repart après-demain pour Parana. Il sera mon vaguemestre jusqu'à cette ville. Il doit y avoir de là un courrier pour Buenos Ayres... et vogue ma lettre à travers les océans ! J'ai trop attendu avant d'écrire...

En arrivant à leur cabane, Maurice les attendait. Il venait de faire un tour sur les cultures. Si la plupart des immigrants avaient semé du maïs, sur le conseil de Alexis Peyret, Jean-François et

Maurice avaient choisi le blé. Ils considéraient cette terre comme une terre à blé.

– On ferait une rotation de cultures par assolement, pensaient-ils. Le rapport devrait être meilleur, tant pour le blé que pour l'élevage.

Ils envisageaient déjà de se perfectionner, de sortir de l'anonymat.

– C'est une chance, dit Maurice, le blé est déjà dehors. C'est un blé de printemps, mais en ce pays il doit bien convenir. Il est sorti sans que rien ne manque.

– Oui, dit Jean-François, avec une terre pareille, cela ne me surprend pas. On a labouré d'un seul tenant sans rencontrer ni pierre ni racine. Les bœufs tiraient droit devant eux. C'est vrai que le sol était particulièrement dur, foulé depuis si longtemps par les pieds des troupeaux. Mais deux paires de bœufs ont fait un travail excellent pour tracer des sillons de 500 mètres de long. Quand je pense aux champs que nous tournions à la main, avec une houe, pour y planter des pommes de terre et y semer du seigle ou de l'orge... grands comme des mouchoirs de poche !

– Si les parents pouvaient voir cela, ils n'en reviendraient pas, dit Maurice. Je crois que l'on a bien fait de venir ici et, pour mes enfants, il y a encore de la terre sur l'ensemble du *Campo*. On pourra vivre au large.

– On a fait un bon labour, la terre a été bien retournée. J'ignorais que des bœufs avaient une force pareille ! Si tout va bien, s'il n'y a pas de grêle ou d'orage, la récolte pourrait être bonne. On moissonnera aux environs de Noël !

– Aux environs de Noël ! dit Claudia. Voilà le monde à l'envers par rapport à chez nous !

– Chez nous, reprend Jean-François en souriant, mais tu me l'as dit, c'est ici ! Il faudra nous habituer à l'hémisphère austral. M. Desportes m'en avait bien touché un mot, mais tant qu'on n'y est pas, on ne peut s'en rendre compte.

À ce moment, François-Joseph tenant la petite Marie-Henriette par la main, arrive à la cabane.

– Tu sais, papa, il y a des gens qui ont lâché leurs troupeaux dans les cultures des Suisses. Ceux-ci ont voulu s'y opposer, mais les autres se sont mis en colère. Ils étaient à cheval. À la fin, ils ont emmené leurs bêtes. Ils criaient, mais je n'ai pas compris ce qu'ils disaient. J'ai eu peur. Ce sont peut-être des Indiens !

– On verra tout ça demain. Pour le moment, on va manger et on va aller au lit. Bonsoir

Maurice. Donne le bonjour à Péronne, ainsi qu'aux enfants.

– *Ar'vi* répondit Maurice en patois.

Incursion des Indiens sur les terres

Ce dimanche était le premier du mois d'août. Un mois venait de se passer depuis l'installation du groupe d'immigrants à cet endroit. À regarder le travail réalisé, on pouvait voir qu'ils n'avaient pas chômé : terres labourées, chemins tracés, cabanes bien arrangées. On devinait le centre de la nouvelle ville en train de prendre corps autour de la pancarte fièrement posée : Colonie San José. L'hiver argentin se déroulait sans problème, apportant son lot habituel d'averses suivies aussitôt du ciel bleu.

Jean-François s'était installé sur une table de fortune, au-devant de sa cabane, et il écrivait à ses parents.

Colonie San José, le 3 août 1857

Mes chers Parents,

Je viens vous donner de nos nouvelles qui sont bonnes. Voilà cinq mois déjà que nous avons quitté La Chapelle-des-Frasses. Vous devez attendre avec anxiété le résultat de notre voyage. Eh bien, nous voilà tous rendus à bon port, mais pas au lieu primitivement prévu. Le gouvernement de la province de Corrientes a fait des difficultés pour nous recevoir, nous étions comme des voyageurs errants, sans but ni protection.

Dieu merci, nous avons trouvé un protecteur digne de ce nom en la personne de M. le Général José de Urquiza, qui est à la fois un grand propriétaire dans ce pays et le Président actuel de la République Argentine. Il nous a trouvé une place dans un coin de ses terres et il a mis à notre disposition un lieu pour nous implanter et où nous sommes déjà propriétaires des terrains qu'il nous a accordés. C'est un homme bon. Que Dieu le prenne en grâce. Sans lui, je ne sais pas ce que nous serions devenus.

Je suis pour l'instant dans les dettes et je pense y rester encore de longues années. Mais le pays est prometteur. La terre est magnifique, l'herbe grasse à souhait pour les troupeaux. Les labours se sont fait sans difficultés. Tout convient ici pour l'agriculture. Pour l'instant, nous habitons une cahute de planches, que nous avons édifiée rapidement dès notre arrivée pour nous mettre à l'abri du soleil et des intempéries. Mais avec les beaux jours qui vont venir, je vais pouvoir construire une maison en dur de façon à loger Claudia et les enfants. Ils vont bien tous les quatre et me chargent de vous embrasser.

Comment allez-vous ? J'espère que votre santé est bonne. Quand vous recevrez ma lettre, l'hiver ne sera pas loin d'arriver chez vous, tandis qu'ici nous serons au début de l'été. Donnez-moi de vos nouvelles, je suis en souci de savoir comment vous allez. Voici mon adresse :

Jean-François MARIAZ
Colonie San José
Province d'Entre Rios
PARANA
(République Argentine).

Maintenant que nous sommes installés sur place, si quelqu'un de la commune à l'intention de venir nous rejoindre, dites-leur bien qu'ils peuvent le faire avec toutes les chances possibles. Nous habitons un beau pays, où il y a de la place et la tranquillité. Le gouvernement nous respecte et nous protège. On nous a promis pour bientôt un curé.

Transmettez, je vous prie, un bonjour affectueux à notre bon curé, M. Chevallier, à Joseph Desportes, l'instituteur, à l'oncle Joseph Maxit et à toute la parenté.

Nous rendons grâce à Dieu de la protection qu'il nous a accordée. Je le prie qu'il fasse de même pour vous. Pourrons-nous nous revoir sur cette terre ? Que sa sainte volonté soit faite. Nous nous retrouverons de toute façon au jour du Jugement Dernier. Le curé qui est venu célébrer la messe ici l'autre dimanche nous l'a dit : pour aller au ciel, le chemin n'est pas plus long d'ici que de chez vous. Ce sont d'autres cieux, mais Dieu reste le même.

Qu'il vous ait en sa sainte garde.

Votre fils dévoué.

Jean-François s'était appliqué à écrire cette lettre. Il souhaitait de tout son cœur qu'elle arrive à destination, au hameau de l'Essert, dans la commune de La Chapelle-des-Frasses, province de Chablais, au royaume de Piémont. Vu de si loin, ce minuscule hameau apparaissait perdu sur l'étendue du globe terrestre. Et cette pauvre installation d'une poignée d'immigrants en ce coin perdu de la terre argentine ne valait guère mieux. Ils l'avaient baptisée comme une ville, mais le nom de Colonie San José ne devait pas dire grand chose aux autorités fédérales.

– Est-ce que ma lettre pourra arriver à destination ? s'interrogeait Jean-François.

De toute façon, il n'y avait aucun bureau de poste ici, même pas une boîte aux lettres. Il décida d'en parler à Alexis Peyret. Justement, ce dernier arrivait devant l'habitation de Jean-François, en compagnie de quelques hommes de la colonie.

– Bonjour Monsieur Mariaz, dit Alexis Peyret. Nous sommes venus vous voir pour parler avec vous de l'incident d'hier. Des immigrants sont venus se plaindre auprès de moi, dès mon arrivée à la colonie, de ce qu'un groupe d'Indiens à cheval ont conduit leurs troupeaux sur des terres fraîchement labourées. Il y a eu une altercation, assez violente à ce que j'ai compris. On n'a pu me dire exactement ce que disaient ces hommes, mais ils étaient, paraît-il, très en colère. Ils auraient promis de revenir et de tout saccager. Je vais faire une enquête dans la région à ce sujet. Mais, étaient-ce vraiment des Indiens ?

Vous savez, à cause de la guerre civile, il ne reste que peu de tribus indiennes dans la contrée !

– Il faisait sombre, dit un des hommes, on n'a pas pu très bien remarquer. En tout cas, ils étaient habillés comme des Indiens et montaient de petits chevaux noirs. Ils avaient un grand nombre de bêtes à cornes. Il semble bien qu'ils étaient armés.

Alexis Peyret essaya de faire comprendre à ses interlocuteurs le problème qui se posait désormais.

– Bien que le général Urquiza fut le propriétaire de toutes les terres qui sont aux alentours, il avait laissé toute latitude aux Indiens et aux gauchos vivant dans la région de faire paître leurs troupeaux, sans aucun droit à verser ni aucune interdiction. Vous comprenez qu'ils doivent trouver amer maintenant le fait de se sentir tenus à l'écart de quelques domaines réservés. Ce sont des gens libres, qui ne connaissent ni attache ni maître. Ils ont l'habitude d'aller et de venir à leur gré. Evidemment, cela ne peut s'allier avec la nouvelle politique de peuplement mise en œuvre par le gouvernement de Parana. Il faudra qu'ils comprennent et se convertissent à un nouveau mode de vie, moins sauvage que l'ancien et donc plus libre : « Ma liberté s'arrête là où commence la liberté des autres ». C'est un adage que j'essaie de mettre en pratique.

En conclusion, il faudra mettre des clôtures. Mais, ne vous servez pas de vos armes pour leur faire peur ! Ce sont d'habiles tireurs, même sur un cheval au galop. Ne vous mesurez pas à eux. Sauf, bien sûr, en cas d'attaque.

– Vous comprenez, M. Peyret, dit quelqu'un. Nous avons travaillé durement sur ces terres appelées à devenir nôtres et ce travail peut être compromis par le passage dans de la terre meuble d'un grand nombre de pieds de bêtes à cornes et de chevaux. Nous ne voulons pas travailler pour rien ?

– Je comprends, dit Peyret, mais comprenez, vous aussi, que votre arrivée ici dérange les habitudes des anciens occupants de ce pays. Cela ne m'étonnerait pas qu'ils vous en veuillent. D'autre part, l'Indien et le gaucho – ce dernier est souvent un métissé d'Indien – ne conçoivent leur vie qu'à cheval, libres comme le vent. Ils ne connaissent pas le travail de la terre. C'est pour eux une servitude à laquelle ils ne se plient pas et qu'ils laissent à des esclaves. Il y a chez eux une espèce de mépris pour le travailleur agricole.

Il faudra vous tenir sur vos gardes.

– Comptez sur nous. Nous verrons entre-nous comment établir une surveillance à tour de rôle pour monter la garde.

– Voilà donc un mois que nous sommes installés ici, commenta Jean-François. Le travail nous a beaucoup occupés, à tel point que nous n'avons eu guère le temps de nous occuper de nos familles restées en Europe, même si leur pensée est toujours avec nous. Je veux envoyer une lettre à mes parents et je suppose que d'autres voudront faire comme moi. Tous le feront par la suite, même ceux qui ne savent pas très bien écrire... ils trouveront un ami pour le faire en leur nom.

Comment pouvons-nous être certains que ces lettres, en partant d'ici, traverseront aussi bien votre grand pays que tout l'océan pour être acheminées dans un port de France et de là dans notre pays ?

– C'est une chose très importante, et j'ai eu l'honneur de m'en entretenir avec le général Urquiza tout récemment. Je comptais d'ailleurs vous en causer dès que la question viendrait à être soulevée. Pour ce qui est de votre lettre, M. Mariaz, je vais l'emporter demain avec moi à Parana. Si ces messieurs veulent écrire à leur famille aujourd'hui, qu'ils le fassent. Docteur Damian, vous n'avez pas de courrier à transmettre ?

Dorénavant, vous procéderez ainsi. Une personne de la colonie, désignée par vous en toute confiance, se chargera de collecter les lettres à destination de l'Europe. Elle les transmettra à quelqu'un de l'entourage du général, plus spécialement chargé des relations de son Excellence avec l'extérieur, le capitaine Estasnilao Lopez. Celui-ci les remettra au Consul de votre pays à Parana, chargé de l'acheminement du courrier. Ainsi la sécurité sera meilleure, pour ne pas dire garantie.

Il faut que vos familles restées en Europe soient au courant de vos conditions de vie.

Si vous vous plaisez ici et que vous leur faites savoir, cela incitera d'autres volontaires à venir vous rejoindre. L'Argentine est grande et la politique de peuplement n'en est qu'à ses débuts.

Dans l'après-midi Claudia et Péronne se rendirent chez Xavier et Léonie Rey ; elles trouvèrent Léonie en compagnie de Lucie. Les enfants s'amusaient dans la campagne ; seul le dernier-né demeurait en compagnie de sa mère. Elles trouvèrent Lucie en bonne forme ; sa grossesse – elle en était à son septième mois – se passait bien. Mais par contre, Léonie leur apparut avec un visage livide. Elles se rendirent compte qu'elle avait pleuré.

Ses yeux étaient rouges, enfoncés au fond des orbites, et les pommettes de ses joues laissaient apparaître un creux, le creux de quelqu'un qui ne mange pas. Elles n'osèrent pas penser que Xavier battait sa femme ; ce n'était pas le genre de l'homme. Xavier et Jean se trouvaient plus loin à bavarder.

– Qu'est-ce qu'il y a, Léonie ? demanda Claudia. Tu as des ennuis ?

– Oui, elle s'ennuie, dit Lucie. Elle n'a qu'une envie... retourner près de ses parents, retrouver son village ; revoir sa mère et les montagnes. Elle a le mal du pays. Elle ne se plaît pas ici.

– Il n'y a pas d'histoire entre Xavier et toi ? demanda Péronne. Vous avez eu une dispute ?

– Non, fit de la tête Léonie. Elle restait prostrée, regardant ses souliers, ne pleurant même pas.

– Je passe la voir souvent, dit Lucie. Je n'arrive pas à la remonter. Je me demande même si mon état n'est pas cause pour elle de ce terrible ennui. Elle désire peut-être un enfant qu'elle n'arrive pas à avoir. Je ne sais pas. Qu'est-ce qu'il faut faire ?

– Tu vois, Léonie, dit Claudia, nous sommes toutes les trois avec toi. Nos hommes s'entendent parfaitement, leur travail a bien avancé, bientôt nous aurons chacune une maison. Nous nous épaulerons pour passer les coups durs.

– Bientôt, tu attendras un enfant à ton tour, dit Péronne. Moi aussi, l'année dernière, j'étais désespérée. Heureusement que Claudia m'a soutenue. Nous te soutiendrons et nous prierons avec toi.

– Je n'ai plus envie de vivre, dit Léonie. J'ai comme l'impression que la vie s'est détachée de moi. Je n'aurais jamais dû abandonner mes parents.. Dieu me punit. Je n'ai plus le goût de retourner là-bas. Tout me devient indifférent.

Je suis un poids lourd pour Xavier et pour Jean. Je suis incapable de leur faire à manger, je ne suis plus bonne à rien... Je veux mourir.

Cette dernière phrase était dite dans un cri, un cri de détresse qui provoqua la stupeur chez ces femmes. Aucune d'elle ne pleurait, ce n'était pas le moment. Elles sentaient que la détresse de Léonie était profonde, mais elles étaient là, angoissées à leur tour, à ne savoir que faire. Lucie s'était approchée de Léonie et la tenait par les épaules, comme une mère entoure son enfant.

– Le 15 août prochain, dit Claudia, on nous enverra un prêtre pour célébrer la messe.

Il paraît qu'il viendra assez tôt le matin pour entendre en confession tous ceux qui voudront. Veux-tu qu'on lui dise qu'il vienne te voir et qu'il fasse une prière pour toi, pour que Dieu te guérisse et qu'il te donne le goût de vivre ?

Léonie fit signe « oui » de la tête.

– Il faudrait en parler à Xavier, dit Péronne. Il faut l'aider lui aussi.

– Il y a une chose à laquelle j'ai pensé, ajouta Lucie. Personne n'en a parlé au Dr Damian. Il pourrait faire quelque chose pour elle. C'est un homme bon.

– Viens faire un tour dans la campagne avec nous, dit Claudia en prenant le bras de Léonie. Cela te changera les idées.

Claudia et Péronne aidèrent Léonie à se mettre debout. Alors elles se rendirent compte à quel point elle était faible ; elle avait beaucoup maigri. Elles durent lui donner le bras pour marcher.

La mort de Léonie Rey

– Viens vite, s'écrie Lucie à l'adresse de Claudia. Léonie est en train de mourir !

Claudia s'essuie les mains avec son tablier, dénoue rapidement celui-ci et jette un châle sur ses épaules. Toutes les deux filent vers la cabane où Léonie Rey vient d'entrer en agonie. Xavier se trouve près de sa femme ; il lui tient les mains et lui essuie la figure avec un linge. Il a le visage anxieux, fatigué de n'avoir pas dormi depuis de longues nuits. Les larmes coulent de ses yeux grand ouverts. Jean, assis par terre, tient un livre entre les mains et dit les paroles de la prière des agonisants. Les deux femmes se joignent à la prière.

Léonie respire à peine, son souffle est devenu haletant et rauque. Sur sa figure, livide comme celle d'un cadavre, se lit encore son âge : à peine 23 ans. C'est bien jeune pour mourir ! Rongée par le mal du pays, elle était tombée dans une mélancolie profonde. Elle ne s'alimentait plus, aucune boisson ne pouvait descendre dans sa gorge brûlante comme un feu. Elle ne sortait de sa torpeur que pour parler de son village et de ses parents, et encore d'une manière incohérente. Toutes les attentions et tous les efforts entrepris par Xavier et par Jean n'avaient réussi à la sortir du mal qui la rongeait insidieusement. Le docteur Damian, les bras paralysés, n'avait pas les moyens de lutter contre cette maladie.

Léonie mourut vers la fin de l'après-midi, en ce premier lundi du mois de septembre.

Elle ne verrait pas le printemps fleurir sur cette terre d'Agentine, car le printemps s'annonçait, il frappait à la porte en faisant éclore les bourgeons des arbres et les fleurs des champs. Elle quittait ce corps trop faible qui n'avait pas supporté l'épreuve de la séparation, elle l'abandonnait pour qu'il soit confié à la terre dans l'attente de la résurrection. Son âme monterait vers Dieu pour être réunie finalement à celles de ses ancêtres et de toute sa famille. Au ciel, il n'y aurait ni océan ni frontières qui puissent séparer ceux qui s'aiment, car il s'étend, d'un seul jet, sur l'étendue du globe.

Ces pensées traversaient l'esprit de ceux qui se trouvaient réunis autour de Léonie. Ils recommandaient son âme à Dieu et prirent soin ensuite de son corps. Les deux femmes la déshabillèrent pour lui faire sa toilette funèbre. Elles s'aperçurent combien elle avait maigri... son corps se trouvait léger sous leurs mains. Elles demandèrent à Xavier les vêtements qu'il voulait lui mettre et qu'elle emporterait dans sa tombe. Léonie avait apporté dans ses bagages sa robe de mariée, avec le bonnet typique de son village natal.

Cette robe n'avait servi qu'une fois, le jour des noces, dans l'église de Champeiry. Xavier la donna à Claudia et à Lucie pour qu'elles habillent cette pauvre Léonie.

Elles étendirent la défunte au milieu de la cabane, lui joignirent les mains sur la poitrine avec son chapelet et se mirent à genoux de chaque côté pour la prière. Jean alluma deux chandelles. Il aurait désiré de l'eau bénite pour bénir le corps, comme le voulait l'usage ancestral du pays. Même cet acte de dévotion était refusé à ces immigrants !

Claudia avait fait prévenir Jean-François, ainsi que le Dr Damian. Quand Jean-François arriva, Xavier alla au-devant de lui, les deux hommes se serrèrent dans les bras et s'assirent côte à côte à l'extérieur.

– Qu'est-ce que j'ai fait au Bon Dieu, dit Xavier, pour qu'il m'envoie des épreuves pareilles ? Mon père me met à la porte de la maison paternelle... je deviens un mendiant qui erre pour trouver du travail et un toit.

Aloïs Détraz m'accueille comme son fils et me donne sa fille en mariage. Le ciel, alors, devient plus clément. Je quitte la vallée pour m'expatrier jusqu'ici ; je traverse, avec vous autres, les difficultés de ce voyage et de cet établissement. C'est au moment où le ciel semble de nouveau s'éclaircir que la mort arrive.

Me voilà seul avec Jean pour faire face au travail qui nous attend. Ma femme aurait été une compagne de tous les jours. Rien que cela nous aurait aidé à tenir. Sans compter qu'elle aurait pu, dans quelques années, me donner des enfants. Que vais-je devenir ? Quel sens aura mon travail désormais ?

Quant à Aloys et à sa femme, comment vais-je les prévenir ? La mort de leur fille, sur cette terre éloignée, va leur donner un coup.

Ils auront du chagrin.

Jean-François laissait Xavier parler. Cela lui faisait du bien de se libérer du fardeau qui l'oppressait. Il avait toujours trouvé en Jean-François, un ami, un frère même, et il se sentait réconforté de l'avoir auprès de lui en cette circonstance.

Jean-François comprenait l'épreuve que vivait son ami. Il prit la parole :

– C'est dans un moment comme celui-ci que le pays paraît loin. Nous avons laissé là-bas notre famille, c'est-à-dire ce que nous avons de plus cher au monde. Comme des voyageurs que la tempête de l'océan a déposés sur un rivage inconnu, ainsi notre vie apparaît ballotée au gré des flots. Te voilà, nous voilà avec toi sur cette terre. Jusqu'à maintenant, elle pouvait être considérée comme une terre étrangère. Le travail aurait certainement contribué à la faire nôtre. Car nous ne pouvons pas vivre comme des étrangers... un jour ou l'autre, nous aurions été rejetés ! Et voilà que le corps de Léonie va être déposé dans cette terre, le premier de tous ceux qui le rejoindront par la suite... Accompagné de notre prière et de nos larmes, il se mêlera à la terre, il la rendra sainte et accueillante pour tous les membres de nos familles.

Vois-tu, Xavier, Dieu te demande un gros sacrifice. Personne sur terre n'est à l'abri du malheur, mais il semble que certains paient pour les autres. Garde ton regard fixé à la croix de Jésus, notre Sauveur ; nous serons à tes côtés pour t'aider à marcher et à tracer ton sillon droit.

Xavier écoutait en silence. À la fin il dit : « Merci ! Je sais que je peux compter sur toi ! »

La Commission Municipale dut se réunir afin de délibérer sur le lieu où il fallait implanter le cimetière. Cette question paraissait jusqu'alors secondaire et voilà qu'elle venait tout de suite d'actualité avec le décès de Léonie. Le Conseil voulait l'établir auprès de l'église que l'on construirait, selon l'usage habituel, mais voilà, le lieu d'implantation de l'église n'était pas encore fermement fixé. On choisit un endroit qui, d'après le plan, paraissait le plus favorable. Et c'est là que toute la colonie, soudée par l'émotion, conduisit le corps de Léonie Rey.

Il n'y avait ni cloche, ni prêtre pour accompagner. Don Feliciano ne s'était pas dérangé. Il viendrait un prochain dimanche célébrer une messe de Requiem pour le repos de l'âme de la défunte.

Sur l'emplacement de la tombe, on planta une croix qui portait cette inscription :

Léonie Rey, née Detraz. 1834-1857

Elle fut ainsi la première à être ensevelie au nouveau cimetière de la colonie San José.

Le printemps éclatait maintenant de partout. Une multitude de fleurs recouvrait la prairie et les bosquets le long des ruisseaux. Toutes sortes d'oiseaux champêtres faisaient entendre le concert de leurs voix. Le blé et le maïs poussaient leurs plantes vertes hors de terre. Tout invitait à vivre.

Un dimanche d'octobre, Baptiste était venu trouver le père et la mère de Françoise Arbin, sa fiancée, pour faire sa demande officielle de mariage. Il avait hâte de s'établir. En effet, il donnait la main à Maurice, son beau-frère, à Jean-François, à Joseph Vuilloud, pour les travaux qu'ils avaient à réaliser. Il ne manquait ni d'ardeur ni d'entrain. Tous ces jeunes gens avaient de la force à revendre et le travail des premiers mois de la colonie absorbait leur énergie. Maintenant que les beaux jours étaient là, ils allaient pouvoir se mettre à la construction de leur maison.

Baptiste songeait à la propriété qui pourrait être la sienne, au lieu de travailler chez les autres, et à la maison qu'il pourrait partager avec Françoise. Il savait qu'elle l'aimait. De temps en temps, il lui prenait un baiser à la dérobée, en l'absence de ses parents... Françoise ne se refusait pas, même si elle rougissait sur le moment ! Il en avait déduit qu'il pouvait faire sa demande en mariage. Sans nul doute, ses parents seraient consentants.

– Monsieur et Madame Arbin, dit solennellement Baptiste, j'ai l'honneur de vous demander la main de votre fille Françoise. Me l'accorderez-vous ?

Les parents de Françoise, originaires d'un petit village perdu au fond de la vallée d'Entremont, n'avaient jamais entendu phrase pareille. Ils en furent abasourdis. De leur temps, le mariage était arrangé entre les parents de chacune des deux familles. Le père de la jeune fille s'entendait avec le père du jeune homme pour que le mariage ait lieu. Cela se faisait en toute simplicité et sans formule solennelle.

Jules Arbin regarda sa femme qui, à son tour, regarda Françoise. Celle-ci, les yeux baissés et la figure empourprée, regardait ses souliers.

Le silence s'éternisait et debout, le chapeau à la main, Baptiste attendait. Enfin, Jules Arbin prit la parole :

– À défaut de vos parents qui ne sont pas là, avez-vous le consentement de votre sœur? Comment se fait-il qu'elle ne vous ait pas accompagné ici pour se porter garante de vous ?

– J'ai 23 ans et, avant de partir, mon père m'a émancipé. Il a d'ailleurs été content de se débarrasser de moi. Cela lui faisait une bouche de moins à nourrir, sur une propriété qui convenait à peine pour une vache. Si j'étais resté à La Chapelle-des-Frasses, je n'aurais pas pu m'établir, je n'aurais pas eu de quoi nourrir une femme et des enfants. Tandis qu'ici, l'avenir nous appartient. Françoise et moi, nous sommes jeunes et pleins de santé. Nous nous aimons et par notre travail nous arriverons à élever les enfants que Dieu nous enverra.

– Ta ra tata !.. reprit le père Arbin. Tout cela est vite dit. On est arrivés ici il n'y a pas bien longtemps et vous n'avez pas encore fait vos preuves. Je ne veux pas laisser ma fille à n'importe qui... Françoise est encore jeune et sa mère a besoin d'elle pour le moment. Attendez un peu avant de prendre votre décision. Revenez nous voir ; cela nous fera plaisir et fera plaisir à Françoise.

– Je dirai à ma sœur et à mon beau-frère de venir vous parler, dit Baptiste.

– Entendu. Pour l'instant, asseyez-vous. Vous allez bien prendre quelque chose avec nous ! On parlera de mariage plus tard, à l'automne.

Baptiste passa la soirée dans la famille Arbin. Il y venait souvent et il était bien reçu.

Mais le refus qu'il ressentit ce soir-là de la part du père de Françoise le laissa à penser qu'il ne voulait pas de lui pour gendre.

Il aimait Françoise ; elle serait à lui... Il blémissait à la pensée que son père pourrait la donner à un autre ! Durant les jours qui suivirent cette discussion, il se montra de mauvaise humeur. Or, le travail pressait. On envisageait de construire une maison en dur. Dans toute la colonie, l'émulation régnait déjà sur la forme et la grandeur que l'on allait donner à la future maison familiale.

– Qu'est-ce que tu as en ce moment, Baptiste ? dit Maurice. On ne peut rien te dire que tu t'énerves déjà ! Tes amours avec Françoise sont contrariées ? Elle te boude ?

– Non, c'est le père Arbin qui ne veut pas de moi. Il trouve que je manque d'expérience et que je suis trop jeune pour sa fille.

– Tu sais, Baptiste, vous ne vous connaissez que depuis quelques mois, depuis que nous avons pris le bateau ensemble. Jules Arbin a raison. Il faut du temps pour se connaître et faire ses preuves.

– Je ne voudrais pas attendre trop longtemps. Si je suis jeune, je suis seul aussi, et j'aimerais m'établir, fonder un ménage. Pourriez-vous causer au père de Françoise ?

– C'est entendu, je parlerai à Péronne et nous irons trouver le père Arbin.

Quelques temps plus tard, Maurice Vernaz rencontrait Jules Arbin. Ils parlèrent de choses et d'autres, de la récolte qui s'annonçait, de la maison qu'ils envisageaient de construire.

– À propos, dit Maurice, j'ai parlé avec ma femme du projet que fait Baptiste d'épouser votre fille. Il vous en a parlé, à ce qu'il nous a dit. Que pensez-vous de ce projet ?

Le père Arbin regarda autour de lui si personne ne l'entendait.

– Oui, il m'a fait cette demande. Je pensais que cette histoire de fiançailles entre tous les deux n'était qu'une gaminerie de jeunes. Baptiste n'a rien. Je ne peux pas laisser ma fille à quelqu'un qui n'a rien. J'ai quitté mon pays pour m'établir ici et je compte bien y établir mes enfants, en particulier ma fille.

– Oui, c'est vrai, reprit Maurice, mais Baptiste est travailleur. C'est un bon garçon, il aime beaucoup les enfants. Il n'a rien pour l'instant, mais il a tout en espérance. Quand il aura établi son ménage, je suis sûr qu'il fera aller la propriété qu'il aura. Il est tout à fait capable de rendre votre fille heureuse.

– J'ai le temps de marier ma fille, elle est encore jeune. J'envisage pour elle un autre parti qu'un immigrant comme nous, qui traîne ses bottes. De quoi demain sera-t-il fait ?

Et le père Arbin baissa encore un peu plus la voix :

– D'ici un an ou deux, nous aurons rencontré des gens des environs, de la ville ou de l'entourage du général Urquiza. Ils sont établis dans ce pays. Je pense que ma fille ferait un heureux mariage avec quelqu'un de cet ordre. Elle serait établie et moi, j'aurais des relations.

– Attention, père Arbin, dit Maurice. Avec tout le respect que je vous dois en raison de votre âge, permettez-moi de vous dire que vous risquez de vous tromper. Personne ne fait le bonheur de ses enfants à leur place. Je connais trop d'histoires malheureuses de cette sorte dans la paroisse où j'étais. Elles se terminent toujours mal. Croyez-moi, ces deux jeunes méritent votre confiance.

En ce qui concerne Baptiste, je me porte garant de son honnêteté et de son ardeur au travail.

– On verra, dit Jules Arbin en se levant, montrant par là que l'entretien était terminé. Vous gardez pour vous ce que je vous ai dit. Bonsoir, Monsieur Vernaz.

L'offre de Urquiza à Jean-François

– Je vais me rendre à la résidence du général Urquiza, dit Jean-François à sa femme Claudia. Tu te souviens qu'il m'avait invité à venir le voir une fois que les gros travaux seraient achevés. Je ne sais pas ce qu'il attend de moi.

– Il veut probablement parler avec toi de l'établissement de la colonie et de son avenir.

– Je ne pense pas. Il a toute confiance en M. Peyret et c'est avec lui qu'il s'entretient ordinairement pour ce qui concerne les affaires de la colonie. M'est avis que c'est pour un entretien personnel, concernant mon avenir et mon établissement ici. J'en ai parlé à M. Peyret et il m'a obtenu un rendez-vous auprès du général. Celui-ci se trouve actuellement à sa résidence personnelle où il se repose.

Le palais San José, qui est sa propriété personnelle, est situé dans la province, entre Concepcion et Parana. À cheval, je dois mettre à peine deux heures pour faire le parcours. Je partirai demain matin, de bonne heure.

Jean-François possédait un cheval magnifique ; il en prenait grand soin. Il lui avait fallu apprendre à monter à cheval et cela ne lui avait pas été facile au début. Il se rappelle encore les douleurs qu'il avait ressenties au fondement... Pendant plusieurs jours, il lui avait été impossible de s'asseoir, et Claudia avait dû lui masser les fesses avec une pommade préparée par le docteur Damian. Mais maintenant il était devenu un cavalier tout à fait expert et il ne craignait aucun immigrant à ce jeu. Il avait fait l'achat d'une vieille selle auprès d'un gaucho. Maurice, qui travaillait habilement le cuir, la lui avait arrangée et rembourée. Elle collait parfaitement à l'encolure du cheval.

On était vers la fin du mois d'octobre. La campagne resplendissait dans sa verdure. Çà et là, les troupeaux mettaient une tache colorée au milieu des prés. Les ruisseaux ne pouvaient contenir l'eau qui provenait des pluies du printemps. Bien en selle, les pieds solidement pris dans les étriers, Jean-François regardait avec admiration le paysage qui s'offrait à ses yeux. Il appréciait la richesse de la campagne et il se disait que d'autres familles d'agriculteurs, venues d'Europe, seraient à même de s'y établir. « Quel dommage, pensait-il, que cette possibilité reste ignorée ! Il faudra le faire savoir. »

En outre, il appréciait ce sentiment de liberté et d'indépendance que donne le fait de diriger son cheval au sein d'une campagne à perte de vue. Il veillait à tenir bien en main les rênes au passage des ruisseaux ; les sabots de sa monture risquaient de s'enferrer dans la terre molle. Mais dès qu'il retrouvait le chemin, il lançait son cheval et le laissait galoper comme à plaisir. À la différence d'une vallée de montagne, aucune montée ne vient couper l'élan, aucun massif ne barre l'horizon.

Le palais San José est entouré d'un immense parc, où s'étalent jardins et vergers. De nombreux ouvriers travaillent en cette matinée et apportent à l'ensemble un caractère qui pourrait faire penser à une oasis d'arbres et de plantations au milieu de la vaste plaine.

Jean-François pousse son cheval et le fait pénétrer dans la propriété. Devant la grille qui ouvre sur la demeure privée du général, il met pied à terre et laisse sa monture aux soins d'un péon qui se trouve là. Un garde, en tenue de carabinier, s'approche de lui et s'enquiert de la raison de sa venue.

– Je vais faire prévenir le Général, répondit le soldat de garde.

Un instant après, M. Peyret arrive et introduit Jean-François dans une pièce de l'intérieur du palais. Il n'attend pas longtemps. Le général Urquiza entre dans la pièce, en compagnie de l'administrateur de la colonie.

Jean-François est invité à s'asseoir. Il n'en revient pas de se trouver là, en face du Président de la République Argentine, dans un salon du palais, assis dans un vaste fauteuil de cuir.

Lui, l'humble paysan de La Chapelle-des-Frasses, l'immigrant savoyard à peine débarqué sur cette terre, le colon de San José... « Si mon père me voyait ici ! » pense-t-il avec un brin de fierté.

–Bonjour, M. Mariaz, dit le général Urquiza. Comment allez-vous ? Comment se porte la colonie ?

– Je vais bien, Excellence, je vous remercie. Et la colonie se porte bien également.

– M. l'Administrateur me donne régulièrement des nouvelles de cette installation. Je suis heureux que tout se passe pour le mieux, soit pour la vie des colons entre eux, soit pour leur rapport avec l'Administration. L'entente règne entre vous, c'est bien ! Vous arrivez de villages différents dans un pays qui vous était étranger. Le mélange et cette adaptation font l'office de creuset où se forge l'avenir de mon pays. Il a besoin d'un sang neuf. Si votre expérience réussit, d'autres installations pourront avoir lieu. Les gouvernements provinciaux attendent avec anxiété le résultat, depuis les échecs rencontrés, pour mettre en place une véritable politique de peuplement par l'immigration.

Elle aura donc une valeur de test. Si elle échoue, cet échec n'engage que moi, mais il aura un retentissement dans la nation tout entière...

– Je ne crois pas que nous prenions le chemin de l'échec, Excellence, dit Jean-François. Pour l'instant – et cela ne fait que quatre mois que nous sommes arrivés là – pour l'instant, dis-je, nous n'avons fait que poser les germes de la fondation nouvelle. Ils augurent bien de l'avenir. Demandez à M. l'Administrateur. Il peut vous dire lui-même le travail qui a été fait, l'entente qui existe entre les familles, la patience de tous devant les épreuves inévitables.

– Je peux approuver, dit Alexis Peyret, ce que vient de dire M. Mariaz. J'ajouterai, Excellence, ce qu'il n'a pas dit par humilité : la cohésion qui existe au sein de la Commission Municipale. Autant d'éléments qui augurent bien de l'avenir.

– Je le pense moi aussi, dit Urquiza. Aussi ce n'est pas pour vous questionner sur la vitalité de cette entreprise que je vous ai demandé de venir me voir. Elle est en bonnes mains.

Le général prit un temps avant de continuer :

– Je vous ai vu à l'œuvre et M. Peyret m'a parlé de vous. Je cherche quelqu'un pour diriger les travaux agricoles de ma propriété, quelqu'un de compétent et de travailleur. Cette propriété pourrait rendre beaucoup plus, mais les hommes qui y travaillent sont paresseux et incompétents. Ils vivent dans l'ombre du Senior Presidente, et cette ombre leur suffit...

Alors, M. Mariaz, voici ma question : Voulez-vous venir travailler pour moi ? Je vous donnerai ma confiance, je vous confierai un travail qui corresponde à votre responsabilité et je mettrai une partie de mes hommes sous vos ordres. Vous aurez, pour vous et votre famille, une maison confortable, et vous toucherez des gages en fonction du service que je vous demande. Inutile de vous dire que votre avenir ici est assuré. Qu'en pensez-vous ?

Jean-François ne s'attendait pas à une proposition pareille. Il demeura tout d'abord sans voix. Il aurait voulu avoir le temps pour réfléchir, en causer avec Claudia et avec Maurice, son beau-frère. Il restait là perplexe et il aurait souhaité être ailleurs pour n'avoir pas à répondre.

Un mince sourire ornait la figure d'Alexis Peyret. On l'aurait dit complice. Complice de qui ? de Urquiza ou de Mariaz ? Le général, quant à lui, restait de marbre.

– Je comprends, dit-il enfin, que vous hésitiez. Vous ne vous attendiez pas à cette offre. Elle est pourtant sérieuse et engage votre avenir. Voulez-vous que je vous laisse le temps de la réflexion ?

Un temps passa, qui sembla long. On entendait, par la fenêtre ouverte, le bruit des pas et les conversations des employés de la maison qui allaient et venaient. Jean-François était plongé dans sa réflexion. Il pensait à sa femme et à ses enfants, mais aussi à Maurice, à Joseph, à Xavier, au Dr Damian, et à tous ceux qui partageaient sa condition d'immigrant. Au bout d'un moment, il sortit de son silence.

– Je vous demande pardon, Excellence, si je vais vous déplaire. Je vous remercie pour votre offre, mais je ne peux l'accepter. J'ai lié mon sort à celui de mes camarades, plus particulièrement mes compatriotes savoyards. Ensemble, nous avons pris la décision de partir et nous avons affronté les difficultés du voyage et de l'installation. Tout cela a contribué à établir entre nous des liens solides. Ils m'ont fait l'honneur de m'élire à la tête de la Commission Municipale. Aussi, je ne peux pas les abandonner. Nous aurons à faire beaucoup de choses ensemble pour l'établissement de la colonie. Elle n'est qu'une enfant de quatre mois ! Ils me le reprocheraient et moi, je ne me le pardonnerais pas.

– Votre réponse vous honore, M. Mariaz, répondit Urquiza. Je la regrette en ce qui me concerne, mais je l'apprécie à sa juste valeur pour ce qui regarde l'établissement de notre colonie. J'ai vu, au cours des combats que j'ai menés, combien il est nécessaire que chaque officier reste à son poste. La victoire en dépend. Je vous félicite. Je sais que je pourrai compter sur vous pour le service de la nation. Ce sont des hommes de votre gabarit dont notre pays a le plus besoin. N'est-ce pas, M. Peyret ?

– Certainement, Excellence. Et je suis heureux que la nouvelle colonie puisse en bénéficier.

Le général se lève, montrant par là que l'entretien était terminé. Il salue Jean-François :

– Bon retour à la colonie San José, dit-il avec un large sourire. Il le laisse en compagnie d'Alexis Peyret. Celui-ci le prend par le bras et l'accompagne pour lui offrir un rafraîchissement, avant de le laisser repartir pour la colonie.

La mort de Cyrille Bruchez

Quand Jean-François revient chez lui, sa femme lui fait part d'une mauvaise nouvelle.

– Quelques Indiens sont arrivés au village, quatre ou cinq à ce qu'il parait. Il était environ deux heures de l'après-midi. Il n'y avait pas grand monde dehors à cette heure. Ils se sont arrêtés devant la maison de Cyprien Bruchez. Son père, le vieux Cyrille, était assis sur le banc, près de la porte. Ils lui ont demandé quelque chose... on ne sait quoi ! Cyrille a dû refuser de leur accorder ce qu'ils voulaient.

Il y a eu une altercation et l'un d'eux lui a planté sa lance dans la poitrine, exactement à l'endroit du cœur.

Cyprien, qui faisait la sieste à l'intérieur, a été réveillé par le bruit de l'altercation.

Le temps qu'il descende et qu'il passe la porte, il n'a pu que voir les Indiens détaler à cheval. Il s'approche de son père... celui-ci était mort. La mort avait été instantanée, puisque le cœur avait été touché.

– Quel drame ! Ce pauvre Cyrille ne méritait pas une mort de ce genre à 76 ans ! C'est pas Dieu possible !

Jean-François laissa Claudia et fila vers la maison des Bruchez. Il y trouva Cyprien en compagnie de quelques voisins qui lui racontèrent le déroulement de cette affaire. Ils étaient tous profondément affligés et, en même temps, très en colère. Le corps de Cyrille reposait à l'intérieur. Jean-François entra et se recueillit un instant.

– Avez-vous prévenu le Docteur Damian ?

– Oui, répondit Cyprien. J'ai envoyé un gamin le chercher. Mais il était trop tard. La mort avait été instantanée. Le docteur n'a rien pu faire...

– Il faudra songer à se protéger de ces bandits, dit un homme présent. Ce n'est pas normal qu'ils nous tuent comme cela, pour rien !

– Ils voulaient quelque chose ? demande Jean-François.

– Je ne sais pas. Je n'ai pas pu leur demander, ils étaient loin. Mon père réparait une selle.

Est-ce qu'ils voulaient la lui acheter, est-ce qu'ils voulaient de l'argent ? La selle est toujours là...

– Ces gens-là sont des voleurs, dit un autre homme. Et pour voler, ils n'hésitent pas à tuer. Ils peuvent chercher de l'argent... nous n'en avons pas. Mais ils peuvent s'emparer de nos femmes... Moi, j'ai un fusil. J'apprendrai à ma femme à s'en servir, et je lui demanderai de le garder sous la main, dans un coin, près de la porte. Ces gens-là, il faut s'en garder comme de la peste !

Jean-François les sentait très montés contre les indigènes du pays. Il essaya de les calmer.

– Je vais provoquer une réunion du Conseil Municipal pour débattre des mesures à prendre. La mort est toujours triste, mais il ne faut pas dramatiser la situation. Restez calmes et tâchez de dominer votre ressentiment.

Il rentra dans la maison de Cyprien pour tenir compagnie un moment à cette famille éprouvée. L'attroupement des hommes qui se trouvait là se dispersa. Le calme revint. Au moment où Jean-François se levait pour partir, le Docteur Damian arrivait pour les formalités du décès.

Le corps de Cyrille Bruchez fut sépulturé le lendemain, à côté de la tombe de Léonie Rey.

Ce qui arriva à Françoise Arbin

Avec le mois de novembre, l'été arrivait sur toute l'étendue de la province. La campagne apparaissait magnifique, le maïs et le blé annonçaient de belles récoltes à venir. Chacun voulait dire qu'il ne regrettait pas d'avoir quitté son village des Alpes où l'hiver allait arriver avec la neige et le froid. Tandis qu'ici le soleil régnait en maître, apportant la joie de vivre et de travailler.

Jean-François, entouré des membres de la Commission Municipale, avait convoqué l'ensemble des hommes de la colonie. On avait profité du jour de la Toussaint, où un prêtre était venu célébrer la messe de la fête, pour se réunir après l'office.

– Je pense que le moment est venu, dit-il, de songer à la confection de nos maisons.

Il est temps de laisser nos cabanes et de profiter de la belle saison pour établir quelque chose de plus solide et de plus confortable. Qu'en pensez-vous ?

– C'est tout à fait mon avis, dit un homme. Mais où prendrons-nous la pierre et le bois nécessaires à une construction de ce genre ? Le pays en est totalement dépourvu. Et nous n'avons pas d'argent pour en faire venir d'ailleurs !

– Il faudra faire avec les moyens du bord, dit quelqu'un. Quand nous sommes arrivés à la Calera de Espiro, vous vous rappelez le vieux four à chaux, avec l'Indien qui l'occupait ! Il nous suffira de remettre le four en marche, l'Indien l'a abandonné. Si ces gens arrivaient à fabriquer de la chaux à partir de pierres de la contrée, il n'y a pas de raison de ne pas y arriver à notre tour. Il y a assez de bois le long du fleuve pour alimenter le foyer... Quand nous étions chez nous, dans les Alpes, il nous arrivait de construire un four à chaux pour bâtir les murs d'un chalet.

– Quant au bois pour la charpente, ajouta Jean-François, nous avons l'autorisation du général Urquiza pour aller couper des plantes dans la forêt, à quelque distance de là.

Chacun édifiera sa maison sur le terrain qui lui a été alloué, à l'endroit qu'il jugera le meilleur. Donnez-vous la main pour cela, et établissez des tours de rôle pour les corvées qui seront nécessaires pour le transport des matériaux. Bonne chance à tous !

Jean-François, Maurice, Joseph et Xavier se rencontrèrent pour réfléchir ensemble au genre de construction qu'il convenait d'envisager. Il fallait réaliser quelque chose de solide, qui puisse mettre la famille à l'abri tant de la chaleur que de la pluie. La seule chose qui n'était pas à redouter ici, c'était le froid et la neige. Mais le manque d'argent ne permettait pas d'envisager une construction trop onéreuse. Les murs seraient établis à la chaux, avec des cailloux des rives du Rio Uruguay. La charpente n'aurait pas un gros poids à supporter, puisqu'il n'y avait pas de neige par ici, mais il convenait qu'elle soit bien amarrée sur le faîte des murs pour que le vent ne l'emporte pas.

L'intérieur serait simple. Au rez-de-chaussée, la pièce commune, donnant de plain-pied sur l'extérieur et à droite de l'entrée, la cuisine. Celle-ci serait assez exiguë car on n'envisageait pas de s'en servir comme salle commune, à la différence du chalet de montagne où la grande cheminée sert à la fois à la cuisson des aliments et au chauffage des habitants. Une petite fenêtre éclairerait la cuisine ; placée à bonne hauteur, elle permettrait de surveiller l'entrée et de repérer les passants. Cette suggestion avait été faite par Maurice qui était devenu méfiant à la suite de l'incident de chez Bruchez. La pièce à l'arrière tiendrait lieu de remise pour garder les aliments, les grains et tous les objets nécessaires à l'exploitation. Elle ne communiquerait qu'avec la pièce commune. Si bien qu'une seule porte donnerait accès à l'intérieur de la maison. Le sol serait en terre battue.

Un escalier intérieur donnerait accès aux chambres à l'étage. Voilà le plan sommaire que Jean-François présenta à ses amis. Et l'on passa aux travaux préparatoires à la construction.

La colonie était devenue un immense chantier. On croisait continuellement des charrois tirés par des chevaux ou par des bœufs, selon le poids à charrier. Des hommes, l'outil sur l'épaule, allaient donner la main à un voisin. Chacun voyait déjà sa maison pousser et prendre racine dans cette terre argentine.

La chaux, produite par des fours installés sur la rive du fleuve, était de bonne qualité. Elle permit d'édifier des murs solides.

Il fallut songer à aller couper le bois nécessaire aux charpentes et aux chevrons. La forêt se trouvait assez loin de la colonie. On se souvint de la manière de faire des montagnards. Une partie de la forêt serait choisie à cet usage et tous les hommes, chefs de famille, viendraient travailler ensemble à la coupe. Les arbres abattus et nettoyés seraient répartis alors en tas, autant de tas qu'il y avait de familles, en toute égalité.

On procéderait ensuite au tirage au sort, attribuant tel lot à telle famille.

– Tu as vu l'état de Lucie ! dit Claudia à son mari. Sa grossesse arrive à terme, l'accouchement ne saurait tarder. À mon avis, il faudrait commencer par bâtir la maison des Vuilloud et plus vite vous débuterez, mieux ça sera. Lucie sera tranquille pour accoucher.

Les hommes s'exécutèrent et agirent le plus rapidement possible. On aurait dit que Lucie attendait le moment. Avant que le toit ne fut posé – mais l'essentiel était de disposer d'une chambre propre et aménagée – elle entra dans les douleurs. Averti, le Docteur Damian l'assista et l'accoucha d'une fille. Tout se passa bien.

Claudia, qui assistait Lucie, remercia le Seigneur dans une prière fervente : « Merci, mon Dieu, de nous continuer votre protection et de faire que nous sachions toujours nous entraider ! »

Lucie donna à sa fille le nom de Marie. « Je veux, dit-elle, qu'elle soit sa protectrice. »

Le travail à la coupe du bois éloignait momentanément les hommes de la colonie durant la journée. Ce qui eut comme désagrément d'attirer quelques indigènes en quête d'aventure... L'un d'eux avait repéré une jeune fille et on l'avait vu rôder autour du campement avec son cheval, assez loin cependant pour ne pas se faire reconnaître. Profitant d'une journée où la plupart des hommes étaient absents, il se fit plus hardi et poussa son cheval au milieu des maisons en construction. L'endroit était presque désert, les femmes étaient à l'intérieur de leur cabane. Il allait être midi.

Soudain, notre homme tourna la tête, attentif au moindre bruit. Un peu plus loin, une jeune femme venait de quitter sa hutte et marchait sur le chemin. Elle portait un ballot de linge qu'elle allait rincer à la rivière. Il la reconnut tout de suite... c'était la jeune fille qu'il avait déjà repérée. Elle était là qui s'offrait à lui. Piquant son cheval de ses éperons, il le lança en sa direction et, passant à sa hauteur, il se pencha vers elle pour la saisir par la taille. Du bras droit qui la tenait, il la souleva et la fit s'asseoir devant lui en travers de la selle. Le ballot de linge roula à terre. Personne n'avait rien vu et Françoise Arbin, car c'était elle, saisie de peur, n'avait pas eu le temps de crier et d'appeler au secours. Le cavalier, sa monture et sa prisonnière étaient déjà loin.

« Baptiste, Baptiste ! » cria Françoise, mais seul le vent qui jouait avec ses cheveux lui répondait. L'homme lui mit la main sur sa bouche pour l'empêcher de crier. Il l'emmena près d'une cabane solitaire, descendit avec elle de cheval et la prit dans ses bras. Il poussa la porte du pied ; de l'herbe sèche garnissait tout l'intérieur. Il y porta Françoise et voulut la coucher. Celle-ci se débattait de toutes ses forces.

Il réussit à l'étendre et au moment où il s'approcha d'elle pour la prendre, elle le griffa à la figure et lui mordit la main jusqu'au sang. L'homme cria de douleur et vacilla sous la souffrance. Profitant de cet instant, elle le poussa avec une violence telle que la tête heurta une pierre du mur... Il s'arrêta de crier. Comprenant qu'elle l'avait assommé, elle sortit en toute hâte et sauta sur le cheval.

Elle montait à cheval pour la première fois de sa vie ! Elle releva prestement ses robes pour s'asseoir sur la selle et avant même d'enfiler les étriers, elle tourna sa monture vers l'endroit d'où elle était arrivée. Elle tira sur les rênes pour lui faire prendre le galop de façon à mettre le plus de distance possible entre elle et son séducteur.

Mais dans cette morne plaine, où tout se ressemble et se confond, vers quel lieu se diriger ? Elle s'était vaguement rappelé les endroits où elle était passée pour venir. Farouchement décidée à se sortir de là au plus vite pour retrouver les siens, elle se cramponnait. Les pieds maintenant bien fixés dans les étriers, elle allait bride abattue. Elle ne pleurait pas, mais une écume de colère lui ourlait la bouche. Elle tremblait de tous ses membres ! Si bien qu'elle ne s'apercevait même pas qu'elle montait à cheval pour la première fois.

Elle ne tremblait pas de peur, mais de colère contre cet homme qui avait failli lui prendre sa virginité ! Et tout d'un coup, le cri surgit comme à l'aller : « Baptiste ! Baptiste ! » C'était pour lui qu'elle s'était gardée, pour lui qu'elle voulait faire le don de son corps, dans l'intimité de leur amour.

Le galop du cheval avait amené Françoise dans les parages de la forêt où travaillaient les hommes de la colonie. Elle les reconnut.

« Sauvée », se dit-elle, au moment où elle arrivait près d'eux. Tous levèrent la tête, se demandant ce qui s'était passé. Elle appela, elle cria plutôt : « Baptiste ! » Quelle chance, celui-ci se trouvait là ! Il vint au-devant d'elle pour la recevoir dans ses bras au moment où elle sautait de cheval. Elle se jeta à son cou et l'embrassa avec fougue. Ceux qui assistaient à cette scène étaient de plus en plus interloqués.

Que s'est-il passé ? Baptiste leur fit comprendre que ce n'était pas le moment de poser des questions à Françoise. Il fallait attendre qu'elle se remette de ses émotions ; elle paraissait fatiguée. Il l'étendit au pied d'un arbre, la couvrit de sa veste et s'assit à côté d'elle en lui tenant la main. Elle tremblait de tout son corps.

– Ne m'abandonne pas, dit-elle d'un ton affolé, en lui serrant la main. Reste avec moi, je t'en prie.

On avertit le père Arbin qui travaillait un peu plus loin dans la forêt. Il vint près de sa fille.

– Père, je vous expliquerai plus tard. Ne m'abandonnez pas... Je voudrais que vous m'emmeniez à la maison, avec Baptiste.

Jules Arbin attela son cheval et tous les trois montèrent sur le char, Baptiste tenant Françoise contre lui et lui enserrant les épaules.

– Maurice, dit Baptiste en partant, prend soin de ce cheval, on ne sait à qui il est. Peux-tu l'amener avec toi en rentrant ce soir ?

– Entendu, dit Maurice. Bonne route.

Et en route, Françoise raconta son aventure à Baptiste, ainsi qu'à son père. Ces deux jeunes gens, qui avaient failli se perdre, se trouvaient près l'un de l'autre. L'amour les réunissait et allait sceller leur union. Tout ému, le père se disait : « Il faudra qu'on les marie, tous les deux. On ne peut plus attendre. Je tâcherai de décider la mère. Ce Baptiste est un brave garçon....»

Arrivés à la maison, Baptiste expliqua à la mère de Françoise ce qui s'était passé. Elle ne s'était rendu compte de rien. Sa fille était partie rincer le linge à la rivière et elle attendait son retour. Elle entra dans une violente colère.

– Inutile de crier comme une perdue, lui dit son mari. Françoise est maintenant sauvée. Nous prendrons soin d'elle. Pour le moment, il faut qu'elle se repose.

Bien malgré elle, la mère dut laisser Baptiste s'asseoir près de sa fille et lui tenir la main. Françoise ne voulait pas d'autre compagnon.

Le père et la mère sortirent. La cabane familiale était si exiguë que c'était là l'unique solution pour que leur fille puisse s'étendre et se reposer. Ils fermèrent la porte sur les deux jeunes gens et s'assirent sur le banc à proximité de l'entrée. La mère Arbin sortit son chapelet et commença à faire passer les grains entre ses doigts tout en disant sa prière. Elle fut distraite par cette pensée : « J'espère que cet homme ne l'a pas touchée !

– Mais non, je te le dis.

– Pourvu que Baptiste se comporte correctement avec elle... On n'aurait pas dû les laisser seuls tous les deux !

– Baptiste est un garçon sérieux, répondit le père, et il fera un excellent mari pour notre fille.

Mais la mère restait incrédule... elle reprit son chapelet. À l'intérieur, Françoise s'était endormie paisiblement. Baptiste retira sa main, sans la réveiller. Il sortit et vint s'asseoir près des parents. Après un temps de silence, il s'enhardit à leur demander :

– M. et Mme Arbin, acceptez-vous maintenant de me donner votre fille en mariage ? Nous nous aimons tous les deux et je vous promets de veiller sur elle. Le père se tourna du côté de sa femme ;

– Qu'en penses-tu, femme ?

– Le moyen de faire autrement... !

répondit-elle, tout en continuant à dire son chapelet.

– Alors, c'est entendu, dit le père Arbin à Baptiste. On vous mariera après Noël. Tâche de mériter notre confiance !

Le soir, les hommes rentrèrent de leur travail forestier. Jean-François et le Docteur Damian vinrent prendre des nouvelles de Françoise. Comme elle dormait encore, il convinrent de se retrouver le lendemain. Maurice avait ramené le cheval, toujours harnaché. La selle n'appartenait probablement pas à une tribu indienne, elle n'était pas assez bien ouvragée. Qui était l'auteur de cet enlèvement ? Qu'était-il devenu ?

Le lendemain, Françoise avait repris ses esprits. Elle put répondre aux questions que lui posa Jean-François. Et celui-ci en déduisit que l'homme n'était certainement pas un Indien, mais plutôt un gaucho isolé ou un repris de justice cherchant fortune. Il fit prévenir le juge de paix de la ville de Concepcion et lui livra en même temps le cheval, témoin de ce rapt avorté. On ne pouvait pas le garder en sécurité à San José, son maître chercherait sûrement à le récupérer.

D'autre part, il envoya deux hommes de la colonie repérer les lieux où la jeune fille avait été enlevée. Françoise put leur donner quelques explications. Au bout de deux heures, ils revinrent bredouilles... l'homme, indien ou gaucho, s'était évanoui dans la nature.

On convint de monter la garde aux abords de la famille Arbin. À proximité se trouvait la nouvelle maison de Cyprien Bruchez. L'étage était terminé. Il ne manquait que le toit. Cyprien avait une revanche à prendre après la mort de son père, assassiné par un inconnu. Il proposa que lui, et quelques-uns de ses amis, se tiennent avec un fusil à une fenêtre de l'étage de sa maison, et ce, à tour de rôle. Les jours passèrent et personne ne se présenta.

On apprit à San José, quelque temps plus tard, qu'un homme s'était présenté au juge de paix de la ville de Concepcion et qu'il avait récupéré son cheval, moyennant l'amende due pour toute bête laissée à l'abandon. On ne l'avait pas inquiété outre mesure, étant donné qu'il n'y avait pas eu mort d'homme.

La date du 25 décembre approchait ; il fallait que la construction de la petite église de la colonie soit achevée pour cette fête.

C'est dans cette humble chapelle que les colons de San José se réunirent pour passer ensemble la veillée de Noël. L'émotion les prenait à la gorge au souvenir du Noël de leur enfance. Ils se voyaient dans l'église de leur village, au pied de la crèche en compagnie des membres de leur famille. La veillée se passa à évoquer ces souvenirs et à chanter des Noëls valaisans et savoyards.

Le lendemain, Don Feliciano arriva comme il l'avait promis, accompagné d'un autre prêtre. Pendant que son confrère célébrait la messe, Don Feliciano se mit au confessionnal et tous ceux qui étaient là purent faire la communion.

Il célébra lui-même la grand-messe de dix heures. Après l'évangile, avant de faire son sermon, il bénit le pain qu'on lui avait apporté. Pour la première fois depuis leur départ de leur village natal, ils pouvaient présenter et partager le pain bénit. Un joli pain blanc que l'artisan-boulanger avait pu confectionner et qui embaumait tout l'intérieur de l'église. Les enfants le regardaient avec envie et le dévoraient des yeux... Après la prière, deux hommes prirent les couronnes de pain bénit, les coupèrent en petits cubes et les distribuèrent dans l'assemblée.

Ce pain, ils en avaient perdu le goût, depuis le temps qu'ils se privaient... C'était vraiment pour eux une bénédiction ! Chacun se servit, prit un morceau dans la corbeille qu'on lui présentait et se signa avant de le porter à la bouche. Il fallait surveiller les enfants pour qu'ils ne se servent pas à pleines mains et pour que chacun, à l'image de leurs parents, apprenne à bien faire le signe de croix.

Le général Urquiza avait pris la précaution de faire livrer aux colons de San José, par des commerçants de Concepcion Del Uruguay, les denrées nécessaires pour leur subsistance et ce, sur sa cassette personnelle. Il leur demanda de continuer à fournir le nécessaire jusqu'à la fin du mois de décembre. Janvier verrait alors la récolte de blé se réaliser et faire la soudure.

Françoise Arbin avait assisté à la messe de Noël accompagnée de ses parents. Elle regardait Baptiste, assis un peu plus loin près de Maurice et de Péronne. De fait, la vue de son fiancé la distrayait de l'office.

Sa mère s'en aperçut. Aussi lui fit-elle une remarque aigre-douce :

– On est ici pour prier et pas pour autre chose !

La date du mariage avait été fixée d'un commun accord entre les familles et Don Feliciano au samedi qui suivait la Noël : le 29 décembre de cette année 1857. La cérémonie, toute simple, aurait lieu dans la chapelle du palais de San José, résidence du général Urquiza. Baptiste avait trouvé là un travail comme jardinier. Après l'incident qui avait failli coûter la vie à Françoise, il avait jugé plus sage de ne pas demeurer à la colonie. Leur amour s'était trouvé renforcé à un point tel qu'il devait s'éloigner de façon à pouvoir attendre la date du mariage. S'il était resté, c'est sûr, il aurait fait des bêtises !

Ce matin-là, ceux que l'on continuait d'appeler les fiancés de l'Équateur se promirent mutuellement engagement et fidélité pour la vie. Avant la messe de mariage, ils s'étaient confessés et avaient reçu la sainte communion. Un petit groupe s'était déplacé depuis San José pour les entourer et le général avait délégué Alexis Peyret pour le représenter, ainsi que sa propre épouse. Celle-ci reçut au palais, après la cérémonie, les jeunes mariés, leur famille, leurs amis et leur offrit un rafraîchissement. Après quoi, on reprit le chemin de la colonie... à l'exception de Baptiste et de Françoise qui demeurèrent sur place.

Le logis de Baptiste n'était pas très grand, et le lit non plus. Mais est-ce là une gêne pour ceux qui s'aiment éperdument et qui n'ont qu'une idée, se retrouver seuls tous les deux !

Le soleil n'était pas encore couché quand Baptiste conduisit Françoise par la main jusqu'à sa chambrette.

Il l'aida à monter l'escalier en lui recommandant de faire attention aux marches. En entrant dans la chambre, le cœur de Françoise battait à se rompre. Baptiste ferma la porte et poussa la targette ; il tira les rideaux de la fenêtre.

Tous les deux se mirent à genoux au pied du lit, l'un contre l'autre, pour prier Dieu. Ensuite, Baptiste aida Françoise à se déshabiller. Pendant qu'elle revêtait sa chemise de nuit et qu'elle se glissait dans le lit, il se tourna vers le mur pour ne pas être indécent dans son regard. Il se déshabilla à son tour, avec pudeur. Alors, il la rejoignit au lit, la prit dans ses bras et l'embrassa. Leurs lèvres, qui brûlaient de tout l'amour contenu, se rejoignirent. Ce n'est qu'un peu plus tard, quand le désir inonda leur corps, que Baptiste retira la chemise de Françoise. Ils s'abandonnèrent alors l'un à l'autre.

Dehors, il faisait nuit.

La fin de l'année arrivait et 1857 allait laisser la place à une année nouvelle. Cela faisait maintenant six mois que les immigrants s'étaient établis à cet endroit. Les colons de San José n'avaient présentement nulle envie de repartir, ils se sentaient chez eux.

– Il conviendrait de signaler aux autorités de votre pays d'origine que votre installation est maintenant réalisée et que la Société Beck et Herzog a dûment rempli son contrat. Si vous vous estimez heureux de vivre ici, faites le savoir. Cette nouvelle se répandra en Europe et favorisera, chez d'autres cultivateurs, le désir de vous rejoindre.

Ainsi s'exprimait Alexis Peyret, le dimanche 30 décembre aux membres de la Commission Municipale de San José. Il ne perdait jamais de vue la politique d'immigration à laquelle il avait voué sa vie.

– D'autre part, ajouta-t-il, les ressortissants Suisses auraient intérêt à indiquer à l'autorité cantonale du Valais la satisfaction qu'ils ont eue de l'attitude de M. Charles Beck à leur endroit, malgré toutes les difficultés rencontrées. Cela permettrait à votre département d'Etat de rembourser à la Société Beck-Herzog la caution qui avait été exigée d'elle avant votre départ.

Ce geste ne serait que justice. Il donnerait à l'agence la possibilité d'œuvrer au grand jour pour contacter d'autres candidats à l'émigration. Pensez-y.

Quelques hommes se réunirent, auxquels se joignit Jean-François, pour concevoir cette lettre. Ils avaient conscience de tout ce qu'ils devaient à M. Charles Beck, qui ne les avait pas abandonnés au moment où le gouvernement de Corrientes avait renié ses engagements. Ils diraient également la dette morale qu'ils avaient contractée envers le Président de République Argentine, le général Urquiza. Devenus désormais, et pour la vie, citoyens de ce pays, ils n'oubliaient pas pour autant leur contrée d'origine.

Jean-François Mariaz et le Docteur Damian furent chargés, à l'issue de cette réunion, de rédiger la lettre. Ils y disaient entre autres :

Les conditions dont nous jouissons aujourd'hui sont plus avantageuses pour nous que celles du contrat primitif et nous reconnaissons devoir cet avantage au désintéressement de Messieurs Beck et Herzog qui, préoccupés de notre avenir, ont renoncé à tout bénéfice personnel. La situation dans laquelle nous nous trouvons nous satisfait pleinement ; nos terrains sont excellents pour l'agriculture. On nous a fourni notre bétail et tout ce dont nous avions besoin non seulement avec exactitude, mais avec libéralité et très rapidement. Sous tous les rapports, nous avons les meilleures espérances pour l'avenir. En conséquence, nous donnons à Messieurs Beck et Herzog le présent certificat pour les décharger pleinement et entièrement de toute responsabilité à notre égard.

La journée du 1er janvier se passa en congratulations réciproques et en visites d'une maison à l'autre. On se souhaitait Bonne année en s'embrassant, et l'autre répondait : Que Dieu vous garde ! Ce souhait prenait tout son sens dans ce pays nouveau pour eux.

L'avenir restait préoccupant et il ne fallait pas moins de la protection divine pour l'envisager. Toutes ces familles formaient maintenant un ensemble cohérent ; les épreuves de la traversée de l'océan et de l'implantation en terre argentine les avaient soudées. Si chacune gardait le souvenir de son passé et la marque de sa culture, en même temps que le langage de son patois natal, toutes s'apprêtaient à s'insérer dans la culture et la tradition sud-américaine. Les femmes, en particulier, souffraient de ne pas comprendre la langue castillane. Elles souhaitaient vivement qu'une école puisse s'ouvrir à San José où leurs enfants puissent apprendre à lire et à écrire l'espagnol. Alexis Peyret leur promit un maître d'école, à condition que les locaux soient construits par les colons.

Les premiers jours de janvier furent consacrés à la moisson du blé. Il avait échappé à la destruction par les sauterelles. Cette récolte, la première pour eux en terre argentine, donna environ vingt mille fanègues, soit un peu plus de deux millions de kilos.

– Vous avez semé trop serré, leur dit Alexis Peyret. Vous en avez l'habitude en montagne. Ici, il faut semer large. Le blé ne souffre pas, et votre récolte sera abondante.

Le problème était de commercialiser ce blé. Il fallut le transporter jusqu'à Concepcion Del Uruguay.

– Si nous avions un port sur l'Uruguay, se dit Alexis Peyret, le problème serait vite résolu. Les transports par terre sont longs et difficiles. Il faudra que je pense à la question et que j'en parle au Général. San José est éloigné du fleuve et cet éloignement ne facilite pas le commerce.

– Il nous faudra aussi un moulin ou deux dans la colonie, dit Jean-François aux membres de la Commission Municipale. Le surplus de la récolte de blé, l'an prochain, nous permettra de faire notre propre farine.

– Nous ne pouvons pas nous contenter de battre notre blé au fléau, dit un conseiller. Cela allait bien au village, où la récolte des céréales était minime, mais ici, il serait utile de posséder une batteuse moderne.

Ainsi, au début de cette année 1858, les projets fusaient de toute part. Ils exprimaient le solide bon sens du paysan des Alpes et l'espérance dynamique du colon Argentin.

Vers la fin janvier, une lettre arriva de La Chapelle-des-Frasses à l'adresse de Jean-François. Ecrite par son père, elle lui apportait une mauvaise nouvelle.

Mes chers enfants,

Nous avons reçu votre lettre, datée du mois d'août, où vous nous dites que tout va bien. Dieu soit loué, qui a conduit votre voyage en cette terre accueillante.

Quant à nous, nous déplorons le décès de la maman. Elle n'a pu supporter votre départ. Elle a été courageuse tout le printemps, mais quand sont arrivées les grandes chaleurs de l'été, elle suffoquait. Elle n'arrivait plus à trouver son souffle. Ele est morte d'une attaque au cœur à la fin du mois de juillet. Je n'ai pas pu vous prévenir, ne connaissant pas votre adresse et puis, ça n'aurait rien changé... Nous l'avons sépulturée le 1er août, toute la paroisse l'accompagnait au cimetière. Priez pour elle ! Priez aussi pour moi, j'en ai besoin ! Autrement, tout va bien à la maison. Nous avons eu un bel été, et les garçons ont été courageux.

L'oncle Joseph Maxit, M. le Curé et Joseph Desportes, l'instituteur, me chargent de vous présenter leurs meilleures salutations. Ils attendent, eux aussi, de vos nouvelles.

Je vous dis au revoir et voux embrasse. Nous nous retrouverons au ciel.

Joseph Mariaz.

La mission confiée par Urquiza

Les jours de l'été austral passaient avec rapidité. Chacun travaillait avec ardeur à l'agencement intérieur et extérieur de sa maison. On profitait de ces longues journées d'été pour les travaux personnels et collectifs. La colonie San José n'était qu'un vaste chantier et M. Peyret s'activait pour lui faire prendre l'allure que le plan cadastral prévoyait. L'éloignement des maisons les unes des autres, sur le campo, obligeait à tracer des chemins qui les relieraient et qui conduiraient les habitants au centre.

Alexis Peyret s'approcha de Jean-François :

– M. Mariaz, lui dit-il, le général Urquiza désirerait vous rencontrer. Il a une proposition à vous faire et voudrait s'en entretenir avec vous, en ma présence.

– Je suppose, répondit Jean-François, qu'il ne veut pas revenir à la proposition qu'il m'avait déjà faite ! Je ne pourai que lui donner la même réponse.

– Non, il s'agit de tout autre chose. Il veut vous charger d'une mission très importante. Il tient à vous en parler directement.

Quelques jours plus tard, Jean-François Mariaz, Alexis Peyret, Don Feliciano et Charles Sourigues se présentaient au rendez-vous que le général leur avait accordé au palais San José.

– Je vous remercie, Messieurs, d'avoir répondu à mon invitation. Veuillez vous asseoir.

Monsieur l'Administrateur m'a tenu au courant de l'évolution et de la réussite présente de la colonie San José. Veuillez transmettre mes félicitations et mes encouragements à tous les colons.

Cela m'incite à envisager une extension du territoire et, pourquoi pas, d'autres implantations. La province de Entre Rios est capable d'absorber d'autres immigrants, sa terre est riche de promesses pour bien des cultivateurs qui voudraient tenter leur chance.

En outre, les autorités provinciales, en particulier celles de Santa Fe, intéressées par cette expérience, attendent maintenant de lancer un plan d'occupation des sols dont elles disposent pour accueillir, elles aussi, des cultivateurs européens.

Je vois en tout cela un immense bienfait pour la nation argentine. L'arrivée de familles européennes, pauvres et travailleuses, de religion chrétienne, apportera un sang neuf à notre pays déchiré par la guerre civile et l'aidera à s'enraciner solidement dans sa terre.

Le gouvernement de l'Etat en sera grandement facilité. Comme dit Alberdi : « *Gobernar es poblar* ». Pour pouvoir gouverner ce pays, il faut d'abord le peupler. Cela rétablira l'équilibre entre les Provinces et Buenos Ayres. Encore faut-il faire entendre en Europe l'appel que je lance et faire connaître les possibilités et les réalisations de notre politique d'immigration.

Des rapports d'agents consulaires de l'Argentine en Suisse et en France me signalent que des bruits circulent dans la population, véhiculés par la presse locale, dénigrant la colonisation et faisant passer les colons comme abandonnés, laissés à la misère et victimes d'agents véreux.

Je voudrais envoyer sur place quelqu'un qui puisse rétablir la vérité des faits et entrer en dialogue avec les autorités locales de ces pays. C'est là une mission de la première importance.

Après en avoir parlé à M. Peyret, j'ai pensé à vous, M. Mariaz, pour vous charger de cette mission en Europe et plus particulièrement en Suisse et en Savoie. Acceptez-vous de partir, muni de toutes les autorisations officielles et dégagé de tous frais, pour être l'ambassadeur des colons de San José ?

– Je vous remercie, Excellence, de l'honneur que vous me faites et de la confiance que vous me témoignez en me choisissant comme chargé de mission. Mais je demande à réfléchir.

Mon expérience ici est très récente et je ne connais pas l'Argentine. Même pas la province de Entre Rios... Je ne suis allé ni à Parana ni à Santa Fe. Que dirai-je à ceux qui me questionneront ?

D'autre part, j'ai bien fait quelques études quand j'étais jeune, mais cela remonte loin.

Je manque d'instruction et de culture pour parler aux personnes que je vais rencontrer. Je suis plus habitué au milieu rural où j'ai vécu. Je crains de n'être pas à la hauteur.

Enfin, je peux pouvoir en causer avec ma femme, mes amis et les colons de San José. C'est pourquoi je réserve ma réponse. Je suppose que vous ne prévoyez pas ce voyage dans l'immédiat ?

– Dans l'immédiat, non, reprend Urquiza, mais dans le courant de cette année 1858.

Il ne faut pas trop tarder. Les circonstances sont favorables en ce moment, il faut en profiter.

Je suis de formation militaire. Je réfléchis longuement à l'action à entreprendre, je pèse le pour et le contre, j'en parle avec mes collaborateurs. Mais une fois la décision prise, il faut qu'elle soit exécutée sur-le-champ. À ce stade, toute lenteur est néfaste.

Je vous laisse quelques jours pour y réfléchir. Vous donnerez votre réponse à M. Peyret et vous verrez avec lui les modalités de votre départ et de votre voyage. Urquiza se leva :

– Messieurs, excusez-moi ! J'attends son Excellence Monsieur l'Ambassadeur de Grande-Bretagne. Bonne chance !

Les quatre hommes quittèrent la pièce.

Jean-François pensait in petto : « Ce général est tout à fait un militaire... Dans le même temps où il vous dit : vous allez réfléchir et vous donnerez ensuite votre réponse, il ajoute : vous verrez avec M. Peyret les modalités de votre voyage ! L'action ne traîne pas. Me voilà embarqué dans une drôle d'histoire...»

Il fut tiré de ses pensées par l'invitation de M. Peyret :

Venez prendre quelques rafraîchissements. Nous serons plus à l'aise pour causer !

L'atmosphère était plus détendue. Peyret, en Français de souche, n'avait pas son pareil pour mettre les gens à l'aise. Don Feliciano sortit sa pipe de maté, la bourra et y versa un peu d'eau chaude qui bouillait dans une casserole. Ils s'assirent dans de confortables fauteuils et la conversation reprit.

–Vous croyez que je puisse faire l'affaire ? demanda Jean-François.

– Oui, certainement, répondit Peyret. Je vous ai vu à l'œuvre sur le terrain. Vous avez parfaitement les qualités pour diriger une entreprise et vous connaissez ce qu'il y a dans l'homme. Cette affaire n'est pas au-dessus de vos forces.

– Le fait que ce soit un colon nouvellement arrivé qui se présente à la vieille Europe, dit Sourigues, sera une preuve que notre entreprise est viable, bien que l'expérience soit récente. Vous êtes jeune. C'est un atout auprès de la population, car ce dont nous avons le plus besoin ici, ce sont des hommes et des femmes jeunes, en pleine force de l'âge, capables de travail et d'idéal.

–J'avais songé à y aller, reprit Peyret, mais outre que mon travail me retient à San José et à Concepcion, le fait que je sois de l'Administration provinciale pourrait donner à penser que je suis à la fois juge et partie. J'aime les choses claires.

– J'ajouterai une chose, dit Don Feliciano. Vous êtes catholique pratiquant. Vos contacts avec les autorités religieuses, principalement les curés des paroisses que vous visiterez, leur permettront de se rendre compte que leurs anciens paroissiens sont en de bonnes mains sur le plan religieux. Cela les incitera à nous envoyer de bons chrétiens, des catholiques qui viendront gonfler l'effectif de nos futures paroisses.

Cette dernière phrase provoqua un sourire sur la figure d'Alexis Peyret. De fait, ces quatre hommes n'avaient pas la même attitude en face de la religion et pourtant ils s'entendaient très bien.

Jean-François, à qui rien n'échappait, avait perçu ce sourire. « Ces deux hommes sont très dissemblables, se disait-il, et ils arrivent à vivre ensemble...». Il gardait cette leçon pour lui.

– Si je me décide, ferai-je le voyage seul ? Qui prendra soin de ma femme et de mes enfants ?

– On verra cela sur place, répondit Peyret. Il faudrait envisager de partir après les labours d'automne, soit fin avril ou début mai, pour être en Europe dans le courant de l'été. Cela vous permettrait de revenir pour la Noël. Pendant ce temps, vos amis de San José s'occuperont de vos terres et de votre bétail. Votre beau-frère, M. Vernaz, pourra prendre soin de votre femme et de vos enfants. Vos maisons sont voisines.

Vous voyez, on a tout prévu, ajouta Peyret en souriant.

– Oui, je vois, acquiesça Jean-François.

Les yeux de Claudia étaient noyés de chagrin. Elle se cramponnait au bras de Jean-François comme pour le retenir, mais elle savait que rien ne l'empêcherait d'accomplir sa mission. Elle se voulait forte, et voilà qu'elle craquait. Les deux aînés pleuraient également, à voir le chagrin de leur mère. Jean-François tenait Jules dans ses bras.

– Je t'avais promis de t'emmener voir ton grand-père et le pays qui t'a vu naître, dit-il au petit. Tu es trop petit encore. Nous y retournerons dans quelques années... N'est-ce pas Claudia ?

– Si Dieu le veut ! répond-elle. Le bonheur n'est pas de ce monde, c'est vrai.

Je te promets d'être forte et digne de toi. Nous attendrons avec impatience ton retour pour la Noël.

Claudia était déchirée et il fallait à Jean-François toute son énergie pour prendre et tenir sa décision.

Il en fit part à Alexis Peyret. Celui-ci le félicita et l'encouragea vivement.

– Je savais que je pouvais compter sur vous, dit-il. Merci d'accepter. Je ferai établir tous les documents officiels nécessaires à votre voyage et je retiendrai une place sur un bateau au départ de Buenos Ayres. Je vous tiendrai au courant.

Le mois de mars passa rapidement, occupé aux travaux des labours et aux semailles. Début avril, Alexis Peyret avertit Jean-François qu'il embarquerait le 4 mai, à bord du paquebot anglais *Igne* où il lui avait réservé une chambre de 3e classe. Ce paquebot relierait Buenos Ayres à Southampton, en Angleterre. De là, Jean-François rejoindrait le Havre, où il rencontrerait le Serior Barbe, patron d'une compagnie maritime, puis Paris et enfin Bâle, le Valais et la Savoie. Il serait sur place à la mi-juillet.

– Son Excellence vous attend, avant votre départ, pour avoir un entretien avec vous et vous remettre les pièces officielles nécessaires à votre mission.

La visite eut lieu comme prévu.

Jean-François mettait les bouchées doubles pour réaliser le maximum de travail dans la maison afin que Claudia n'ait pas d'ennui. Il travaillait aussi à l'extérieur... Il avait aménagé un jardin qu'il avait retourné profondément à la bêche et qu'il avait entouré d'une clôture.

Une activité fébrile régnait sur tout le territoire de la colonie car chacun voulait que Jean-François emporte de San José une image digne de plaire à ceux qu'il allait retrouver et apte à susciter de nombreuses candidatures pour entreprendre le voyage. La mission de Jean-François était devenue celle de tous les colons. De plus, chacun voulait lui remettre un mot pour ses parents restés en Europe. Pourrait-il aller saluer chacune de ces familles ? En aurait-il le temps ?

Un vapeur était venu le chercher à la Calera de Espiro pour le conduire directement au port de Buenos Ayres. Toute la colonie lui fait cortège et l'accompagne sur les rives de l'Uruguay. Jean-François monte à bord, avec Alexis Peyret, ainsi que Claudia et les enfants. Le général a voulu ce geste à l'égard de Claudia pour la consoler et la récompenser, par cette petite croisière, du sacrifice qu'il a bien conscience de lui demander. Elle rentrera par le même moyen. Sur la rive, la foule agite des mouchoirs et crie :« Bon voyage ! Revenez-nous vite...». Beaucoup pleurent d'émotion.

Sur le quai du port de Buenos Ayres, où le vapeur vient d'accoster, un homme attend. Il s'agit de M. Charles Beck. Il est venu saluer le voyageur qui part pour l'Europe et l'encourager. Lui-même a des projets pour établir une colonie dans la province de Santa Fe, à proximité de la colonie Esperanza.

Les formalités portuaires étant accomplies, Peyret accompagne Jean-François sur le quai des lignes internationales. À quelque distance, le paquebot anglais attend. De petites embarcations font la navette entre lui et le port pour l'embarquement des passagers et de leurs bagages.

Jean-François étreint longuement Claudia. Il prend ensuite les enfants dans ses bras pour les embrasser. « Je reviendrai, n'ayez pas peur. Soyez gentils avec maman et obéissez-lui. Tu entends, François-Joseph... Je compte sur toi. »

Le moment est venu de prendre place dans l'embarcation. À l'instant où celle-ci s'éloigne du rivage, Jean-François reste debout pour dire « au revoir » à ceux qu'il laisse sur le port.

Il doit faire effort pour refouler ses larmes.

Claudia, quant à elle, n'a pas honte de pleurer. D'une main, elle porte son petit Jules et de l'autre, elle agite un mouchoir, jusqu'à ce que le bateau disparaisse de sa vue.

Jean-François s'apprête à refaire en sens inverse le trajet qui l'avait conduit ici, sur les quais de ce port de Buenos Ayres, il y a maintenant une année.

Il parlera à sa famille, à ses amis, à ceux qu'il rencontrera, de cet hémisphère austral où les saisons ne suivent pas le même rythme qu'en Europe. Il leur parlera des hommes qui l'ont accueilli. Il leur décrira la terre nourricière d'Argentine qui ne demande qu'à être travaillée. Ce pays est le sien désormais, là où brille la Croix du Sud.

Épilogue

« Ayer y ahora »
« Hier et aujourd'hui »

La colonie San José avait été implantée à quelque distance de la rive du rio Uruguay. Ce choix, qui voulait la mettre à l'abri des inondations, se trouva la défavoriser pour le commerce, le fleuve étant une voie de circulation. L'inconvénient apparut assez vite, et Alexis Peyret le souligna à Urquiza. Par décision de celui-ci, Villa Colon fut fondée en 1862, sur les bords de l'Uruguay, au lieu même où les colons de 1857 débarquèrent, à la « Calera de Espiro ». La ville de Colon prit de l'importance du fait du trafic d'abord fluvial, ensuite routier. Son importance lui a donné le rôle de chef-lieu du département qui porte son nom. Elle compte aujourd'hui 13 000 habitants.

Un pont international, par-dessus l'Uruguay, la relie à la ville uruguayenne de Paysandu.

San José s'est peu à peu constituée le visage que nous lui connaissons. Autour de la place centrale, dédiée à la mémoire du général José de Urquiza, se sont construits l'église, la maison communale, les écoles, des commerces.

On a édifié sur un côté de la place le monument aux fondateurs, en hommage aux premiers colonisateurs, ceux de 1857, dont on peut lire les noms gravés dans le métal.

La ville de San José compte aujourd'hui 11 000 habitants, qui vivent de l'élevage agricole, du commerce, du travail dans les entrepôts, du tourisme du fait de la proximité des plages de l'Uruguay. Parmi ses habitants, se rencontrent toujours des noms tels que Bel, Bidal, Blanc, Brelat, Cettour, Crepy, Favre, Maxit, Premat, Vernaz, noms de famille qui sentent bon leur origine savoyarde, chablaisienne même. Seule la prononciation castillane déforme, à nos oreilles d'Européens, leur consonnance.

Les gens de San José n'ont jamais oublié la saga des colons arrivés d'Europe pour travailler et féconder la terre, même si le souvenir des origines avait tendance à s'effacer dans un passé lointain. Déjà en 1878, avec la présence de

Alexis Peyret, ils fêtèrent le 21e anniversaire de la fondation de la colonie.

Peyret termine son discours commémoratif par ces mots :

– Les hommes mourront, les colons mourront, mais la colonie San José vivra toujours.

L'année 1907 voit le 50e anniversaire, et 1932 le 75e. Mais pour célébrer le centenaire de la fondation, en 1957, on prévoit et on réalise des fêtes magnifiques auxquelles toute la nation argentine est associée. Seule, la nation originelle, savoyarde et valaisanne, demeure absente.

À cette occasion, on inaugure le Musée historique régional de San José où sont rassemblés plus de cinq mille objets et documents ayant appartenus aux pionniers de la colonisation.

À l'entrée on peut lire un texte écrit par Célia Vernaz, écrivain et habitante de San José, dont la famille est originaire du Chablais savoyard :

Voyageur qui passe, arrête-toi un instant et écoute. Voici le souvenir de plusieurs années de lutte, voici tout ce qui fut au temps de la formation de la Colonie San José.

La moisissure et la rouille l'ont déjà passablement attaqué, et ont fortement terni l'éclat que l'usage et le travail donnent aux choses.

Voici le souvenir du courage de l'homme dans cette lutte terrible pour faire avancer d'un pas la civilisation et le progrès dans le cadre fécond de la colonisation.

Chaque objet est un symbole sacré provenant du sein de la Colonie. Il a été apporté ici pour perpétuer, à travers le temps, la mémoire des ancêtres.

Voyageur qui passe, écoute avant de partir : chaque objet constitue maintenant le Musée de San José, l'écho très cher et impérissable des choses qui demeurent réunies là par l'amour sincère de ses enfants.

Le général Urquiza périt assassiné, pour des mobiles politiques, en son palais de San José en 1870. Son palais est devenu maintenant un musée national pour perpétuer la mémoire de celui qui fut à l'origine de la Confédération Argentine.

Alexis Peyret vécut jusqu'en 1902. Un journal écrit de lui au moment de son décès :

Il faut le compter dans le nombre de ceux qui ont pétri de leurs mains la pâte qui a servi à la formation de l'histoire de l'Argentine.

À 30 kilomètres de San José, vers l'intérieur de la plaine, se trouve Villa Elisa. Cette colonie fut fondée en 1890, par des agriculteurs venus du Valais, de la Savoie et du Piémont. La commune compte aujourd'hui 5 000 habitants. Elle est un important centre de productions agricoles. Elle s'apprête à fêter, en 1990, le Centième anniversaire de sa fondation. Son curé, *Padre* Juan Esteban Rougier, a parcouru les villages du Chablais savoyard pour renouer les liens entre ses paroissiens et leurs cousins de Savoie.

Monsieur Charles Beck avait passé un contrat avec les autorités provinciales de Santa Fe pour installer des familles européennes sur une concession mise à sa disposition. Les premières familles arrivèrent sur place en 1858, et parmi elles, plusieurs venaient de la commune de Bellevaux, en Chablais. Cette colonie prit le nom de son fondateur, en reconnaissance du dévouement qu'il avait apporté à cette installation. Elle devint la colonie « San Carlos ».
Elle est partagée maintenant en trois :

San Carlos Norte
San Carlos Centro
San Carlos Sur.

San Carlos Centro est une véritable ville et a reçu la qualification de cité en 1986. Des noms de famille, principalement à *San Carlos Norte*, lieu de l'installation primitive, rappellent le souvenir de Bellevaux : Bailly, Converset, Favre, Meynet, Rey, Voisin, Vuagnoux.

Ainsi de la Savoie, et principalement du Chablais, de nombreuses familles sont parties pour s'établir en Argentine. Elles se sont unies à toutes celles qui ont quitté l'Europe dans le même but. Le brassage de ces populations a produit l'Argentine d'aujourd'hui. Quelques-unes sont restées à la terre et vivent de l'élevage de bovins sur de grandes étendues de prairies. Les autres ont changé de profession du fil des générations. Actuellement, la 5e génération issue des pionniers de 1857 voit ses enfants dans les universités et les professions libérales. Buenos Ayres, la capitale fédérale, en accueille un certain nombre.

Ils ne se sont pas enrichis à la manière des Mexicains originaires de Barcelonnette qui, eux, avaient investi dans le négoce. Mais ils ont réussi leur vie et, qui plus est, ils ont réussi leur intégration au sein de la grande nation argentine. Ils sont fiers d'être argentins. Ce qui ne les empêche pas de chercher leurs racines.

Le pays lointain de leurs ancêtres leur est devenu proche. Les difficultés que connaît actuellement leur pays orientent leurs regards, par-delà l'océan Atlantique, vers l'Europe, vers la France, vers la Savoie.

Annecy, le 27 mars 1990.

BIBLIOGRAPHIE

« Mœurs et coutumes de la Savoie du Nord au XIXe siècle ». Réponses à l'enquête de Monseigneur RENDU, évêque d'Annecy, en 1845. Académie Salésienne (tomes 87-88), 1978.

« La République Argentine » – « Manuel de l'émigrant », par Charles BECK-BERNARD, Consul de la République Argentine en Suisse, ancien directeur de la colonie San Carlos. Berne, 1872.

« Las Colonias » (La Colonia San Carlos, pp. 47 à 91). Informe sobre el estado actual de las Colonias agricolas de la Republica Argentina, por el Inspector nacional de ellas. Guillermo WILCKEN, Buenos Ayres, 1872.

« Libro de Oro », pour le Centenaire de la Colonie de San José 1857-1957, par divers participants. Edité en Argentine.

« La Colonia San José y la voz del inmigrante », par Célia VERNAZ, Santa Fe, 1982.

« Le Havre » : volume édité pour le 450e anniversaire de la fondation du Havre, 1517-1967.

« Nos cousins d'Amérique », par Alexandre et Christophe CARRON. Histoire de l'émigration valaisanne au XIXe siècle. Sierre, 1986.

La Fontaine de Siloé